Lippische Seilschaften

Jürgen Reitemeier
Wolfram Tewes

Verlag topp+möller
Detmold 2015

Wir haben einen neuen Lippe-Krimi geschrieben. Alle Inhalte sind ein Produkt unserer Phantasie. Sollte jemand Bezüge zur realen Welt entdecken, so ist das purer Zufall. Auch die Namen und Personen sind von uns wieder alle frei erfunden.

Geholfen haben uns bei diesem Buch Ille Rinke, Christiane Fischer, Andras Kuhlmann, Andreas Naumann, Frank Mühlenmeier und unser Freund und Schriftstellerkollege Uwe Voehl. Das Titelbild hat wie immer Alfons Holtgreve geschnitzt, geklebt und gemalt.

Bleiben da noch unsere Ehefrauen, denen wir Danke sagen. Denn sie haben uns vorübergehend von Teilen der Hausarbeit freigestellt, damit wir diesen Krimi schreiben konnten.

Bibliografische Information Der Deutschen Bibliothek
Die Deutsche Bibliothek verzeichnet diese Publikation in der Deutschen Nationalbibliografie; detaillierte bibliografische Daten sind im Internet über http://dnb.ddb.de abrufbar.

ISBN 978-3-936867-62-6

Erste Auflage 2015

Verlag und Gesamtherstellung: topp+möller, Detmold

1 1984

Die Küche war ein niedriger Raum. Wenn Schulte den Arm hob und sich auf die Zehenspitzen stellte, konnte er mit den Fingern die Zimmerdecke berühren. In dieser Stube hatte er viele Stunden seiner Kindheit verbracht. Wenn er sich richtig erinnerte, hatten seine Eltern in der Zeit nach seiner Geburt noch kein Wohnzimmer. Das Familienleben der Schultes fand in der Küche statt, an deren Tisch Schulte in den letzten Tagen so viel Zeit verbracht hatte.

Das gesamte Geld, das sein Vater damals als frischgebackener Tischlermeister erwirtschaftete, wurde gleich wieder in den kleinen, gerade gegründeten Betrieb gesteckt. Anders als andere Meisterschüler seiner Klasse konnte Schulte senior nicht auf mehrere Generationen Tischlerhandwerk zurückblicken und so auch nicht auf eine im Familienbesitz befindliche Werkstatt. Er hatte nichts außer seinem Meisterbrief.

Weil Jupps Vater aber ein selbstständiger Handwerker sein wollte, blieb ihm nichts anderes übrig, als einen Kredit aufzunehmen. Mit dem Geld kaufte er sich die ersten Maschinen, eine gebrauchte Abrichte und einen Dickenhobel. Die Werkstatt, in der die Geräte aufgebaut wurden, hatte der Vater mieten müssen.

Dieser beruflichen Ausrichtung musste sich die junge Familie Schulte unterordnen. Sie wohnten im Haus der Großeltern. Dort hatte Schultes Opa seinem Sohn widerwillig eine Küche und ein Schlafzimmer für die Kleinfamilie zur Verfügung gestellt.

„Selbstständiger Tischler, Junge, das ist Größenwahn, das ist nicht unsere Kragenweite“, hatte der Alte geschimpft. „Da kann nichts als eine Pleite bei rumkommen, und dann bist du ein noch größerer Hungerleider als jetzt schon.“

Schultes Vater hatte sich vom Gerede seines Vaters nicht beeindrucken lassen. Er wollte unabhängiger Handwerksmeister sein. Darauf hatte er sein Leben lang hingearbeitet. Und er wollte seinem Sohn, wenn der erwachsen war, ein florierendes Unternehmen überlassen.

Pock! Ein Wassertropfen schlug auf den Boden des Metallspülbeckens auf. Das Geräusch riss den frisch gebackenen Kommissar aus den Gedanken an seine Kindheit. Jupp Schulte musste grinsen. Dieses Pock des tropfenden Wasserhahns hatte ihn während seines gesamten Lebens in Warburg begleitet. Als er zur Kommunion von seinem Opa eine Uhr geschenkt bekommen hatte, eine mit Sekundenzeiger, da hatte er sie gleich ausprobiert und die Zeit zwischen den fallenden Wassertropfen gestoppt.

Wenn dann in den folgenden Wochen die Hausaufgaben nervten, dann hatte Schulte immer mal wieder den Abstand gemessen, in dem die Tropfen auf dem Boden des Waschbeckens in der Küche aufschlugen und dieses unvergessliche blecherne Geräusch erzeugten.

Über mehrere Wochen hatte Schulte die Zeit von Wassertropfen zu Wassertropfen auf der letzten Seite seines Matheheftes in eine Tabelle eingetragen. Die Länge des Tropfenintervalls hatte zwischen vierzig bis zweiundvierzig Sekunden gelegen. Jupp Schulte konnte sich noch genau erinnern.

Pock, schlug der nächste Wassertropfen den Ton an. Schulte sah auf seine Uhr und nahm die Zeit. Pock! Zweiundvierzig Sekunden – es hatte sich nichts geändert. Jedenfalls wenn es um den Abstand ging, in dem die Tropfen in Mutters Waschbecken aufschlugen. Ansonsten war nichts mehr so wie damals, als Schulte in dieser Küche seine Hausaufgaben gemacht hatte.

Sein Vater war gestorben, als Schulte fünfzehn Jahre alt war. Schulte selbst wollte nie Tischler werden, er wollte in die Welt, und so wurde die Werkstatt verkauft, um das Auskommen der Familie abzusichern.

Als Schulte achtzehn Jahre alt war, hatte das Schicksal wieder zugeschlagen. Er hatte es geschafft, in einer Nacht gleich zwei Frauen zu schwängern. Diese ungeahnte Fruchtbarkeit hatte zur Folge, dass Schulte nicht, wie er es sich gewünscht hatte und wie alle seine Freunde es taten, nach dem Abitur ein Studium begann. Nein, er musste sich einen Beruf suchen, der es ihm ermöglichte, den finanziellen Verpflichtungen nachzukommen, die die doppelte Vaterschaft mit sich gebracht hatte. Er war zur Polizei gegangen und hatte, weil seine Mutter ihm ständig in den Ohren lag, die Mutter von Ina geheiratet. Ina war zwei Stunden nach Lena, der Erstgeborenen, zur Welt gekommen und somit seine jüngste Tochter.

Diese Ehe war, so wusste Schulte heute, eine Schnapsidee. Die Schnapsidee seiner Mutter.

Schon ein Jahr später hatte sich Inas Mutter wieder von Schulte getrennt. Er sei ja eh nie da, hatte sie ihm vorgehalten. Und immer nur zu Hause sitzen und auf den Herrn Wachtmeister warten, das sei nicht ihr Ding. Mit diesen Worten hatte sie Schulte von jetzt auf gleich vor die Tür gesetzt. Und so stand er da, mit einer Tasche dreckiger Klamotten, die seine Frau ihm nicht mehr waschen würde. Also war er zu seiner Mutter gegangen. Die hatte ihm zwar zwei Tage später seine Sachen frisch gebügelt in die Reisetasche gepackt, aber ihr stiller Vorwurf gegen ihn, den gottlosen Rabenvater, der hatte sich mit Schultes Ankunft in ihrer kleinen Küche breitgemacht. Und diese Atmosphäre des Tadels hatte viele Monate den dunklen engen Raum nicht mehr verlassen. Eigentlich nie, dachte Schulte, denn noch heute, sechs Jahre später, nahm er ihn in jeder Nische der Küche wahr.

Gerade hatte man Schulte zum Kommissar befördert. Mit der Urkunde in der Tasche war er aus der Polizeikaserne ausgezogen, und wohin hatte es ihn verschlagen? Zurück zu seiner Mutter nach Warburg. Schon drei Wochen lebte er wieder hier und litt unter der bedrückenden Atmosphäre, die die Enge seines Elternhauses auf ihn ausübte.

Doch ab heute sollte alles anders werden. Vor Schulte lag ein Brief des Innenministeriums.

2

Der alte Mann schaute prüfend in den Nachthimmel, während er die Tür des Restaurants hinter sich schloss. Nach einem sonnigen Frühlingstag war es kühl geworden. Ein Blick auf die Armbanduhr zeigte, dass es zehn nach elf war, höchste Zeit für einen Mann seines Alters, nach Haus zu gehen. Er zog den Reißverschluss der Windjacke bis zum Anschlag hoch und stieg vorsichtig einige Treppenstufen zur Straße hinab. Als er gleich um die Ecke den Bürgersteig an der Straße Neustadt betrat, pfiff ihm ein eisiger Wind ins Gesicht. Er schlug den Kragen hoch, steckte beide Hände in die Taschen und ging weiter. Im diffusen Licht der Straßenlampen war weit und breit kein Mensch zu sehen, nur ein Auto kam ihm entgegen. Das Detmolder Nachtleben ist immer noch so überschaubar wie vor vierzig Jahren, dachte er amüsiert. An der Musikhochschule überquerte er den schmalen Friedrichstaler Kanal, bog links ab und folgte langsam dem Fußweg am Kanal entlang. Hier war es noch stiller als im restlichen Detmold. Selbst wenn es ein Geräusch gegeben hätte, wäre es vom scharfen Wind verschluckt worden. Er hatte noch etwa hundert Meter zu laufen. Seit seiner Pensionierung bewohnte er eine geräumige Eigentumswohnung in einer der wunderschönen Villen, die sich am Friedrichstaler Kanal bis zur Oberen Mühle entlangzogen. Seinen Wohnsitz empfand er mit einigem Stolz als sichtbaren Ausdruck eines erfolgreichen Lebens. Mit seiner Vita konnte er sich sehen lassen.

Er dachte zurück an den heutigen Abend. Die Männer, mit denen er ihn verbracht hatte, waren ehemalige Juristen, wie er auch. Zwei Rechtsanwälte, ein Staatsanwalt und er selbst, als ehemaliger Richter, an der Spitze der Hierarchie.

Jeden zweiten Mittwoch im Monat trafen sie sich zu einer Art Stammtisch und sprachen über Gott und die Welt. An diesem Abend war ihm wieder aufgefallen, dass seine Bekannten intellektuell abbauten. Ihre Wahrnehmung der Welt war verschwommen geworden, und ihre Argumentation war nicht mehr präzise und schlüssig, wie sie früher einmal war, fand er. Er hingegen war nach wie vor im Vollbesitz seiner geistigen Kräfte. An sich konnte er keinen Verfall feststellen. Und dennoch hatten sie sich heute über ihn lustig gemacht. Hatten herablassend gelächelt, als er ihnen von dem Mann erzählt hatte, der ihn schon seit Tagen verfolgte. Als sei er einer dieser Verrückten, die hinter jedem Busch einen Feind vermuten. Ausgerechnet er mit seinem scharfen, analytischen Verstand sollte plötzlich weiße Mäuse sehen? Lächerlich! Wütend kickte er eine leere Zigarettenschachtel weg, die auf dem Bürgersteig lag.

Als er nach einigen Metern auf Höhe des Altenheimes „Im Weinberg" angekommen war, tauchte urplötzlich die Gestalt eines Mannes aus dem Tor des äußerst pittoresken großen Gebäudes hervor und verstellte ihm den Weg.

Die linke Hand des Unbekannten steckte in der Hosentasche, die rechte hielt er hinter seinem breiten Rücken verborgen. Dem alten Richter sank das Herz in die Hose. Ein Gefühl, das ihm eigentlich fremd war. Er hatte sich immer durch den ganz besonderen Status seines Berufsstandes geschützt gefühlt. Stets war er es gewesen, der das Schicksal anderer bestimmt hatte, der reuigen Sündern eine zweite Chance geben, aber auch gutbürgerliche Existenzen mit einem einzigen Richterspruch pulverisieren konnte. Aber nun stand nichts zwischen ihm und dem Mann, der nur ein Straßenräuber sein konnte. Er kämpfte seine wachsende Besorgnis nieder, riss sich zusammen und fragte, so mannhaft wie möglich:

„Was soll das, junger Mann? Lassen Sie mich durch!"

Der Mann schaute ihn ernst an, sagte aber kein Wort. Als der alte Richter erneut den freien Weg einforderte, kam es leise, aber drohend:

„Die Bewohner des Gebäudes, vor dem wir gerade stehen, sind alt und hören schlecht. Niemand schaut aus dem

Fenster und beobachtet uns. Wir sind allein auf der Straße. Schauen Sie sich um. Und schreien Sie ruhig. Der Wind ist zu stark, niemand wird Sie hören. Los, gehen Sie hinein, damit wir uns in Ruhe unterhalten können!“

Mit der linken Hand wies er zum Tor. Sein Blick zeigte dem alten Mann, dass sein Gegenüber es ernst meinte. Also gehorchte er besser.

Zögernd durchschritt er das Portal, hinter dem ein kleiner Platz mit einer weißen Bank lag. Hinter dem Platz führte eine Brücke über den durch die Regenfälle der letzten Tage stark angeschwollenen und laut rauschenden Knochenbach.

An der Bank war ein Motorroller angelehnt, sonst war wegen der Dunkelheit kaum etwas zu erkennen.

Der alte Richter hätte am liebsten um Hilfe geschrien, wusste aber, dass das seine Lage nur verschlechtern würde. Er riss sich zusammen und fragte:

„Was wollen Sie von mir? Geld?“

Als Antwort schüttelte der Jüngere nur den Kopf. Es dauerte wieder viele quälende Sekunden, bis er sagte:

„Sie erinnern sich vermutlich nicht an mich, oder? Kann ich sogar verstehen. Ich war auch nur ein unbedeutendes Abfallprodukt Ihrer Arbeit. Ein Stück Dreck, das man auf den Müll wirft und schnell vergisst. Dabei haben Sie mein Leben zerstört. Für immer.“

Der Alte starrte ihn an, unfähig, einen klaren Gedanken zu fassen. Keine Frage, keine Forderung, keine Bitte formte sich in dem zum Eisblock erstarrten Hirn. Er fühlte nichts mehr, dachte nichts mehr, spürte nur noch den eigenen hämmernden Puls.

Erneut sprach der junge Mann:

„Irgendwann zahlt man den Preis für seine Verbrechen. Ich werde jetzt Ihr Leben zerstören. Das ist nicht mehr als gerecht, denke ich.“

Blitzschnell riss er den rechten Arm nach vorn. In der Faust hielt er eine kurze Stange. Der Richter starrte wie paralysiert auf das Schlagwerkzeug, das sich hoch in die Luft erhob, im schwachen Licht einer weit entfernten Straßenlampe metallisch schimmerte und dann auf ihn zukam.

3 1984

Berlin, ich komme. Je länger Schulte den Brief anstarrte und dabei sein Leben Revue passieren ließ, umso mehr wurde dieser eine Gedanke Gewissheit. Berlin, ja, das war der Ort seiner Zukunft. Am Tage würde er der Schrecken der Großstadtkriminellen sein und am Abend mit seiner alten Schulfreundin Annette Spellerberg um die Häuser ziehen. Er würde leben, wild und intensiv! Und der Superbulle sein, der Gute, der von allen geschätzt wird, selbst von denen, die er hinter Gitter brachte.

In dem Moment, in dem Schulte den braunen Umschlag mit dem Landeswappenaufdruck Nordrhein-Westfalens öffnete, wären die Weichen gestellt für das Große, das Ganze, das seinem Leben die entscheidende Richtung geben würde. Wohin würde es gehen? Berlin, Köln oder Bremen? Das waren die Städte, die Schulte als Wunscheinsatzorte in seiner Bewerbung angegeben hatte.

Zu über neunzig Prozent berücksichtigte man die Wünsche der frischgebackenen Kommissare, hatte man ihm gesagt, als man ihm die Urkunde zu seinem bestandenen Diplom Verwaltungswirt ausgehändigt hatte. Einzig, wenn es überhaupt keine Planstelle geben würde, könne man mit Überraschungen rechnen. Doch bei der Größe der Städte, die Schulte als seine Wahleinsatzorte angegeben hatte, war es mehr als unwahrscheinlich, dass sich dort keine freie Stelle für einen wie ihn finden würde. Und Konkurrenz brauchte Schulte nicht zu fürchten. Sehr zur Verwunderung seiner Vorgesetzten hatte er ein Top-Examen hingelegt. Außerdem hatte Schulte den Eindruck, dass er der Einzige war, der sein

Polizistendasein in einer Großstadt fristen wollte. Fast alle seine Kollegen wollten heimatnah eingesetzt werden. Sie wollten zu den Orten ihrer Jugend, dort zu den Respektspersonen zählen, endlich heiraten, ein Haus bauen und eine Familie gründen.

Nur er, Schulte, er wollte all das nicht mehr, er wollte nicht mehr in der engen Küche seiner Mutter sitzen und auch in sonst keiner Drei-Zimmerwohnung in Warburg seine freien Abende verbringen. Eine Flasche Bier vor dem Fernseher trinken, vielleicht noch eine, damit er besser schlafen konnte und danach ins Bett gehen, nein, das war nicht Schultes Lebensperspektive.

Und wenn die Flimmerkiste einmal überhaupt nichts hergab, wenn er dann, um etwas Abwechslung zu haben, in eine der Kneipen ging, die es rund um den Warburger Altstadtmarkt gab, dann, das wusste er, hatte diese Art der Freizeitgestaltung für ihn auch keinen sonderlichen Erholungswert. Denn in sämtlichen Kneipen kannte ihn jeder. Er war hier groß geworden. Und von einem dieser unfreiwilligen Bekannten aus alter Zeit, von irgendeinem dieser besoffenen Stammtischbrüder würde er garantiert innerhalb kürzester Zeit als Drecksbulle angepöbelt werden. Er würde für den Führerschein verantwortlich gemacht werden, der diesem Kerl entzogen worden war, weil der nach der zehnten Flasche Bier auf dem Bau noch in sein Auto gestiegen war, um bis zur nächsten Kneipe zu fahren. Nein, das brauchte Schulte nie mehr, das hatte er hoffentlich für immer hinter sich gebracht. Niemals mehr in seinem Leben sollten solche Begebenheiten Bestandteil seiner freien Abende sein und niemals mehr sollte ihm das Gepöbel irgendwelcher Leute die Laune verderben.

Schulte nahm den Brief des Innenministers vom Tisch und hielt ihn gegen das Küchenfenster.

Der Umschlag war blickdicht. Es war nichts zu erkennen. Lediglich das Gewicht des Schriftstückes ließ darauf schließen, dass die Papierhülle weitere Blätter in sich barg.

Schulte zog die Schublade des Küchentisches auf und entnahm ihr das Hummelchen seiner Mutter, ein manchmal etwas rostiges, aber immer scharfes Schälmesser. Mit der Vorsicht, als würde er ein menschliches Organ sezieren, schlitzte Schulte den Umschlag auf. Mit jedem Millimeter, mit dem er den Briefschlitz vergrößerte, nahm das Zittern seiner Hand zu. Dann endlich hielt er das Schriftstück in der Hand. Aufgeregt begann Schulte zu lesen.

Was? Was stand da? Er konnte es nicht fassen! *...freuen wir uns, Ihnen mitteilen zu können, dass Ihre zukünftige Dienststelle die Kreispolizeibehörde Lippe ist. Ihr Dienstbeginn ist der 1. Juni 1984. Bitte erscheinen Sie am Mittwoch, den 30. Mai zu einer Vorbesprechung in der Hornschen Straße 59...*

Augenblicklich stellte sich bei Schulte eine akute Belastungsreaktion ein. Der Nachricht hatte er keinerlei Bewältigungsstrategien entgegenzusetzen. Er bekam einen heißen Kopf, gleichzeitig wurden ihm die Knie weich, er ließ sich zurück auf den Stuhl sinken. In wenigen Sekunden bildeten sich feine, silbern schimmernde Schweißperlen auf seiner Stirn.

Schulte strich sich durch die Haare und starrte auf seine feuchte Hand. Dann fing er an, wie irre zu kichern.

Detmold, er konnte es nicht fassen. Dieses Kaff. Dann konnte er auch gleich Dorfbulle in Hohenwepel oder Peckelsheim werden. Vorbei die Träume von Berlin, von der großen, weiten Welt. Augenblicklich glaubte er, jegliches Interesse an seinem Beruf verloren zu haben. Alles, was ihn an Detmold erinnerte, wenn man einmal vom Hermannsdenkmal absah, waren Polizisten, die den Ruf hatten, besonders scharf zu sein, wenn es darum ging, irgendwelchen Bauern der Warburger Börde ihre Trecker stillzulegen. War das in absehbarer Zeit auch seine Hauptaufgabe? Würde er demnächst nicht wie gehofft die spektakulären Kriminalfälle dieser Welt lösen? Musste er zukünftig braven Bauern auflauern, mit der Absicht, ihnen die landwirtschaftlichen Zugmaschinen stillzulegen?

4

„Hast du das früher auch gemacht?“, fragte Maren Köster amüsiert, als ihnen immer wieder kleine Gruppen junger Männer mit Bollerwagen voller Bierflaschen, mehr oder weniger betrunken, im Wald begegneten.

„Meinst du Vatertagsausflüge?“, fragte Jupp Schulte zurück. Er lachte leise, als habe er sich gerade an etwas erinnert. „Klar, darauf habe ich mich tagelang gefreut. Ich war immer dabei, wenn es darum ging, sich mal so richtig danebenzubenehmen. Kennst mich doch.“

Sie hakte sich lächelnd bei ihm ein.

„Das glaube ich dir aufs Wort. Und wie ist das heute? Findest du es nicht langweilig, mit mir völlig nüchtern durch den Wald zu bummeln, anstatt mit den wilden Kerlen die Sau rauszulassen?“

Vorsicht Falle, dachte Schulte und konzentrierte sich auf eine diplomatische Antwort. Viel zu oft schon hatte er das Krisenpotential solcher Fragen unterschätzt und war ins offene Messer gelaufen. Es war nicht damit getan, ihr zu sagen, dass er solchen Saufgelagen einfach nicht mehr gewachsen war, dass er aus diesem Alter raus war, dass so was tagelang schlimme Folgen nach sich ziehen würde.

„Nein, absolut nicht“, antwortete er, so überzeugend wie möglich. „Ich habe fünfzehn Jahre um dich gebuhlt und ich muss mich immer noch kneifen, wenn ich daran denke, dass dieser Traum Wirklichkeit geworden ist. Mit dir würde ich auch über den Mond laufen und hätte das Gefühl, gerade am attraktivsten Ort des Universums zu sein.“

Sie schubste ihn in gespielter Empörung etwas von sich weg und sagte lachend:

„Jupp, dass ausgerechnet du im Alter noch romantisch wirst, kann ich mir nicht vorstellen. Wer soll dir das denn glauben?“

Irritiert schaute er sie an, erkannte aber, dass sie trotz ihrer relativierenden Aussage durch seine Worte offenbar angenehm berührt war. Schulte atmete erleichtert durch. Er hatte nicht einmal übertrieben mit seinen Worten. Maren Köster war die begehrenswerteste Frau, die er kannte. Sie war zwar heute mit ihren fast fünfzig Jahren nicht mehr der rattenscharfe, Männerherzen mordende, atemberaubende Hingucker der früheren Jahre, aber sie hatte, trotz einiger Pfunde mehr, immer noch eine Figur, für die viele Zwanzigjährige ihre Seele verkaufen würden. Die schulterlangen glatten Haare waren immer noch dicht, und die dunkelrote Farbe war nach wie vor echt. Klar, hatten ihr die Jahre auch einige Fältchen ins Gesicht gezeichnet, und sie bewegte sich nicht mehr so katzengleich wie früher, aber für Schulte war und blieb sie die Traumfrau.

Wieder kam ihnen ein Trupp johlender Jungmänner entgegen.

„Krasse Braut!“, rief einer der Männer mit krächzender Stimme Schulte zu. „Hat sich gut gehalten für ihr Alter!“

Einen kurzen Moment schwankte Jupp Schulte zwischen dem Impuls, dem dreisten Kerl eine reinzuhauen oder zu lachen. Er entschied, wie Maren Köster auch, ihn einfach zu ignorieren und weiterzugehen.

Niemand in der Detmolder Kreispolizeibehörde hätte vor einem Jahr auch nur einen Pfifferling darauf gegeben, dass Schultes jahrelange Bemühungen um seine Kollegin einmal Erfolg haben könnten. Es galt als ausgemacht, dass Schulte eines Tages aufgeben würde. Umso verblüffter waren alle, als direkt nach Abschluss des Fleischhammermordfalles im letzten Jahr die beiden so unterschiedlichen, als unvereinbar geltenden Menschen ihren Kollegen verkündeten, ein Paar zu sein. Umgehend waren Wetten über die Haltbarkeit dieser unglaublichen Beziehung abgeschlossen worden. Zum allgemeinen Erstaunen hielten die beiden sich wacker. Sie hatten entschieden, ihr Verhältnis während der Arbeit ruhen zu lassen, und sie wohnten immer noch getrennt. Das hatte bislang als Konfliktvermeidungsstrategie ganz gut funktioniert. Und irgendwann war das Thema durch, die Beziehung Köster und Schulte war Alltag in der Kreispolizeibehörde geworden. Heute, am Feiertag, es war Christi Himmelfahrt, hatten beide zusammen frei. Das kam nicht oft vor und wollte genossen werden.

Zehn Minuten später verkündete ihnen ein Schild, dass sie das Gelände nicht betreten dürften. Hier wurde seit Jahren die Falkenburg, der Sitz der ersten Herren von Lippe, die bis auf die Grundmauern geschleift worden war, wieder aufgebaut. Ein ambitioniertes Unternehmen, das bei Schulte von Anfang an ambivalente Gefühle ausgelöst hatte. Einerseits gefiel dem Romantiker in ihm, dass die ehemals so stolze Burg wieder auferstehen würde, für den Pragmatiker in ihm hatte das Ganze etwas von Disneyland. Leider konnten sie vom Bauzaun aus wenig erkennen.

„Gehen wir trotzdem rein?", fragte Schulte.

„Ich weiß nicht", entgegnete sie, „wir sind immerhin Polizisten und haben eine Vorbildfunktion."

„Hm …", brummte Schulte, dessen diebische Freude beim Überschreiten von Regeln aller Art ihn seit der Kindheit immer wieder in Schwierigkeiten gebracht hatte. „Ich gehe trotzdem mal über den Zaun. Nur ganz kurz."

Als er das Bein heben wollte, um den Zaun zu überwinden, dudelte sein Handy. Verärgert blieb er stehen und zog das Gerät aus der Hosentasche. Dann lauschte er mit zunehmend schlechter gelaunter Miene dem Anrufer und steckte das Handy schließlich wieder ein.

„Tut mir leid", brummte er resigniert, „aber ich muss sofort in die Stadt. Im Knochenbach ist eine Leiche gefunden worden."

Missmutig warf Schulte ein paar Hemden, Unterwäsche und zwei frisch gewaschene Jeans in die Reisetasche. Gerade, als er sich ein Paar Strümpfe greifen wollte, klopfte es an der Tür. Seine Mutter steckte den Kopf ins Zimmer.

„Hier, Junge“, sie wedelte mit einigen länglichen Blättern. „Ich habe dir deine Bankauszüge mitgebracht. Natürlich hast du dein Konto mal wieder überzogen. Ich hab dir schon hundertmal gesagt, Schultes haben keine privaten Schulden. Darum habe ich es ausgeglichen und noch tausend Mark draufgepackt. Wenn du jetzt deine neue Stelle in Detmold antrittst, musst du ja wenigstens ein paar ordentliche Klamotten haben.“

Schulte war genervt. In den Augen seiner Mutter würde er nie erwachsen werden.

„Wieso kannst du einfach so meine Kontoauszüge abholen? Gibt es nicht noch so etwas wie ein Bankgeheimnis?“, maulte Schulte missmutig.

„Komm, Junge, nun stell dich mal nicht so an! Wir haben doch keine Geheimnisse voreinander. Und glaub mir, wenn ich deine Kontoauszüge haben möchte, dann bekomme ich sie auch. Oder glaubst du etwa, Backhaus’ Anton würde es sich trauen, mir zu widersprechen, wenn ich wissen will, was auf deinem Konto los ist?“

Ein Lächeln huschte über das schon runzelige, mit Falten durchzogene Gesicht seiner Mutter. Dabei blitzten ihre Augen wie die Sterne.

Das Leben war an seiner alten Dame nicht gerade spurlos vorübergegangen. Aber bei ihr war das nur Patina. Wenn man genau hinsah, war sie doch noch eine verdammt schöne Frau. Warum sie wohl nach dem Tod seines Vaters nicht noch einmal geheiratet oder sich zumindest einen Freund gesucht hatte?

„Bevor du nachher nach Detmold fährst“, wurde Schulte aus seinen Gedanken gerissen, „gehst du bitte noch schnell zu *Wilke* und kaufst dir ein paar ordentliche Anzüge, Hemden und Krawatten. Dann machst du wenigstens gleich von Anfang an einen ordentlichen Eindruck bei deinen Kollegen", sagte sie mit mahnender Stimme.

„Och, Mutter, nee! Hör doch endlich mit dem Versuch auf, mich anzuziehen. Heutzutage trägt keiner mehr eine Krawatte bei der Kripo."

Empört stemmte die alte Dame die Hände in die Hüften.

„Komm mir jetzt nicht so, Josef! Du glaubst wohl, ich sehe kein Fernsehen? Da irrst du dich. Und glaub mir, in den Filmen, da tragen alle Kommissare Krawatten. Außer dieser *Schimpanski* oder wie der heißt. Willst du dir den etwa zum Vorbild nehmen?"

Schulte war genervt.

„Nein Mutter, ich will mir Schimanski nicht zum Vorbild nehmen. Ich bin das Vorbild für Schimanski."

Schultes Mutter sah ihn empört an. Und drohte ihm dann lachend mit der rechten Hand, einer Geste, die sagen wollte, es wird Zeit, dass ich dir mal wieder etwas hinter die Ohren gebe.

Das Geplänkel der beiden wurde jäh durch das schrille Geräusch der Haustürklingel unterbrochen. Schultes Mutter sah auf die Uhr. „Wer kommt denn jetzt, so kurz vor dem Mittagessen, noch vorbei? Das gehört sich doch nicht! Wenigstens am Mittag muss man doch noch seine Ruhe haben."

Verärgert stieg sie hinunter, um dem ungebetenen Gast zu öffnen.

„Hallo, Oma", hörte Schulte eine helle Kinderstimme. Und dann ein äußerst unfreundliches: „Tag Minna, ist Jupp da?"

Ach du Scheiße, dachte Schulte. Was will die denn hier? Er wusste, immer wenn Mona, seine Exfrau, auftauchte, bedeutete das nichts Gutes. Während er nach unten stieg, machte er sich auf eine unangenehme Begegnung gefasst.

Kaum sah Mona ihn, da schimpfte sie auch schon los.

„Da bist du ja, du Rabenvater. Wie ich hörte, hältst du dich schon seit ein paar Wochen in Warburg auf und hast dich nicht einmal bei deiner Tochter blicken lassen. Damit ist jetzt Schluss. Ich fahre eine Woche in Urlaub. Und du kannst endlich mal die Verantwortung wahrnehmen und dich um dein Kind kümmern."

Schulte öffnete den Mund, um ihr zu erklären, dass er gerade auf dem Weg nach Detmold sei. Doch bevor er das erste Wort herausbrachte, giftete Mona: „Ina hat Pfingstferien. Die wird sie mit dir verbringen. Und komm bloß nicht auf die Idee, Ina wieder bei deiner Mutter zu parken. Du bist ihr Vater und hast dich zu kümmern. Wenn du das nicht machst, dann hetze ich dir das Jugendamt auf den Hals. Und jetzt tschüs. Übernächsten Sonntag um achtzehn Uhr bringst du mir Ina wieder vorbei. Keine Minute früher und keine Minute später."

Mona drehte sich um, nahm ihre Tochter noch einmal liebevoll in den Arm und küsste sie auf die Wange. „Wir haben alles besprochen, Liebes, sei tapfer." Sie beachtete Schulte nicht mehr mit der kleinsten Geste, warf die Haustür zu und weg war sie.

Schulte stand da wie ein begossener Pudel, während seine Mutter ihn mit einem Blick, der Traurigkeit und auch etwas Vorwurfsvolles in sich barg, ansah. Dann sagte sie so leise, dass Ina es nicht hören konnte: „Mein Gott, Josef, irgendwann musst du der Mona mal sehr wehgetan haben."

Noch ehe Schulte antworten konnte, zupfte ihn Ina am Ärmel.

„Papa, wenn du nach Detmold musst, was machen wir denn dann? Weil, Mama fährt doch gleich in Urlaub, nach Gran Canaria. Wo soll ich denn jetzt hin? Wenn Mama sagt, dass ich nicht bei Oma bleiben darf?"

Schulte sah seine Tochter verdattert an. Dann grinste er.

„Na, wir fahren zusammen nach Detmold, und du hilfst mir einfach bei meiner Arbeit."

„Du meinst, beim Einbrecherfangen?“, strahlte Ina ihn mit großen Augen an.

Schulte grinste noch breiter.

„Klar, wenn wir welche erwischen, dann stecken wir sie ins Gefängnis.“

„Au ja, das machen wir.“ Ina klatschte begeistert in die Hände und hüpfte wie ein Flummi um Schulte herum.

Schultes Mutter warf ihrem Sohn einen bösen Blick zu.

„Josef, was redest du da für einen Unsinn? Du kannst doch das Kind nicht einfach mitnehmen. Du hast ja noch nicht mal ein Zimmer in Detmold. Wo wollt ihr denn schlafen?“

Schulte nahm seine Mutter in den Arm und drückte sie. Die wollte sich zwar wehren, kam aber gegen ihren Sohn nicht an.

„Nun reg dich mal nicht auf, Mütterchen. Ich bin sechsundzwanzig Jahre alt und ein frischgebackener Kommissar. Da werde ich das eine oder andere schon mal selbst entscheiden können. Mach dir keine Sorgen, Ina und ich landen schon nicht unter der Brücke.“

Und an seine Tochter gewandt sagte er: „Schnapp dir deine Tasche, wir fahren.“

„Au ja, und während der Fahrt hören wir Pumuckl.“

Schultes Mutter seufzte und drückte ihm einen Korb in die Hand. „Hier, ich habe dir noch etwas zu essen eingepackt.“ Sie legte noch eine Tüte Gummibärchen obendrauf.

Dann drohte sie Schulte mit dem Zeigefinger.

„Für Ina, verstanden! Nicht für dich, Josef.“

6

Als Polizeirat Jupp Schulte im Eingangsbereich des Altenheimes *Im Weinberg* ankam, war der bereits komplett mit Trassierband abgesperrt. Eine kleine Menschenmenge stand vor der Absperrung und schaute interessiert den weiß gekleideten Leuten zu, die geschäftig hin und her huschten. Schulte verabscheute diese Form von Neugier, konnte jedoch nicht dafür garantieren, dass er selbst sich in einer solchen Situation anders verhalten hätte. Maren Köster hatte ihn nach dem Anruf mit ihrem Auto nach Detmold gefahren und ihn an der Allee abgesetzt. Dann war sie nach Haus gefahren, um den Rest des Tages allein und vermutlich schlecht gelaunt zu verbringen. Schulte konnte ihre Enttäuschung über den so abrupt unterbrochenen freien Tag zwar verstehen, sah aber keinen Grund, sich dafür schuldig fühlen zu müssen.

Auf der Knochenbachbrücke innerhalb des Altenheimgeländes begrüßte ihn eine riesige, kräftig gebaute Frau. Auch sie war mit einer weißen Kombination und ebensolchen Gummistiefeln bekleidet, was ihre enormen Ausmaße optisch noch verstärkte. Ihre zarte Kleinmädchenstimme hingegen schien, wie auch ihre schulterlangen dichten Locken, einer ganz anderen Person zu gehören. Wie immer, wenn Schulte der Frau sehr nah gegenüberstand, hatte er das Gefühl, gleich von einem Lastwagen überrollt zu werden. Er trat einen Schritt zurück und legte den Kopf in den Nacken, um Renate Burghausen in die freundlichen, klugen Augen schauen zu können.

„Und?", fragte er.

Die Leiterin der Spurensicherung war bei ihren Einsätzen meist bester Laune. Tatorte, die anderen Menschen ein lebenslanges Trauma verursacht hätten, schienen bei ihr eher stimulierend zu wirken. Ein bisschen schräg war Renate Burghausen schon, aber er mochte sie, schätzte ihre Kompetenz und ihre Gradlinigkeit.

„Ein alter Mann liegt da unten tot im Bach", antwortete sie fröhlich und zeigte mit der Hand über die aus Natursteinen gemauerte rechte Seitenbegrenzung der Brücke nach unten. „Die genaue Todesursache haben wir noch nicht klären können, da er noch im Wasser liegt und wir mit der Bergung warten wollten, bis Sie hier sind. Er ist aber ziemlich wahrscheinlich erschlagen worden. Kommen Sie mit. Haben Sie keine Gummistiefel dabei?"

Hatte Schulte natürlich nicht, und so blieb ihm nichts anderes übrig, als mit seinen Straßenschuhen den abschüssigen, vom Regen durchweichten Hang hinunter zum Bachbett zu rutschen. Dann stand er vor dem verrenkten Körper eines alten Mannes, der am Rande des Baches, etwas oberhalb des Hauptwasserlaufes, auf dem Bauch lag. Ein Teil des auf der rechten Wange liegenden Kopfes war durch eine große aufgeplatzte Verletzung deformiert. Das Wasser des Baches hatte bereits alles Blut aus der Wunde gewaschen, und so wirkte die Szene trotz allem irgendwie klinisch.

„Was meinen Sie, wie lange liegt er da schon?", fragte Schulte. Renate Burghausen zögerte mit der Antwort.

„Ganz schwer zu sagen, unter diesen Bedingungen. Das kann nur die Obduktion klären. Ich tippe mal auf rund vierundzwanzig Stunden. Aber nageln Sie mich darauf nicht fest, es ist nur eine erste ganz grobe Schätzung."

Schulte nickte und schaute sich schweigend weiter um. Die walkürenhafte Frau neben ihm schien zu wissen, wonach er suchte.

„Die Tatwaffe haben wir noch nicht gefunden, wenn Sie die suchen. Wir wissen aber auch noch nicht so richtig, wonach wir suchen müssen.".

„Ist der Mann beraubt worden?", fasste Schulte nach.

„Nein, definitiv nicht. Seine Brieftasche steckte noch in der Innentasche seines Mantels. Alles war da: Geld, die üblichen Papiere und seine Kreditkarte. Leider ist alles komplett vom Wasser durchgeweicht, aber noch immer lesbar. Der Mann heißt Doktor Walter Konzelmann, ist vierundachtzig Jahre alt und wohnt hier ganz in der Nähe. Raubmord können wir wohl ausschließen."

Schulte und Burghausen verließen ihre Stehplätze, um dem Fotografen der Spurensicherung Platz zu machen, und kletterten wieder den Abhang hoch. Oben angekommen, kam einer der Mitarbeiter auf Renate Burghausen zu.

„Wir haben da was gefunden, glaube ich“, sagte der junge Mann schüchtern, als er vor seiner imposanten Chefin stand.

Direkt neben der Sitzbank war ein dunkler, eher unscheinbarer, aber noch feuchter Fleck zu sehen. Die große Frau ging laut ächzend in die Knie, wischte mit dem Zeigefinger über den Fleck und roch dann an ihrem Finger. Als sie sich offenbar eine Meinung gebildet hatte, kam sie, diesmal noch stärker ächzend, wieder in die Höhe und hielt Schulte den Finger direkt vor die Nase. Der zuckte erschrocken zurück, aber das half ihm wenig. Der Finger folgte ihm, und so hatte er keine andere Wahl, als wenigstens den Anschein zu erwecken, daran zu schnuppern. Dann zuckte er ratlos die Achseln. Renate Burghausen schien seine Reaktion erwartet zu haben und lächelte nachsichtig.

„Kennen Sie den Geruch nicht? Hatten Sie früher kein Moped oder ein Mofa? Ich würde es nicht beschwören, aber ich tippe auf ein Benzin-Öl-Gemisch für einen Zweitaktmotor. Also wahrscheinlich ein Mofa oder so. Der Fleck ist noch nicht alt. Könnte also mit dem Mord zu tun haben, muss aber nicht.“

Schulte, der heilfroh war, nicht mehr diesen wurstdicken Zeigefinger vor der Nase zu haben, schaute sich noch einmal zu Renate Burghausen um.

„Okay, dann suchen Sie mal weiter. Ich werde jetzt Klingelmännchen spielen und die Nachbarn besuchen. Haben Sie eigentlich schon Kontakt zur Heimleitung gehabt?“

Frau Burghausen nickte und zeigte auf eine mittelalte Frau, die etwas entfernt stand und traurig über die ungewöhnliche Szenerie blickte.

7 1984

Auf der Strecke von Warburg bis Detmold konnte man die Hörspielkassette *Pumuckl und sein Freund Meister Eder* genau zweieinhalb Mal hören. Das wusste Schulte jetzt. Und er wusste auch, dass die Strecke von Warburg nach Detmold die höchste Dichte von stationären Blitzern in ganz Nordrhein-Westfalen aufzubieten hatte. Selbst für Schulte, dessen Bulli mit seinen siebenundvierzig PS die hundert Kilometermarke nur selten, und wenn, dann überhaupt nur bergab, erreichte, war diese Straße vermintes Gebiet. Denn kaum hatte seine Blechkiste Fahrt aufgenommen und eine Geschwindigkeit von ansatzweise neunzig Stundenkilometer erreicht, kam auch schon die nächste Geschwindigkeitsbegrenzung und damit der nächste Starenkasten. Also musste Schulte wieder abbremsen. Irgendwann, kurz hinter Steinheim, war er es leid. Er fuhr einfach nur noch siebzig. Zwar wurde er mit seinem Fahrzeug dadurch zum allgemeinen Verkehrshindernis und zog den Ärger der anderen Autofahrer auf der Ostwestfalenstraße auf sich. Aber das war ihm ziemlich egal. Die Entscheidung, nicht mehr ständig die Geschwindigkeit zu wechseln, fiel genau zu dem Zeitpunkt, an dem die Pumuckl-Kassette das zweite Mal durchgelaufen war. Schulte, mittlerweile ziemlich runter mit den Nerven, wagte ganz vorsichtig den Vorstoß, vielleicht jetzt mal eine Kassette aus seinem Repertoire zu hören. Das jedoch lehnte Ina strikt ab. Sie hätte, so behauptete sie, bei Oma im Haus von ihm das Versprechen bekommen, während der Fahrt Pumuckl zu hören. Schulte überlegte, ob er diskutieren sollte. Entschied sich jedoch dagegen.

Es war nicht einmal dreizehn Uhr, als Schulte seinen Bulli vor der Kreispolizeibehörde stoppte. Sie hatten noch zwei Stunden Zeit bis zu dem Vorgespräch mit seinem zukünftigen Chef.

„Was meinst du, Ina, gehen wir in die Stadt, Mittagessen?“, versuchte Schulte der Pumuckl-Session ein jähes Ende zu bereiten.

„Au ja, ich nehme Pommes mit Majo.“ Seine Tochter war begeistert. Gemeinsam gingen sie die Hornsche Straße, Richtung Innenstadt entlang, um alsbald in die Leopoldstraße einzubiegen. Vor dem Gebäude der Bezirksregierung, einem hässlichen Hochhaus, blieben sie stehen. Schulte sah es sich an und knurrte sich in den Bart: „In dem verdammten Kasten sitzt wahrscheinlich das Arschloch, das mich nach Detmold versetzt hat.“

Ina sah Schulte mit strenger Mine an und sagte: „Meine Lehrerin behauptet, *verdammt* sagt man nicht und *Arschloch* erst recht nicht.“ Dann zwinkerte sie Schulte zu und meinte verschwörerisch: „Wenn Frau Pohlmeier nicht dabei ist, sage ich die Wörter aber auch manchmal, und *Blödmann* sage ich auch noch.“

Schulte grinste und strich ihr sanft durch die Haare.

Als die beiden von der Exterstraße kommend in die Lange Straße einbogen, staunte Schulte nicht schlecht. Was für eine ansehnliche Stadt, wenn auch mit einem hässlichen RP-Gebäude gestraft. Wieso wusste er eigentlich nicht, dass die Innenstadt Detmolds so schön war? Wenn hier jetzt auch noch ein bisschen was los war, war die Versetzung nach Detmold vielleicht doch nicht ganz so schlecht.

Nach ein paar hundert Metern, Schulte staunte immer noch, meldete sich Ina zu Wort: „Rudolf's Rostbratwurst“, las sie langsam vor. „Ob es da wohl auch Pommes gibt?“

Fünf vor drei betraten Schulte und seine Tochter die Detmolder Kreispolizeibehörde. In dem Glaskasten saß ein dicker Polizist mit einer Panzerknackervisage. Wie es der feiste Kerl wohl zur Polizei gebracht hatte, fragte sich Schulte irritiert.

Der Dicke starrte den Mann und das Mädchen unverhohlen an.

„Was ist?“, fragte er unfreundlich. Die beiden schienen zu stören.

„Kommissar Schulte“, stellte er sich dem Polizeimeister vor.

„Ja schön, und?“, fragte der Dicke dämlich. Schulte betrachtete den Mann. Er trug kein Namensschild.

„Wie heißen Sie, Herr Polizeimeister?“, fragte er den Polizisten hinter der Glasscheibe etwas verärgert und konnte den Gedanken, was das denn für ein Blödmann sei, nicht verhindern.

„Äh, ja, ich meine, ich heiße Egon Volle“, brachte er umständlich hervor.

„Also, Kollege Volle, mein Name ist Jupp Schulte. Ich bin der neue Kommissar hier bei der Kreispolizeibehörde Detmold. Ich habe um fünfzehn Uhr einen Termin bei Hauptkommissar Grabowski. Würdest du mich bitte bei ihm anmelden?“

„Ja, äh, wie jetzt?“ Kaum zu glauben, das Gesicht des Polizisten nahm einen noch dämlicheren Ausdruck an.

„Mann, Volle, nun sei doch nicht so vernagelt. Das ist doch bescheuert. Ruf einfach meinen neuen Chef an und sag ihm, dass ich da bin.“

„Bescheuert sagt man nicht“, kam es von Ina.

„Genau“, sagte Volle und grinste Schultes Tochter dankbar an.

„Mein Gott, Volle, was ist denn nun? Wenn hier nicht bald was passiert, dann hole ich dich aus dem Glaskasten raus, setze mich auf deinen Platz und rufe den Chef selber an. Und du fährst zukünftig wieder Streife“, raunzte Schulte den Mann hinter der Scheibe an und verdrehte die Augen.

Während Volle „Der ist nicht da!“ nuschelte und sich anschließend verlegen die Fingernägel polierte, maulte Ina. „Mensch, Papa, sei nicht so unfreundlich!“

Schulte raufte sich die Haare, ignorierte seine Tochter und stöhnte genervt: „Wie? Der ist nicht da?“

„Ist noch in der Mittagspause“, gab Volle kleinlaut zum Besten. „Der Chef wohnt ja gleich hier um die Ecke, in Remmighausen. Mittags isst er immer zu Hause.“

„Und wo ist sein Büro?“

„Erster Stock, Zimmer 100.“

„Dann lass mich rein. Ich warte auf ihn“, befahl Schulte dem Dicken.

„Geht nicht, ich darf keine Zivilisten in das Gebäude lassen“, entgegnete Volle.

Schulte kramte in der Tasche und hielt ihm den Dienstausweis unter die Nase.

Hastig drückte Volle auf den elektronischen Türöffner und nuschelte: „Darf ich eigentlich gar nicht, für jeden x-Beliebigen die Tür aufmachen.“

Schulte war schon fast durch die Tür, da hörte er hinter sich ein Räuspern und die Worte: „Genau, Volle, darfst du nicht! Wir sprechen uns noch.“

Schulte hatte die Eingangstür zu dem eigentlichen Polizeigebäude schon fast passiert, als er die Stimme vernahm, und er drehte sich wieder um. Er sah einen jetzt schwitzenden Volle und einen stiernackigen, kräftigen Mann mit Kinnbart.

„Junger Mann, wer sind Sie, dass Sie in meiner Polizeibehörde einen meiner Beamten anschnauzen?“, stellte ihn der Stiernackige mit befehlsgewohnter Stimme zur Rede.

„Kommissar Schulte.“

„Und ich bin Ina“, kam es von Schultes Tochter, etwas ängstlich.

„Kommissar Schulte? Sagt mir nichts.“ Der Stiernacken zuckte mit den Schultern und räusperte sich.

„Sollte es aber“, entgegnete Schulte kühl und wusste augenblicklich, dass er und dieser Mann keine Freunde wurden.

Er sah demonstrativ auf die Uhr und sagte dann möglichst unterkühlt. „Denn wir hatten vor genau fünfzehn Minuten einen Termin, Hauptkommissar Grabowski.“

„Na, nun riskieren Sie mal am ersten Tag nicht gleich eine dicke Lippe, Herr Schulte." Dann wies er auf Ina und sagte: „Und ein Kindergarten sind wir auch nicht."

„Ich helfe meinem Vater in den nächsten Tagen bei der Verbrecherjagd", entgegnete die Kleine und grinste, ebenso wie Schulte, den Stiernacken an.

Der bekam eine Hustenattacke. Als er sich davon wieder erholt hatte, sah er Schulte böse an und hoffte, damit Eindruck zu machen. Doch da war er bei seinem neuen Kommissar an der falschen Adresse. Vorgesetzte waren noch nie Schultes Fall gewesen. Mir ist es egal, wer unter mir Chef ist, pflegte er zu sagen. Diese Haltung hatte ihm während seiner Zeit bei der Polizei schon öfter Ärger eingebracht.

„Also, was ist jetzt, Hauptkommissar Grabowski", entgegnete Schulte gelassen. „Besprechung oder nicht?" Er konnte Grabowskis Gedanken quasi von dessen Stirn ablesen: Dem Schnösel werde ich schon noch zeigen, wo Bartel den Most holt, nahm der sich wahrscheinlich vor.

Laut sagte Grabowski aber bloß: „Na, dann kommen Sie mal mit. Ihre Tochter kann bei Volle warten."

In Grabowskis Büro zeigte sich Schultes Chef von der besten Seite. In zehn Minuten hatte er Schulte die Welt erklärt. Glaubte Grabowski jedenfalls. Denn er bemerkte nicht, dass Schulte schon nach dreißig Sekunden auf Durchzug gestellt hatte und gelangweilt aus dem Fenster sah. Als der Hauptkommissar seinen Vortrag mit: „Noch Fragen?", beendet hatte, nickte Schulte.

„Das heißt: Ja, Herr Hauptkommissar", schnauzte Grabowski.

„Okay, Herr Grabowski. Bin ich neben Ihnen der einzige Beamte im gehobenen Dienst in diesem Kommissariat, oder gibt es noch Kollegen?" Dabei bemerkte er, dass sich sein neuer Chef angesichts der unmilitärischen Wortwahl gewaltig anstrengen musste, um nicht die Beherrschung zu verlieren. „Ja, es gibt noch Kommissar Lohmann. Der ist heute aber in Düsseldorf. Landespolizeimeisterschaft im Fußball. Aber die Pöhlerei auf Staatskosten gewöhne ich dem auch noch ab, das können Sie mir glauben, Herr Kommissar."

„Wo ist mein Büro?", schoss Schulte die nächste Frage ab.

„Raum 113. Neben Lohmann und Ihnen arbeitet noch Frau Meierjohann, Hedwig Meierjohann, bei uns. Sie ist Zivilistin, äh, ich meine, unsere Sekretärin."

Wieder bekam Grabowski einen Hustenanfall.

„Ist Ihnen nicht gut?", fragte Schulte. Grabowski winkte ab.

„Ich glaube, mich hat eine Sommergrippe erwischt. Aber so was haut uns ja nicht um, oder, Herr Schulte? So eine kleine Grippe macht uns nur noch härter."

Wieder hustete der Hauptkommissar. Dann fuhr er fort: „Was uns nicht umbringt ..., na, Sie kennen diese Lebenseinstellung, sind ja durch unsere hervorragende deutsche Polizeischule gegangen. Da hat man es Ihnen ja beigebracht. Wir deutschen Polizisten, hart wie Kruppstahl, zäh wie Leder …, na, lassen wir das. Wir sehen uns morgen früh um acht Uhr. Ach, und übrigens, ich lege Wert auf Pünktlichkeit. Das schreiben Sie sich mal gleich hinter die Ohren, Kommissar." Grabowski wedelte mit der Hand und schob ein „Wegtreten!" nach.

Schulte hingegen ging auf den Hauptkommissar zu, streckte seinem Gegenüber die Hand entgegen, und als der verblüffte Grabowski sie nahm, sagte Schulte artig: „Auf Wiedersehen, Herr Grabowski, wir sehen uns dann morgen." Anschließend machte er einen Diener. Seine Mutter hätte ihre wahre Freude an dem wohlerzogenen Sohn gehabt. Und Schulte freute sich auch, als er den völlig verdatterten Hauptkommissar anlächelte.

Als Schulte wieder am Eingang ankam, legte Ina fünf Spielkarten vor Volle auf den Tisch. „Das ist doch eine große Straße, oder, Egon?"

8

Schulte hätte es voraussagen können – die Befragung der Nachbarn war nichts als Zeitverschwendung. Niemand hatte im fraglichen Zeitraum etwas gehört, geschweige denn gesehen. Niemand wohnte in direkter Nachbarschaft, selbst die nächstliegenden Häuser waren mehr als einen Steinwurf entfernt. Auch die Leiterin des Altenheimes versiegte als Informationsquelle enttäuschend schnell. Die alten Bewohner des Heimes lagen vermutlich zur Tatzeit alle im Bett und schliefen, das diensthabende Personal war entweder beschäftigt gewesen oder hatte vor dem Fernseher gesessen.

Nun stand Schulte vor dem repräsentativen Haus, das im Personalausweis des Toten als Wohnort angegeben war. Es war eine dieser herrlichen Naturstein-Villen, die es in kaum einer vergleichbar großen Stadt Deutschlands in der Menge zu bestaunen gibt. Schulte klingelte in der unteren Etage. Nach einer Weile öffnete sich die hohe, edel geschnitzte Haustür, und eine Frau trat heraus. Es war eine sehr kleine, zierliche Frau um die sechzig. Eine Menge kleiner Knochen, verpackt in einem runzligen Hautsack. Aber freundlich und auskunftsfreudig. Sie war ehrlich schockiert, als Schulte ihr die Nachricht vom gewaltsamen Tod ihres Nachbarn brachte. Er ließ ihr viel Zeit. Als die Frau sich wieder etwas gefasst hatte, fragte Schulte:

„Kannten Sie ihn gut, den Dr. Konzelmann?"

„Na ja", antwortete die Frau und putzte sich wiederholt geräuschvoll die Nase, „wie man sich eben so kennt, wenn man in einem Haus wohnt. Uns, also meinem Mann und mir, gehört die untere Etage. Doktor Konzelmann gehört die obere. Unsere ist für meinen Mann und mich schon viel zu groß. Ich habe mich immer gefragt, was so ein alter Junggeselle in einer so riesigen Wohnung macht. Aber zweimal in der Woche kam eine Putzfrau. Außerdem noch eine andere Frau, die für ihn einkaufte und sonstige Besorgungen machte. Er hatte ja eine gute Pension, der alte Herr."

„Was für ein Typ war er? Konnte man mit ihm gut auskommen, oder war er schwierig?"

„Ja, wissen Sie ...", offenbar war sie unschlüssig, was sie sagen sollte, „er war von Beruf Richter und darauf war er ziemlich stolz. Kann ich ja auch verstehen. Obwohl er schon die Nase reichlich hoch trug. Ich meine, auch andere Leute haben im Leben etwas erreicht und lassen das nicht ständig so raushängen. Also, da war er schon anstrengend. Aber verstehen Sie mich nicht falsch, ich ..."

Schulte unterbrach sie und fragte schnell:

„Ist Ihnen in der letzten Zeit irgendwas aufgefallen an Ihrem Nachbarn? Hatte er vielleicht ungewöhnlichen Besuch? Wirkte er nervös? Oder sonst etwas?"

„Besuch hatte er nie. Jedenfalls habe ich das nicht mitbekommen. Ich glaube, er hatte überhaupt keine Angehörigen mehr. Er hat mir mal erzählt, dass seine einzigen Kontakte die beiden Zugehfrauen und sein Stammtisch seien. Da hat er mir fast ein bisschen leidgetan. Aber auch nur fast."

„Wissen Sie den Namen der Zugehfrauen?" Schulte horchte dem seltsamen Klang des altmodischen Wortes nach.

„Nein!", antwortete die Frau so bestimmt, dass Schulte daran keinen Zweifel hatte.

„Wissen Sie denn, aus welchen Leuten sein Stammtisch bestand? Und vielleicht auch, wo sich der Stammtisch immer getroffen hat?"

Wieder schüttelte die Frau den Kopf.

„Nein, das weiß ich leider auch nicht. Wie gesagt, Dr. Konzelmann war sehr zurückhaltend und hat über sein Privatleben so gut wie nie gesprochen. Mag sein, dass mein Mann mehr weiß. Sie wissen ja, Männer unter sich, da erzählen die schon mal mehr."

„Kann ich Ihren Mann sprechen?"

„Nein, der ist schon seit drei Tagen auf einer Dienstreise. Er ist freier Handelsvertreter, die sind immer viel unterwegs. Aber er hat gesagt, dass er morgen Mittag wieder zu Hause ist. Mit ihm hat Dr. Konzelmann viel häufiger mal gesprochen. Mich hat er immer nur flüchtig gegrüßt, wenn überhaupt."

„Sie mochten ihn nicht besonders, oder?", fragte Schulte. Die arme Frau fühlte sich offenbar von dieser Frage unter Druck gesetzt und überlegte lange.

„Wissen Sie, es war nicht leicht, ihn zu mögen. Er hat es den Leuten nicht einfach gemacht. Aber nicht, dass Sie jetzt was Falsches von mir denken, Herr Kommissar. Bin ich jetzt verdächtig?"

Schulte beruhigte die besorgte Frau und verabschiedete sich.

Die Bewohner des Hauses auf der anderen Seite des Tatortes waren, wie sich herausstellte, seit mehreren Tagen im Urlaub und kamen dadurch als Zeugen nicht in Frage.

Verärgert blickte Schulte auf seine Armbanduhr. Es war fast achtzehn Uhr an einem eigentlich dienstfreien Tag. Zeit, nach Hause zu gehen. Er ging zum Fundort der Leiche zurück, wo die Leute von der Spurensicherung schon dabei waren, die Sperren wieder abzubauen. Der Tote war längst abtransportiert worden und Schultes Mitarbeiterin Pauline Meier zu Klüt unterhielt sich mit einem der Männer, als sie ihren Chef erblickte.

„Ich übernehme jetzt, Chef", sagte sie mit dem ihr eigenen strahlenden Lächeln, „Sie können Feierabend machen."

„Danke, Meier, das ist wirklich großzügig von dir", schmunzelte Schulte.

Während die junge Frau, eine lippische Bauerntochter, die neben ihrem Hauptberuf bei der Polizei auch noch den Hof ihrer verstorbenen Eltern zu bewirtschaften versuchte, ihren direkten Vorgesetzten auch nach mehrjähriger Zusammenarbeit noch immer siezte, dachte Schulte gar nicht an solche Förmlichkeiten. Er hatte ihr schon oft das „Du" angeboten, aber das schien ihr offenbar nicht zu behagen.

„Ach Meier, ich bin ohne Auto hier. Würdest du mich eventuell nach Hause fahren? Hier gibt's ja nicht mehr viel zu tun."

9 1984

Schulte und Ina bummelten schweigend durch die Lange Straße. Als die beiden die Gasse, die zu *Rudolfs Bratwurstbude* führte, passierten, fragte Ina: „Noch mal Fritten?"

Schulte runzelte die Stirn. „Nee, lass uns für dich noch schnell einen Schlafsack und eine Isomatte kaufen, und dann sehen wir uns nachher mal ein paar Kneipen hier in Detmold an und essen irgendwo zu Abend."

Ina schaute ihren Vater fragend an. „Du meinst, wir gehen in die Kneipe? Dürfen achtjährige Mädchen das schon?" Ina zog die Nase kraus.

„Nein, wir gehen essen!", entgegnete Schulte grinsend.

„Essen gehen ist okay. Das hab ich mit Mama neulich auch gemacht." Ina überlegte. „Und nach dem Essen, was machen wir dann?"

„Na, wir gehen schlafen", entgegnete Schulte.

„Wirklich? Im Bulli?"

„Wirklich im Bulli", entgegnete Schulte.

„Abenteuer, super!" Ina hüpfte aufgeregt um Schulte herum. „Aber wehe, du schnarchst."

Bei Karstadt bekamen die beiden alles, was sie brauchten. In einem Getränkemarkt kaufte Schulte sich noch eine paar Bier und für Ina eine Flasche Sinalco.

„So", erklärte Ina mit einer Entschlossenheit, die keinen Widerspruch duldete. „Das alles bringen wir jetzt zum Auto, und dann sehen wir uns die Stadt an."

„Schöner als Warburg", stellte Ina zwei Stunden später fest und widmete sich nach dieser Feststellung wieder dem Eis, das Schulte ihr spendiert hatte.

Nachdem sie die angeschmolzene Masse sicherheitshalber in den Mund befördert hatte, stellte sie fest: „Bummeln macht hungrig. Ich brauche jetzt was zu essen."

Die beiden standen gerade vor einer alten Villa, die aussah wie ein schottisches Castle. Schulte sah sich um.

„Wo sind wir denn hier? Ich habe da doch eben eine Kneipe gesehen. *Neuer Krug* oder so. Komm, lass uns die mal suchen, Ina."

Ina hüpfte wieder wie ein Flummi mehrfach in die Luft. Dann zeigte sie auf einen Fachwerkgiebel, der halb von Bäumen und Büschen verdeckt war und rief aufgeregt: „Ja, da hinter dem Fluss, da ist sie, die Kneipe, habe ich auch gesehen. Da ist eine Brücke. Komm, Papa, ich habe einen Bärenhunger."

Zehn Minuten später saßen die beiden in einem Biergarten, wie Schulte ihn vielleicht in München vermutet hätte, aber bestimmt nicht hier in Detmold. Es war gerade mal kurz nach sieben, und fast alle Tische waren besetzt.

Bei einer gut aussehenden jungen Frau bestellten die beiden.

„Ich hätte gerne Fritten", posaunte Ina.

„Die haben wir leider nicht", lächelte die hübsche Bedienung.

„Was habt ihr denn?"

„Pizza, Nudeln, eben alles, was in der Speisekarte steht." Die Frau lächelte wieder und deutete auf einen braunen abgegriffenen Plastikordner. „Kannst du schon lesen, oder soll ich?"

„Klar kann ich lesen. Ich komme doch schon bald ins dritte Schuljahr", entgegnete Ina empört. „Muss ich aber gar nicht. Ich weiß nämlich schon, was ich essen möchte. Nudeln mit Tomatensoße."

Als die junge Frau die Bestellung aufgenommen hatte, sagte sie: „Heute ist ziemlich viel los. Und uns fehlt gerade jemand in der Küche. Es kann also eine Zeit dauern, bis ihr das Essen bekommt."

„Das macht gar nichts“, entgegnete Ina grinsend. „Dann kann ich wenigstens länger aufbleiben.“

Später, als sie gerade die erste Nudel kunstvoll in den Mund beförderte, standen auf einmal zwei junge Frauen an ihrem Tisch. Sie lächelten.

„Sind die Plätze hier noch frei?“

Noch bevor sich Schulte zu dieser Frage äußern konnte, erledigte Ina das für ihn.

„Hmhm“, mümmelte sie, schluckte die Nudeln herunter, leckte sich die Tomatensoße von den Lippen und schob dann nach: „Klar, die Stühle sind frei.“

Die Frauen setzten sich.

„Die Nudeln sind klasse“, plapperte Ina weiter. „Und besonders die Tomatensoße. Einfach klasse. Wie heißt ihr?“

„Omi“, sagte die eine und „Olaf“, die andere.

Ina grinste, „Quatsch, das sind doch keine Namen. Oma jedenfalls nicht, und Olaf heißen in Warburg, da wohne ich, nur Jungen.“

„Na ja, in Wirklichkeit heißen wir Ingrid und Margret. Aber alle nennen uns Omi und Olaf.“

„Okay, ich heiße Ina, und so sagen auch alle zu mir. Mein Vater heißt Josef. Zu dem sagen aber alle Jupp.“

Schulte grinste verlegen und trank von seinem Hefeweizen.

„Mein Vater ist Bulle und geht jetzt in Detmold auf Verbrecherjagd.“

Schulte verschluckte sich, hustete und rang dann nach Luft.

„In den nächsten Tagen helfe ich ihm dabei“, berichtete Ina den beiden Frauen voller Stolz weiter.

10

Auf Schultes Wunsch hin hatte Pauline Meier zu Klüt zwischendurch an Schultes Lieblingsdönerbude haltgemacht, sodass ihm das Kochen an diesem Abend erspart blieb. Seine Wohnung war so chaotisch wie immer. Er war es nicht anders gewohnt und nahm den Zustand, den jede Schwiegermutter in die Depression getrieben hätte, gar nicht mehr wahr. Er griff sich eine Flasche Bier aus dem Kühlschrank, befreite den einzigen Sessel von einem Berg an Kleidungsstücken und ließ sich wohlig seufzend ins Polster fallen. Als die Flasche *Detmolder Herb* aufploppte, schaute er durch sein Küchenfenster auf das weite Rund des Fritzmeierschen Hofes.

Seit sechzehn Jahren lebte er in dem Nebengebäude des Bauernhofes in dem kleinen Dorf Heidental bei Detmold. Sein Vermieter war der steinalte Bauer Anton Fritzmeier, zu dem Schulte im Laufe der Jahre trotz des großen Altersunterschiedes eine Art Freundschaft aufgebaut hatte. Fritzmeier war seit zwei Jahrzehnten Witwer. Egon, sein einziger Sohn, hatte eine Bauerntochter aus Dörentrup geheiratet und war auf den Hof seiner Frau gezogen. Seitdem lebte Fritzmeier allein und war froh, als der Polizist Schulte seinerzeit Gefallen an dem kleinen Haus gefunden hatte. In den letzten Jahren war das Leben auf dem Hof immer turbulenter geworden. Seit vor einigen Jahren eine der beiden Töchter Schultes mit ihrem kleinen Sohn Linus ebenfalls einen Teil des großen Gebäudes bezogen hatte, kannte Fritzmeier seinen eigenen Hof manchmal nicht mehr wieder. Ina hatte durchgesetzt, dass Fritzmeier auf seine alten Tage noch einen Hofladen aufmachte. Zum allgemeinen Erstaunen lief der auch ganz gut. Ina schulterte, neben ihrem Beruf, die Hauptlast des Ladens, während Fritzmeier mehr eine Art Dekoration war. Linus war acht Jahre alt und der ganze Stolz seines Opas. Mutter und Sohn waren allerdings in diesen Tagen nach

Münster gefahren. Ina wollte dort, wenn Schulte alles richtig verstanden hatte, eine ehemalige Studienkollegin besuchen.

Als er die Flasche geleert hatte, holte er zwei weitere aus dem Kühlschrank, verließ seine Wohnung, ging quer über den Hofplatz und betrat das Haupthaus. Da Fritzmeier niemals die Tür abschloss, konnte Schulte ungehindert hineinspazieren. Er hatte gerade den langen, kühlen Flur betreten, als ein dunkler Schatten aus einer der Zimmertüren herausbrach, laut jiepend durch den Flur fegte, an Schulte hochsprang und ihm mit der langen, pelzigen Zunge durchs Gesicht leckte.

„Hör auf, du altes Ferkel!", rief Schulte dem noch jungen Hund zu, den diese Zurückweisung nicht im Geringsten störte. Vor einem Jahr war „Lümmel", eine haarige und sehr lebendige Mischung aus Labrador und Riesenschnauzer, zu ihm gekommen. Sein alter Hund war kurz zuvor gestorben, und Tochter und Enkel fanden, es müsse schnell Ersatz her. An diesem Tag hatte Schulte den Hund, wie so oft schon, tagsüber bei Fritzmeier untergebracht. Und wie immer erwartete Schulte, dass der alte Mann am Abend zusammen mit Lümmel durch die Küchentür schauen und ihn auf seine knurrige Art begrüßen würde. Aber der Türrahmen blieb heute leer.

Verwundert schüttelte Schulte den noch immer hellauf begeisterten Lümmel ab und betrat Fritzmeiers Küche. Aber auch an dem langen, uralten Holztisch saß niemand. Nur eine halb volle, bereits kalte Tasse Tee stand auf dem rissigen Holz. Er rief laut Fritzmeiers Vornamen, aber erst beim zweiten Versuch hörte er aus dem Nebenraum ein mattes Stöhnen.

Schulte erschrak und betrat mit wachsender Sorge den Raum, den Generationen von Fritzmeiers als die „gute Stube" bezeichnet hatten. Das Zimmer betrat Fritzmeier nur ganz selten, aus Sorge, es schmutzig zu machen. Wenn er auch sonst eine ähnliche Chaostoleranz wie Schulte besaß, fühlte er sich hier offenbar seinen Vorfahren verpflichtet. Nie wurde etwas verändert, es war das einzige Zimmer im Haus, das immer „picobello“ war, wie Anton Fritzmeier es ausdrückte.

Der alte Bauer lag auf dem Sofa und blickte Schulte mit trauriger Miene an. Das runzlige Gesicht hatte jede Farbe verloren, und in den Augen lag ein Ausdruck von Resignation, den Schulte noch nie bei ihm gesehen hatte. Er trat näher heran und blickte auf Fritzmeier herab.

„Anton, was ist los? Geht es dir nicht gut?“

Als Antwort kam von Fritzmeier ein mattes, zum Erbarmen schwächliches Husten. Dann flüsterte Fritzmeier mehr, als dass er sprach:

„Jupp, mit mir cheht es zu Ende. Die Pumpe …“

Um zu verdeutlichen, was er sagen wollte, legte er eine Hand auf das Herz und schwieg dann.

Schulte schluckte. Als hätte er einen ganzen Kübel Eiswasser getrunken, zog sich sein Magen zusammen. Sein Kopf brummte wie ein Bienenstock, brachte aber keinen klaren Gedanken mehr hervor.

„Was redest du denn da?“, rief er, viel lauter und anklagender als er eigentlich wollte. Fritzmeier blickte ihn, trotz seines jämmerlichen Zustandes, erschrocken und fast schon schuldbewusst an. Sofort bedauerte Schulte seinen Tonfall, und er bemühte sich, seine Sorge zu verbergen und ruhig zu sagen:

„Was ist denn mit der Pumpe? Hast du Schmerzen?“

Wieder so ein klägliches Hüsteln von Fritzmeier. Der Greis schien tatsächlich am Ende seiner Kräfte zu sein. Aus Schultes Sorge wurde Angst. Er wartete.

„Die stolpert immer, die Pumpe“, kam es nach einer Weile, langsam und leise. „Hat Fehlzündungen, wie mein Trecker.“ Wieder eine Pause. „Und dann rumpelt und pumpelt dat da drin, da kannsse Angst kriegen, Jupp. Ich chlaube, dat wars mit dem ollen Fritzmeier.“

Schulte schwankte zwischen Entsetzen und Lachen. Spielte ihm der alte Mann gerade eine ziemlich makabre Komödie vor? Oder war es ihm tatsächlich ernst mit dem, was er sagte?

In der Tat hatte sich Schulte nie ernsthaft mit dem Gedanken an Fritzmeiers Sterblichkeit befasst. Fritzmeiers Energie schien einfach unerschöpflich zu sein, als ob er aus irgendeiner geheimen Quelle einfach nachtanken konnte. Trotz eines zunehmenden Schwindelgefühls beobachtete Schulte seinen Freund und Vermieter aufmerksam. Und plötzlich wusste er, dass es ernst war. Der Tank war leer. Die Kerze brannte noch, aber sie flackerte bereits.

Schulte riss sich zusammen. „Ich rufe den Notarzt!", rief er und wollte loslaufen. Doch ein protestierendes Krächzen Fritzmeiers hielt ihn zurück.

„Mach kein Quatsch, Jupp!", sagte er leise und todernst, „Wenn der kommt, dann schleppt der mich ins Krankenhaus. Und da will ich nich hin. Ich will hier in mein' Haus bleiben, bis es zu Ende chet. Et is wie et is, Jupp. Wenne anne Reihe bis, dann kannsse nix machen. Ich bin alt chenug, kann mich nich beschweren." Hier holte Fritzmeier tief Luft, denn das Reden hatte ihn angestrengt. Dann bekräftigte er noch einmal: „Ich will nich in son Krankenhaus sterben. Jupp, dat musse mir versprechen."

„Aber Anton, das ist doch Blödsinn. Die päppeln dich da wieder auf und alles wird gut. Hier kann dir keiner helfen."

Fritzmeier seufzte. „Ich chlaube, da kannsse nix mehr päppeln. Aber 'n Chlas Wasser kannsse mir bringen. Und lass den Doktor, wo er is. Die wollen einem immer Vorschriften machen, und das kann ich nich chut haben."

11 1984

Das Zimmer drehte sich um Grabowski. Den Eindruck vermittelte ihm jedenfalls seine Wahrnehmung. Dann verschwammen die Bilder vor seinen Augen. Er musste sich setzen. Kalter, klebriger Schweiß stand ihm auf der Stirn. Gleichzeitig fror er heftig. Sein ganzer Körper zitterte.

Grabowski sah auf das digitale Thermometer, das auf seinem Schreibtisch stand. Es zeigte eine Zimmertemperatur von dreiundzwanzig Grad an. Jetzt hatte ihn die Grippe doch erwischt. Grabowski war kaum noch dazu in der Lage, sich auf den Beinen zu halten. Ausgerechnet an diesem Tag konnte er sich die Krankheit überhaupt nicht leisten. Er hatte heute Abend noch einen Auftrag zu erfüllen. Endlich hatte man den Mauermann am Haken. Ihm, Grabowski, war der Kerl immer suspekt gewesen. Neulich, die wichtigen Männer des Kreises Lippe hatten mal wieder in ihrer Montagsrunde zusammengesessen, hatte dieser arrogante Fatzke doch unverhohlen zum Besten gegeben, dass es für ihn kein Problem sei, wenn sein Sohn an einer Demo gegen Kernkraftwerke teilnehmen würde.

So ein liberaler Scheißer! Deutschland musste ja vor die Hunde gehen, wenn hier jeder machen konnte, was er wollte. Es gab einfach keine deutschen Werte mehr. Wie auch, wenn die Väter ihren Söhnen keine mehr vermittelten! Die Jugend hörte englische Musik, und viele junge Kerle hatten immer noch lange Haare. Jetzt saß sogar so ein Hippie von den Jusos im Kreistag. Früher, als er jung war, da regierten noch Zucht und Ordnung. Diese Werte hatten die Altvorderen wenigstens herübergerettet in die junge Bundesrepublik. Aber seit vor mehr als zehn Jahren die sogenannte Achtundsechziger-Generation das Zepter übernommen hatte, seit diese langhaarigen Randalierer die Straßen beherrschten und sogar in den Bundestag eingezogen waren, war alles anders geworden.

Grabowski musste wieder an seinen neuen Kommissar denken, der morgen bei ihm den Dienst antreten würde. Das war mit Sicherheit auch so ein linker Schnösel. Wie war der Kerl nur durch die Maschen des Verfassungsschutzes geschlüpft? Solche Typen hatten weder in deutschen Schulen etwas zu suchen noch bei der Polizei. Das wenigstens hatte der rote Bundeskanzler, Willy Brandt, damals begriffen, als er den Radikalenerlass verordnete.

Wahrscheinlich hatte sein neuer Kommissar Schulte auch eine Friedenstaube auf dem Auto oder so einen Aufkleber wie er ihn neulich erst gesehen hatte: *Petting statt Pershing* stand darauf. Unglaublich, wenn es nach Grabowski gegangen wäre, dann wären diese Rostlauben, auf denen der Aufkleber prangte, gleich stillgelegt und verschrottet worden. Die meisten dieser Karren wurden doch sowieso nur noch von solchen Schildern, auf denen linke Parolen zum Besten gegeben wurden, zusammengehalten. Wenn das so wäre, überlegte Grabowski, wenn Schulte wirklich mit verfassungsfeindlichen, sittenwidrigen Aufklebern auf seiner Karre herumfuhr, dann sollte er es bloß nicht wagen, sein Gefährt auf dem Parkplatz der Detmolder Polizei zu parken. Die Kiste würde Grabowski sofort abschleppen lassen. Darauf konnte sich der Kerl gefasst machen.

Nein, er und Schulte würden keine Freunde werden. Da war sich Grabowski sicher. Dann würde er lieber Lohmann protegieren. Der war zwar andauernd weg, weil er in irgendeiner Polizeimannschaft Fußball spielte. Aber das war immer noch besser als so ein Linksradikaler oder Hippie. Seit Männer wie Schulte in den Polizeiapparat einsickerten, konnte doch jeder machen, was er wollte. Und Respekt vor Obrigkeiten hatten weder diese linken Spinner im Allgemeinen noch sein neuer Kommissar, dieser Schulte, das hatte Grabowski heute schon bemerkt. Kein militärischer Zug mehr bei jungen Beamten. Schulte hatte mit ihm geredet, als sei er sein Nachbar und nicht der Vorgesetzte, und als der

Kerl ihm die Hand gegeben hatte, hatte es sich angefühlt, als wenn man ihm einen toten Fisch in die Pranke gelegt hätte. Schulte war ein Weichei, ein Wollsocken, das wurde Grabowski mit jeder Sekunde klarer, die er aufbrachte, um über seinen neuen Kommissar nachzudenken. Ja, und das wusste er schon jetzt, der Neue würde Ärger machen.

Doch in ihm, das nahm sich Grabowski fest vor, würde Schulte seinen Meister finden. So einen Lehrmeister, den konnte man suchen. Er hatte schon einigen jungen Kommissaren gezeigt, wie es bei der Polizei zuzugehen hatte. Und den Schulte, den würde er auch kleinkriegen und einen halbwegs passablen Polizisten aus ihm machen. Doch zunächst einmal würde er dafür sorgen, dass Schultes Tochter, diese vorlaute Göre, während der Dienstzeit nicht in der Polizeibehörde herumlungerte. Und zum Friseur würde er den Kommissar auch schicken, gleich morgen.

„Wollen doch mal sehen, wer hier der Herr im Haus ist“, sagte Grabowski zu einem imaginären Zuhörer.

Wieder wurde er von einer Schüttelfrostattacke heimgesucht. Der Ärger über Schulte, in den sich Grabowski hineingesteigert hatte, hatte ihn seine Grippe vorübergehend vergessen lassen. Doch jetzt schlug die Krankheit wieder erbarmungslos zu. Grabowskis Zähne klapperten dermaßen, dass er darauf achten musste, sich nicht auf die Zunge zu beißen.

Was für eine verdammte Scheiße, er musste doch noch ins Kalletal, musste sich diesen Mauermann vornehmen. Es gab ziemlich deutliche Hinweise, dass der Kerl es mit einem Jungen trieb. Grabowski hatte sich schon länger darüber gewundert, dass sich ständig so ein Schwachkopf bei den Mauermanns herumtrieb, dass dieser Dorfdepp, dieser Hans, sich im Mauermannschen Hause bewegen durfte, als gehöre er dazu. Jetzt war ihm alles klar. Mauermann war ein Schwuli, und an dem etwas blöden Bengel vergriff der alte Sack sich. Und das Unverfrorenste an der ganzen Angelegenheit war, dass Mauermann das alles ohne jede Scham vor den Augen seiner bedauernswerten Frau trieb.

Eschbach, der Kompagnon Mauermanns, hatte in letzter Zeit ein paarmal solche Andeutungen von wegen Paragraf hundertfünfundsiebzig und so gemacht. Aber Grabowski hatte es nicht glauben können.

Noch vor ein paar Wochen hatte er sich nicht vorstellen können, dass Mauermann, ein im Allgemeinen angesehener lippischer Unternehmer, heimlich ein warmer Bruder war. Doch Eschbach hatte ihn sensibilisiert. Er hatte ihn darauf aufmerksam gemacht, wenn Mauermann diesem Hans zärtlich über die Schulter gestrichen hatte. Er hatte Grabowski auf die Freundlichkeit hingewiesen, mit der Mauermann diesem Deppen begegnete. Und heute Abend sollte eine Orgie am Mauermannschen Pool stattfinden, das hatte Eschbach Grabowski unter dem Siegel der Verschwiegenheit berichtet und ihm zugezwinkert.

„Könnte ja sein, dass die Polizei zufällig mal vorbeikommt, wenn die ganzen nackten Kerle sich da am Pool rekeln", hatte er süffisant grinsend zum Besten gegeben und Grabowski dabei vielsagend angesehen. Und der hatte verstanden. Man musste Mauermann, diesen schwulen Sack, aus dem Verkehr ziehen. Der hatte in der lippischen Unternehmerwelt nichts zu suchen. Solche Leute setzten den Ruf einer ganzen Region aufs Spiel.

Wieder wurde Grabowski von einer Schüttelfrostattacke heimgesucht. Wie sollte er in dem Zustand nur ins Kalletal kommen? Wenn er sich ins Auto setzte, wäre der nächste Straßenbaum sein Ende.

Nein, selbst fahren, das war nicht möglich, und jemand anderes schicken, das war zu riskant für eine solch delikate Angelegenheit. Und den Kollegen vom Streifendienst, denen fehlte für so einen komplexen und gleichzeitig sensiblen Fall sowieso das nötige Fingerspitzengefühl.

Es klopfte an der Tür.

„Herein!“, wollte Grabowski ungehalten rufen. Doch sein Zustand ließ nur ein heiseres Krächzen zu.

Polizeimeister Volle steckte den Kopf durch den Türspalt. Er zeigte ein dümmliches Grinsen.

Grabowski hieß ihn mit einer Handbewegung, einzutreten. Der dicke Polizist folgte dem Wink seines Chefs und nahm Haltung an.

Wenigstens solche Schergen wie Volle spurten noch. Leute wie Schulte würden sich gleich auf den erstbesten Stuhl lümmeln und frech grinsen. „Was willst du, Volle?“, versuchte er ihn anzublaffen. Doch es war wieder nur eine fast versagende Stimme zu vernehmen.

„Sie wollten noch mit mir sprechen, Herr Hauptkommissar“, stotterte Volle und nahm eine devote Haltung ein.

Grabowski wusste nicht, was sein Untergebener meinte. Also schwieg er einfach. Volle würde es schon ausplappern.

„Na, ich habe doch entgegen Ihrer Anweisung den Schulte in die Kreispolizeibehörde gelassen.“

„Ja, Volle, das geht natürlich nicht. Sie können nicht so einfach wildfremden Menschen den Zutritt zu unserer Behörde gewähren. Das ist ein schweres Vergehen. Stellen Sie sich mal vor, da stehen auf einmal ein paar Leute der dritten Generation der Baader-Meinhof-Bande vor meinem Büro.“

„Ja, aber der hat mir einen Ausweis vorgelegt. Ich meine ...“

„Ausweis, papperlapapp, Ausweis“, wütete Grabowski. „Den gibt es doch heutzutage in jedem Kopierladen.“

Kopierladen, überlegte Volle. Was war das denn für ein Geschäft? Er kam jedoch nicht dazu, diese Frage zu äußern, denn Grabowski dozierte schon weiter. „Wissen Sie, Volle, was ich mit Schulte gemacht hätte, wenn der mir so gekommen wäre, wie der sich bei Ihnen aufgespielt hat? Wissen Sie, Volle, was ich mit dem gemacht hätte? Ich hätte ihn eingesperrt. Jawohl, eingesperrt hätte ich den Kerl.“

„Aber der hatte doch ...“, versuchte der dicke Polizist sich zu rechtfertigen.

Grabowski bedeutete ihm, still zu sein.

„Lassen Sie es gut sein, Volle. Ich habe dem Kerl schon die Meinung gegeigt. Diesmal lasse ich Gnade vor Recht ergehen. Die Angelegenheit ist für mich erledigt."

Volle schien erleichtert. Sein Körper sackte in sich zusammen, wie ein nasser Sack, dem von jetzt auf gleich das Wasser entwich.

„Kann ich dann jetzt Feierabend machen?", fragte der Polizeimeister devot.

Grabowski antwortete nicht sofort. Denn er hatte eine Idee. Volle könnte ihn ins Kalletal fahren. Den Dicken würde er im Auto sitzen lassen, während er Mauermann in flagranti erwischte. Volle würde er nur marginal in die Angelegenheit einweihen und ihn zum absoluten Stillschweigen verdonnern. Im Übrigen war der Kerl sowieso zu doof, um zwei und zwei zusammenzuzählen. Und wenn dann alles erledigt wäre und der schwule Unternehmer hinter Schloss und Riegel gebracht, würde Grabowski sich anschließend zu Hause ins Bett legen und die Grippe auskurieren. Und morgen, wenn er wieder fit wäre, dann würde er Mauermann erst den Arm auf den Rücken drehen und ihn anschließend dem Haftrichter vorführen.

Volle räusperte sich. „Herr Grabowski, wie sieht es aus, kann ich ...?"

„Nein, Herr Polizeimeister, können Sie nicht. Ich habe einen Spezialauftrag für Sie. Kommen Sie mit! Ich erzähle Ihnen alles während der Fahrt.

„Aber ich hab doch schon zwölf Stunden Dienst auf dem Buckel. Ich ..."

„Mitkommen, Volle, habe ich gesagt!", schnauzte Grabowski und drückte sich von seinem Stuhl hoch. Sofort rann der Schweiß in Sturzbächen seinen Rücken hinunter.

12

Noch vor dem Frühstück hatte Schulte bei Anton Fritzmeier nach dem Rechten geschaut. Der alte Bauer schien wieder etwas besser zurecht zu sein, hatte es aber strikt abgelehnt, sich von Schulte den Puls fühlen zu lassen. Auch Schultes erneutes Angebot, ihn ins Krankenhaus oder wenigstens zu einem Hausarzt zu bringen, war von ihm blockiert worden. Er käme schon allein zurecht, noch sei er ja nicht tot. Mit schlechtem Gewissen hatte Schulte ihn allein gelassen und war zur Arbeit in die Kreispolizeibehörde an der Bielefelder Straße gefahren.

Nachdem sein alter Volvo im letzten Jahr schlappgemacht hatte, fuhr Schulte „übergangsweise“ einen steinalten, roten VW Passat Kombi. Die Übergangsphase bis zu einem „richtigen“ Auto währte mittlerweile schon deutlich länger, als Schulte ursprünglich geplant hatte, und es waren auch keine ernsthaften Bemühungen Schultes zu erkennen, an diesem Provisorium etwas zu ändern. Da er seinen jungen Hund nicht bei Fritzmeier lassen wollte und sonst niemand zur Verfügung stand, nahm er ihn mit. Er konnte nur hoffen, dass Lümmel sich im Büro anständig benahm.

Für halb neun hatte Klaus Erpentrup, Schultes oberster Vorgesetzter in Detmold, zu einer Besprechung geladen.

Vorher traf Schulte, nachdem er den Hund in seinem eigenen Büro eingesperrt hatte, auf eine wortkarge Maren Köster. Sie sah nur kurz von ihrem Schreibtisch auf, als Schulte näher kam, um ihr zur Begrüßung einen Kuss zu geben. Sofort blickte sie wieder demonstrativ auf eine dicke Akte. Schulte, der sich an der abrupten Unterbrechung ihres gestrigen Ausfluges gänzlich unschuldig fühlte, fragte, was los sei.

„Nichts“, winkte sie genervt ab, „nichts ist los. Wie kommst du darauf?“

„Weil du mich anschaust, als hätte ich dir einen unsittlichen Antrag gemacht. Ist es wegen gestern?“

Als sie nicht antwortete, sondern weiter so tat, als müsse sie das Schriftstück dringend auswendig lernen, fasste er nach:

„Du weißt so gut wie ich, dass ich keine Wahl hatte. Ich hatte Rufbereitschaft. Glaub mir, ich bin tausendmal lieber mit dir im Wald als bei der Leiche eines alten Knackers. Ich hab mir das nicht ausgesucht."

Ohne ihn anzuschauen, erwiderte sie nach einer langen Pause:

„Weiß ich ja. Ich mache dir auch keinen Vorwurf. Aber es ist trotzdem alles beschissen. Nicht nur, dass ich selber diesen blöden Job habe, nein, ich muss mir auch noch einen Kerl suchen, der ebenfalls Bulle ist. So habe ich mir das alles nicht vorgestellt."

Endlich schaute sie ihn direkt an. Sie wirkte nicht mehr wütend, sondern nachdenklich.

„Jupp, entschuldige bitte. Aber ich bin einfach enttäuscht. Warum können wir nicht zusammenleben wie andere Paare auch? Mir ist das zu wenig, verstehst du? Mal hier ein bisschen was unternehmen, mal da was. Dann gehen beide wieder tagelang getrennte Wege. Wir sehen uns häufiger bei der Arbeit als privat. Findest du das richtig?"

Schulte hatte keine Zeit, über ihre Fragen nachzudenken, denn Manuel Lindemann, ein jüngerer Kollege, steckte den Kopf durch die Bürotür und rief:

„Herr Schulte, die Besprechung fängt an. Der Chef ist schon ungeduldig."

Seufzend schaute Schulte Maren Köster an, die ebenfalls seufzte, und stand auf.

„Dann lass uns mal unsere Pflicht tun", sagte sie mit einem schiefen, resigniert wirkenden Lächeln. „Aber wenigstens auf dem Weg zum Besprechungsraum können wir uns benehmen wie ein ganz normales Paar", fuhr sie fort und hakte sich bei ihm unter.

Beide trafen im Besprechungsraum auf einen schlecht gelaunten Chef, dessen Stimmung nicht besser wurde, als die beiden wie ein altes Ehepaar durch die Tür kamen. Klaus Erpentrup war persönlich davon überzeugt, dass Liebesbeziehungen innerhalb eines Teams sofort unterbunden werden sollten. Seiner Meinung nach lenkte dies von der Arbeit ab und war geeignet, das gesamte Team in Schwierigkeiten zu bringen. Noch vor einem Jahr hätte Schulte ihm sogar recht gegeben, denn eigentlich sah er das ähnlich. Aber nun war er selbst Teil eines solchen Paares und wollte auf keinen Fall, dass Maren oder er durch ihre Beziehung den Arbeitsplatz wechseln musste.

Doch der eigentliche Grund für Erpentrups schlechte Laune war die Tatsache, dass der Tote von gestern ein ehemaliger Richter war. Es war vorauszusehen, dass der Druck auf die Polizei seitens der Öffentlichkeit, der Politik, aber vor allem auch der Justizbehörden, in diesem Fall sehr hoch sein würde. Hier war Ärger vorprogrammiert.

„Beeilen Sie sich!“, rief Erpentrup Schulte und Köster schroff zu, „es gibt viel Arbeit und wir haben wenig Zeit.“

13 — 1984

Es war ein warmer angenehmer Abend. Fast alle Sträucher blühten und die Blumen sowieso. Und so duftete es im Palaisgarten in einer so intensiven Art und Weise, wie Schulte es selten zuvor erlebt hatte. Der Juni-Mond, das war er zumindest in zwei Stunden, gab alles, um Detmold in einem angenehmen Licht erscheinen zu lassen. Schulte hatte in diesem Moment den Eindruck, dass die Stadt sich ihm präsentieren wollte. Einen Augenblick lang erschien es ihm, als wolle sie ihm zuflüstern: „Scheiß was auf Berlin, da würdest du nie glücklich. Du bist ein Ostwestfale, Schulte. Stur und erdverbunden. Du gehörst hierher, nach Lippe und nirgends sonst wohin. Und als hätte sich seine Tochter Ina mit dem imaginären Geist dieses Ortes abgesprochen, schob sie

Schulte ihre kleine Hand in seine Pranke. Sie hüpfte neben ihm her und sagte: „Ist doch schön hier in Detmold. Und die Kneipe war auch nicht schlecht, oder?"

Schulte musste Ina recht geben. Ja, vielleicht war Detmold genau der richtige Ort für ihn. Das würde sich in der nächsten Zeit herausstellen, und wenn sich sein neuer Dienstort wider Erwarten doch als Flop herausstellen würde, dann konnte er immer noch einen Versetzungsversuch unternehmen. Und mit Hauptkommissar Grabowski, der *Dicken Lippe*, wie ihn Schulte seit der ersten Begegnung heute Nachmittag nannte, mit dem würde er schon fertig werden. Während seiner Zeit bei der Polizei hatten sich schon einige Kommissköpfe die Zähne an ihm ausgebissen. Er war eben ein Ostwestfale. Mit ihm musste man schon den sprichwörtlichen Sack Salz fressen, um ein Freund zu werden. Wer das nicht tat oder nicht schaffte, der sollte eben sehen, wo er blieb. Jedenfalls nicht da, wo Schulte sich aufhielt.

Eine halbe Stunde später saß er in der geöffneten Schiebetür seines Bullis und schaute sich den Himmel an. Dann öffnete er die braune Flasche mit dem Schnappverschluss und trank den ersten Schluck Detmolder Bier seines Lebens. Ina war schon in ihren neuen Schlafsack gekrochen. Sie hatte den Kopf auf Schultes Oberschenkel gelegt und genoss in langsamen Schlucken den Apfelsinensprudel. Sie blickte auf das Etikett der Flasche. *Sinalco* stand darauf.

„Finde ich nicht schlecht, die Limo. Die habe ich in Warburg noch nie gesehen", meinte sie und folgte dem Blick ihres Vaters gen Himmel. Nachdem sie sich eine Zeit lang ebenfalls die Sterne angeschaut hatte, sagte sie: „Eben die Frauen, Omi und Olaf, die waren doch ganz nett, oder?"

Schulte sah seine Tochter an. „Ja, wieso?", entgegnete er vorsichtig und neugierig zugleich.

„Na, ja, Oma, also meine Oma, nicht die Omi von vorhin, hat neulich zu ihrer Nachbarin, Frau Graute, gesagt, du brauchtest mal wieder 'ne Frau", entgegnete Ina lakonisch.

Schulte, der gerade einen Schluck Bier trank, beförderte diesen umgehend durch die Nase zurück in die Welt. Dann musste er husten und niesen. Die Augen fingen an zu tränen. Er wischte sich mit dem Handrücken darüber, dann protestierte er lautstark: „Was redet die denn für einen Unsinn?"

„Man sagt nicht, dass die Mutter Unsinn redet", ermahnte ihn Ina.

„Aber wenn es doch so ist", mokierte sich Schulte.

„Na ja", entgegnete Ina bedächtig. „Ob es Unsinn ist oder nicht, weiß ich so genau auch noch nicht. Dafür bin ich noch nicht alt genug. Aber ich denke, wenn du eine Frau hättest, dann könnte ich dich mal öfter besuchen."

Schulte bekam Schuldgefühle. Zärtlich strich er seiner Tochter über die Haare und versuchte Schadensbegrenzung: „Na ja, mit einer Frau ist das so eine Sache", versuchte Schulte sich herauszureden. „Nachher entpuppt sie sich als böse Stiefmutter, und dann bist du auch nicht glücklich."

„So was wie böse Stiefmutter, das gibt es doch nur im Märchen. Genauso wie den bösen Wolf. Oder hast du etwa hier in der Gegend schon mal einen Wolf gesehen?"

„Ina, ich verspreche dir, wenn ich hier in Detmold eine Wohnung gefunden habe, dann kannst du zu jeder Zeit vorbeikommen, und wir richten sie zusammen ein und du bekommst ein eigenes Zimmer", versuchte Schulte seine Tochter zu trösten.

Die sah wieder nachdenklich in den Sternenhimmel, überlegte lange und entgegnete dann: „Ach, weißt du Papa, so hier im Bulli wohnen, das ist auch nicht schlecht, und dann am besten noch keine Schule."

Von hinten leuchteten die Scheinwerfer eines Fahrzeugs durch die Fenster des Bullis. Das Auto, von dem die Lichter ausgesandt wurden, verlangsamte die Fahrt und fuhr auf den Parkplatz. Schulte hielt sich den Finger vor die Lippen und bedeutete seiner Tochter still zu sein. Vorsichtig und so leise wie möglich zog er die Bullitür zu. Nur einen Spalt war sie jetzt noch geöffnet. Schulte hielt die Tür mit der Hand fest. Ins Schloss fallen lassen wollte er sie nicht. Das hätte zu viel Lärm gemacht. Aber der Vorteil der nicht ganz geschlossenen Schiebetür war der: Schulte hatte einen Sehschlitz, durch den er die Szenerie draußen auf dem Parkplatz beobachten konnte.

„Sie haben sie doch nicht mehr alle auf der Latte!“, hörte er einen schlanken, nicht allzu großen Mann schimpfen.

„Schnauze“, entgegnete sein großes, stämmiges Gegenüber, das die schmächtige Person festhielt.

„Das wird Sie teuer zu stehen kommen“, schrie der Festgehaltene den Dicken an.

Der holte aus und wollte zuschlagen. Doch der Dritte, der einen Schritt hinter dem Duo ging, griff dem Dicken an die Hand, mit der er zum Schlag ausgeholt hatte.

„Lass das!“, krächzte er und bekam dann einen Hustenanfall und gleichzeitig Atemnot. Der anscheinend kranke Mann schien Einfluss auf den Dicken zu haben. Er ließ seine Hand sinken und nuschelte etwas, das Schulte nicht verstand.

Es dauerte eine Zeit, bis der Dritte, der hier anscheinend das Sagen hatte, sich etwas erholt hatte und wieder Luft in die Lungen bekam. Als er wieder zu Atem gekommen war, drehte er sich in Richtung Schultes Auto um und krächzte erneut etwas. Es hörte sich an wie: „Wem gehört denn die Karre, und was hat die hier auf dem Parkplatz zu suchen?“

14

Maren Köster trank widerwillig den letzten Rest Kaffee aus der Tasse. Er war kalt geworden während der langwierigen Ermahnungen Erpentrups an das Ermittlerteam, unbedingt einen schnellen Erfolg zu erzielen. Als würde durch sein Geschwätz irgendwas verändert oder sogar beschleunigt. Genervt verdrehte sie die Augen.

Es machte ihr nichts aus, wenn Erpentrup die kleine, aber deutliche Geste mitbekam. Nach Schulte stand sie sowieso an zweiter Stelle auf Erpentrups Abschussliste. Es kam nicht mehr darauf an. Sie warf einen schnellen Blick zu Schulte, dessen starre Miene die gleichen Gedanken ausdrückten. Er schien sich Sorgen zu machen, war offensichtlich angespannt und nervös. Grübelte er über sie nach? Über ihre Beziehung? Für einen kurzen Moment war ihr Frust vergessen, und sie empfand pure, ungetrübte Zuneigung für diesen Mann.

Als Erpentrup endlich das Wort an Renate Burghausen gab, atmeten alle anderen Teilnehmer der Besprechungsrunde erleichtert durch. Die riesenhafte Frau mit der Kleinmädchenstimme klappte einen Ordner auf und trug vor, was sie und ihre Truppe von der Spurensicherung gefunden hatten. Blutspuren direkt hinter dem Eingangstor der Seniorenwohnanlage wiesen darauf hin, dass der alte Mann dort erschlagen worden war.

„Das Schlagwerkzeug war mit großer Wahrscheinlichkeit ein Metallrohr“, sagte sie. „Der Bericht des Pathologen liegt aber noch nicht vor. Dann werden wir Genaueres erfahren. Zuverlässig kann ich nur über das sprechen, was in die Zuständigkeit meiner Mannschaft gehört. Das Tatwerkzeug haben wir noch nicht gefunden. Es gab keine Schleifspuren, deshalb vermute ich, dass der Mörder den leblosen Körper des Alten emporgehoben und über die Brüstung in den Bach geworfen hat. Das erfordert einiges an Kraft, wir …“

„Also auf jeden Fall ein Mann“, warf Erpentrup ein. „Eine Frau hätte das ja wohl nicht fertiggebracht.“

Renate Burghausen lächelte sanft, als sie fragte: „Finden Sie?“

Erpentrup schluckte und schwieg. Selbst ihm war klar, dass eine Frau wie Renate Burghausen kein Problem damit gehabt hätte.

„Okay, aber trotzdem haben Sie wahrscheinlich recht. Ich bin in der Beziehung ja eher eine Ausnahme“, fuhr sie fort.

Dann listete sie weitere Spuren auf, die aber durchweg ungeeignet waren, sie bei der Fahndung voranzubringen.

„Fußspuren sind an einer solch stark frequentierten Stelle kaum zu gebrauchen, davon versprechen wir uns wenig. Für Fingerabdrücke gilt das gleiche. Auf der Bank in dem Bereich sitzen jeden Tag viele Menschen, die ist übersät mit Abdrücken. Was allerdings", hier machte sie eine kleine Pause, um sich die Aufmerksamkeit aller Zuhörer zu sichern, „eher unüblich sein dürfte, ist ein Benzinfleck. Eigentlich kein Benzin, sondern ein Benzin-Öl-Gemisch, wie man es in Zweitaktmotoren verwendet. Der Fleck war noch recht frisch, höchstens einen Tag alt. Ich will keine vorschnellen Vermutungen anstellen, aber es ist vorstellbar, dass der Mörder ein Mofa oder so was dort abgestellt und auf den Richter gewartet hat. Das wäre dann immerhin schon mal ein Hinweis auf den Täter."

„Dann müsste das aber ein reichlich dämlicher Mörder gewesen sein", warf Pauline Meier zu Klüt, die bislang noch nichts gesagt hatte, ein. „Ich hatte selbst jahrelang so eine Kiste. Und die hat ständig getropft. Das weiß man doch."

„Mag sein", entgegnete Renate Burghausen, „aber wo steht geschrieben, dass Mörder klug sein müssen?"

Maren Köster, die während der gesamten Besprechung immer wieder mal einen Blick auf Jupp Schulte geworfen hatte, war aufgefallen, dass der sich nicht ein einziges Mal zu Wort gemeldet hatte. Das war für Schulte absolut unüblich. Immer noch machte er den Eindruck, als sei er mit den Gedanken woanders, als sorge er sich.

Als sich die kleine Runde aufgelöst hatte und alle wieder in ihren Büros verschwunden waren, entschloss sie sich, Schulte direkt anzusprechen. Sie ging in sein Büro, wehrte den stürmisch auf sie zuspringenden Lümmel freundschaftlich ab, trat hinter Schulte, schlang ihm zärtlich die Arme um die Schultern und legte ihre Wange sanft an die seine. Sie war erleichtert, als Schulte sich das gefallen ließ.

„Jupp, habe ich was falsch gemacht? Bist du mir böse?“, fragte sie vorsichtig.

Es dauerte eine Weile, bis Schulte antwortete. „Nein! Mit dir ist alles prima. Aus meiner Sicht jedenfalls.“

Er drehte sich zu ihr um, sah ihr lange ins Gesicht und erzählte dann von Fritzmeier und dessen Herzproblemen. „Wahrscheinlich wird er sterben“, beendete er seine Ausführungen leise und traurig. „Ich will mir das gar nicht vorstellen.“

Beide schwiegen eine Weile. Nur unterbrochen vom Schrillen des Telefons, das Schulte einfach ignorierte.

„Kannst du heute Abend mitkommen?“, fragte er dann. „Ich will einen Arzt kommen lassen, aber ich möchte es möglichst mit seinem Einverständnis tun. Und er will davon nichts wissen. Er hat eine sehr hohe Meinung von dir und hört vielleicht eher auf dich. “

Als Bestätigung gab sie ihm wortlos einen Kuss und verließ das Büro.

15 — 1984

Es war wirklich ein schöner Frühsommerabend. Aber was nutzte das beste Wetter und was half der schönste Sonnenuntergang, wenn eine handfeste Grippe dafür sorgte, dass es einem einfach nur dreckig ging. Grabowski saß neben seinem Polizeimeister Volle und litt vor sich hin. Nicht etwa, weil sein Untergebener wie eine gesengte Sau fuhr. Das war dem Hauptkommissar längst völlig egal. Oder um es genauer auszudrücken, Grabowski bekam Volles halsbrecherischen Fahrstil gar nicht mehr mit. Mittlerweile ging es ihm so schlecht, dass er glaubte, zeitweise das Bewusstsein zu verlieren. Zu den Schweißausbrüchen und dem Schüttelfrost, von denen Grabowski noch vor einer Stunde geplagt worden war, waren auch noch Kopfschmerzen dazugekommen und zwar die heftigsten, die er jemals hatte. Der Schmerz war so gewaltig, dass Grabowski übel wurde. Und wenn er durch Volles Fahrstil gegen die Tür gepresst wurde, bekam er Brechreiz. Die Folgen einer durchsoffenen Nacht waren nichts gegen die Pein, die er gerade ertragen musste. Das Beste wäre es gewesen, die ganze Aktion abzubrechen. Doch Grabowski hatte versprochen, sich der Angelegenheit anzunehmen. Wenn ihm eines zuwider war, dann ein Kerl, der schwul war. Darüber hinaus stand er bei seinen Leuten im Wort. Er hatte ihnen versprochen, mit derlei Schweinereien aufzuräumen, und das würde er heute erledigen. Egal, wie seine persönlichen Befindlichkeiten sich gestalteten.

„Herr Hauptkommissar, darf ich Sie kurz stören?", unterbrach Volle seinen fiebrigen Dämmerzustand.

Grabowski riss den schweißnassen Kopf hoch. „Ja, Volle, was ist? Sind wir da?"

„Nein, Herr Hauptkommissar, aber ich weiß nicht, wo das Kalletal liegt", entgegnete der Polizist hinter dem Steuer unterwürfig. „Im Altkreis Lemgo kenne ich mich nicht so gut aus. Da haben wir früher nie Fußball gespielt, und da, wo Sie mich hinschicken wollen, da gibt es kein Kalletal. Da, wo Sie meinen, wo dieses komische Tal liegen soll, da liegt Hohenhausen und Lüdenhausen und Talle ..."

Grabowski schnaufte und wischte sich zum wiederholten Mal den Schweiß von der Stirn. Würde es ihm auch nur etwas besser gehen, er hätte diesen Volle unangespitzt in den Boden gerammt.

„Mein Gott, Volle, die Ortschaften gehören zur Gemeinde Kalletal. Mann, sind Sie blöd!", tobte Grabowski. Doch sein Gesundheitszustand setzte der Heftigkeit seines Wutausbruchs Grenzen. Diese Schwäche schien Volle instinktiv wahrzunehmen. „Also, das mit dem blöd, das nehmen Sie zurück, oder ich gehe gleich morgen zum Personalrat."

„Sag mal Volle, geht's noch? Du willst doch wohl nicht aufsässig werden?", krächzte Grabowski den dicken Polizisten an. „Wenn ich so einen Spruch noch einmal von dir höre, dann binde ich dir den Arsch hoch und lasse die liebe Sonne reinscheinen. Ist dir das klar? Ich lasse dich in den nächsten Wochen Dienst schieben, bis du nicht mehr weißt, ob du Männchen oder Weibchen bist!", tobte Grabowski mit einer Stimme, die sich anhörte wie das Jaulen eines Hundes.

„Ist ja schon gut, Herr Hauptkommissar. Ich hab's ja nicht so gemeint." Volle hob beide Hände hoch und streckte sie Grabowski abwehrend entgegen. Anscheinend hatte der dicke Polizist vorübergehend vergessen, dass er am Steuer eines Streifenwagens saß, der gerade mit hundertzwanzig Stundenkilometern über eine holprige Landstraße jagte. Augenblicklich kam das Auto gewaltig ins Schleudern und entlockte Grabowski Töne, die an ein in Panik geratenes Ferkel erinnerten.

Volle sagte: „Oh", und griff wieder nach dem Lenkrad. Als er das Fahrzeug unter Kontrolle hatte, versuchte er es noch mal.

„Also, ich meine, das mit dem Blödmann, das finde ich nicht in Ordnung. Schließlich ..."

„Schnauze, Volle! Ich will keinen Ton mehr hören. Fahr hier rechts!", schnitt Grabowski dem Polizisten das Wort ab.

Wenige Minuten später hielt der Streifenwagen vor einer großen weißen Villa. Aus einem mit einer hohen Hecke umwachsenen Garten hörten die beiden Polizisten vergnügtes Stimmengewirr und immer wieder ein Geräusch, das sich anhörte, als würde jemand einen riesigen Stein ins Wasser werfen. Und jedes Mal, kurz vor diesem Platschen, hörten die beiden Polizisten ein aufgedrehtes Kichern, und jemand sagte dann mit sehr schlechter Artikulation ein Wort, das sich anhörte wie „Arschbombe". Und dann wurde wieder gelacht.

„Arschbombe", nuschelte jetzt auch Grabowski. „Die schwule Sau", presste er verärgert durch die Zähne. Er stemmte sich hoch und wollte energisch zur Tat schreiten. Doch er kam gerade mal in die Senkrechte. Kaum stand er, machte sein Kreislauf schlapp. Schweiß überschwemmte erneut seinen Rücken. Grabowski musste sich am Auto abstützen und jetzt auch noch gegen einen auftretenden Angstzustand ankämpfen. Als er sich wieder einigermaßen im Griff hatte, musste er sich eingestehen, dass er sein Vorhaben nicht alleine in die Tat umsetzen konnte. Er brauchte den bescheuerten Volle, um die Festnahme von Herbert Mauermann zu realisieren.

„Volle!", rief er nach dem Polizeimeister, „ich schaffe es nicht alleine. Du musst mitkommen."

Volle war noch immer beleidigt. Traute sich jedoch nicht, noch einmal das Wort gegen Grabowski zu ergreifen. Also folgte er dem Hauptkommissar wortlos.

Als die beiden Polizisten den Garten der Villa betraten, fanden sie fünf Männer, einen Jungen von etwa neun Jahren und einen ungefähr fünfzehnjährigen Jugendlichen vor. Der ältere Junge wirkte bullig, war dabei aber trotzdem schlank. Er stieg gerade aus dem Becken und sprang dann wieder, beide Beine zum Schneidersitz gestellt, ins Wasser und rief dabei übermütig „Arschbombe".

Der kleinere Junge, der am Beckenrand stand, lachte übermütig und klatschte begeistert in die Hände. Ein Mann stand nackt unter einer Dusche und wusch sich.

Als er die beiden Polizisten sah, spülte er sich einen Rest von Seife ab und ging verwundert auf sie zu.

„Herr Hauptkommissar Grabowski", sagte der Mann mit einem amüsierten Grinsen. „Was treibt Sie denn hier her? Jetzt sagen Sie bloß, es hat sich jemand bei Ihnen in Detmold darüber beschwert, dass wir hier im Kalletal zu laut sind."

Grabowski räusperte sich und suchte nach seiner Stimme. Dann sagte er leise, um sich seine Schwäche nicht anmerken zu lassen: „Herbert Mauermann, ich verhafte Sie wegen diverser Vorkommnisse des Vergehens gemäß § 174 und § 175 StGB. Bitte ziehen Sie sich etwas an und kommen Sie mit."

Der schmächtige Mann zeigte Grabowski einen Vogel und sagte: „Sie sind doch nicht ganz gescheit.“ Dann drehte er sich um und wollte zu den anderen Männern gehen, die mittlerweile aufmerksam geworden waren.

„Polizeimeister Volle, nehmen Sie diesen Mann fest“, befahl Grabowski mit heiserem, aber barschem Ton. Der dicke Polizist genierte sich anscheinend, Hand an einen nackten Mann zu legen. Er zögerte. Dann griff er Mauermann in die Haare und riss ihn unsanft zu Boden. Den jetzt näherkommenden Männern krächzte Grabowski entgegen. „Jeder bleibt da stehen, wo er ist. Dann wies der Hauptkommissar auf den kleineren der beiden Jungen und befahl ihm: „Los, hol deinem Vater ein paar Kleider, aber flott!“

16

Gegen Mittag fuhr Schulte in die Allee und klingelte an der Villa, in der Dr. Konzelmann gelebt hatte. Wieder öffnete seine Nachbarin, die kleine, etwas hutzelige Frau.

„Heute haben Sie Glück, Herr Kommissar“, verkündete sie ihm gleich zur Begrüßung, „mein Mann ist zu Hause. Kommen Sie doch rein!“

Schulte verzichtete darauf, sie über seinen korrekten Dienstgrad zu belehren. Das hatte für ihn keine Bedeutung. Als er in das geräumige, etwas verstaubte, aber teuer eingerichtete Wohnzimmer geleitet wurde, fand er dort einen sehr rüstigen, eleganten Mittsechziger vor, der bei Schultes Eintritt mit fast jugendlichem Elan aus seinem Polstersessel aufsprang. Schulte stellte sich vor und bekam einen kräftigen Händedruck. Dann durfte er sich in einen der weichen Sessel fallen lassen.

„Ich habe in der Tat häufiger mit Dr. Konzelmann gesprochen als meine Frau“, sagte der Hausherr, nachdem seine Gattin das Wohnzimmer wieder verlassen hatte. „Zu Frauen hatte er ein sehr altmodisches, um nicht zu sagen arrogantes Verhältnis. Kein Wunder, dass er trotz seiner guten Stellung nie eine Ehefrau bekommen hat."

Schulte erfuhr in den folgenden Minuten eine Menge über den Verstorbenen, was zwar sein Bild abrundete, ihn aber keinen Schritt weiterbrachte.

„Hat er in den letzten Tagen irgendwelche Anzeichen von Anspannung oder Angst gezeigt? Hat er irgendetwas in dieser Richtung gesagt?", fragte Schulte ohne Hoffnung auf eine brauchbare Antwort.

Der Mann schüttelte den Kopf und erfüllte damit Schultes Erwartung.

„Wissen Sie denn etwas über den Stammtisch des Verstorbenen?"

Das Gesicht seines Gastgebers hellte sich auf, offenbar war er froh, etwas Konkretes mitteilen zu dürfen.

„Also, viel weiß ich darüber nicht. Auf jeden Fall weiß ich aber, dass die sich immer mittwochs getroffen haben. Und zwar im *Lippischen Hof*. Wer daran teilnahm, weiß ich jedoch nicht, da …"

„Mittwochs?", warf Schulte aufgeregt dazwischen, „wirklich mittwochs?"

„Ja sicher", erwiderte sein Gegenüber etwas pikiert, „wenn ich es doch sage. Das hat er mir öfters erzählt."

Na, das war doch mal ein Faden, an dem man ziehen konnte. In der Zwischenzeit hatte offenbar auch sein Gesprächspartner den Zusammenhang erfasst.

„Es war Mittwochnacht, stimmt's?", fragte er mit leichtem Entsetzen in der Stimme. „Dann ist er also …, also dann ist er vermutlich auf dem Heimweg von seinem Stammtisch ermordet worden, richtig?"

Schulte nickte zustimmend. Es wurde höchste Zeit, die Namen der Stammtischbrüder herauszufinden.

Ein Stunde später saß er wieder in seinem Auto und überlegte, welchen der drei Namen, die ihm die Mitarbeiter des bekannten Detmolder Restaurants genannt hatten, er zuerst aufsuchen sollte. Da es keine echten Kriterien für eine Reihenfolge gab, beschloss er, seine Rundreise von der Lage der Wohnungen abhängig zu machen.

Zu Schultes Glück waren alle drei Männer Rentner und hielten sich trotz des herrlichen Sonnenscheins zu Hause oder zumindest im Garten auf. Er lud die beiden Männer, die er zuerst besuchte, in sein Auto und kutschierte sie zum dritten Stammtischmitglied, das in der Hiddeser Birkenallee wohnte. In dessen Wohnzimmer saß Schulte schließlich mit drei alten Männern, denen die Erschütterung über den gewaltsamen Tod ihres Stammtischbruders deutlich anzusehen war.

„Walter war keiner, der Herzen im Sturm gewinnen konnte", berichtete der Mann, dem die Wohnung gehörte, „das kann man von ihm wirklich nicht behaupten. Er hat es den Leuten nicht leicht gemacht. Aber wenn man ihn erst einmal richtig kennengelernt hatte, sah man, dass er eine starke und bedeutende Persönlichkeit war."

Charakterbeschreibungen hatte Schulte so ausreichend zu hören bekommen, dass sein Bild von Konzelmann deutliche Konturen erhalten hatte. Wichtiger waren ihm nun Auffälligkeiten im Verhalten.

„Meine Herren, ist Ihnen in der letzten Zeit irgendetwas am Verhalten Dr. Konzelmanns aufgefallen? Hat er etwas verlauten lassen, das auf eine Bedrohung schließen lassen könnte? Oder war er irgendwie anders als sonst?"

Die drei alten Herren überlegten lange. Keiner schien sich so recht als Wortführer betätigen zu wollen. Endlich räusperte sich einer von ihnen und sagte, vorsichtig und zögernd:

„Also, er hat schon etwas in der Richtung gesagt. Wir haben das allerdings nicht so beachtet. Walter, also Dr. Konzelmann, war schon immer einer von denen, die das Gras wachsen hören. Er war in der Beziehung etwas überspannt. Und als er uns am Mittwoch davon erzählte, dass er verfolgt würde, da haben wir uns unseren Teil gedacht. Er war ziemlich sauer auf uns, fühlte sich nicht ernst genommen. Er hat uns beschimpft als Tattergreise, die sich ihre heile Altmännerwelt rosarot färben würden. Na ja, ein Wort ergab das andere, und wir sind abends im Streit auseinander gegangen, das muss man wohl so sagen. Hätten wir gewusst …"

„Was war denn das für eine Geschichte mit der Verfolgung?", unterbrach ihn Schulte, der plötzlich Licht am Ende des Tunnels sah.

Wieder schauten sich die drei lange an, bis derjenige, der bisher noch nichts beigetragen hatte, sagte:

„Er hat behauptet, dass er von einem jungen Mann verfolgt würde. Es sei ein Mann mit einem weißen Motorroller. Der Kerl habe aber immer seinen Helm aufgehabt, sodass er das Gesicht nicht erkennen konnte."

„Und wieso hat er angenommen, dass der ihn verfolgt?"

„Weil er wohl immer wieder an allen möglichen Stellen aufgetaucht ist. Wenn Dr. Konzelmann aus seinem Fenster schaute, dann stand der Mann auf der Straße, wenn er spazieren ging, dann wurde er von dem Motorroller überholt, und auch als er vorgestern zum Stammtisch ging, hat der Rollerfahrer sich unterwegs sehen lassen. Schon komisch, die Geschichte."

„Aber Sie haben ihm das nicht geglaubt?", fragte Schulte.

Wieder warfen sich die Männer fragende Blicke zu. Diesmal war es der Hausherr, der antwortete:

„Ich denke, das war alles Zufall. Wenn der Typ ein Verbrechen geplant hätte, dann hätte er sich wohl kaum ständig gezeigt. Aber gut möglich, dass die beiden auf dem Rückweg vom Stammtisch wieder zusammengetroffen sind. Es hat vielleicht Streit gegeben und dann …, na ja, dann hat dieser Mensch wohl zugeschlagen. So könnte es gelaufen sein. Dann wären wir im Unrecht gewesen."

„Hat Dr. Konzelmann seinen Verfolger noch näher beschrieben? Kleidung, eine Beobachtung über dessen Verhalten, hatte er vielleicht sogar das Kennzeichen des Rollers notiert, irgendetwas, was mir weiterhelfen kann?", fragte Schulte.

Die drei Männer dachten nach und schüttelten den Kopf. Als Schulte aufgeben wollte, meldete sich der Hausherr noch einmal zu Wort:

„Da fällt mir was ein. Keine Ahnung, ob das weiterhilft. Walter hatte in einem kleinen Nebensatz gesagt, dass der Kerl bei ihrer allerersten Begegnung den Helm unter dem Arm getragen hatte. Aber nur ganz kurz, dann habe er ihn sofort wieder aufgesetzt. Wissen Sie, wir haben da leider nicht richtig hingehört, weil wir von dem Unfug, dafür hielten wir sein Gerede, nichts hören wollten. Hätten wir geahnt, dass …"

„Ja, und?", fragte Schulte ungeduldig. „Hat er den Mann irgendwie beschrieben?"

„Beschrieben wäre übertrieben. Er hat etwas dazu gesagt, aber das habe ich vergessen."

„Er hat gesagt", warf sein Stammtischbruder ein, „dass der ihm vorgekommen sei wie ein Depp. Wie so einer, der breite Schultern und starke Muskeln hat, aber nicht mal die Volksschule geschafft hat. So ähnlich hat Walter sich ausgedrückt, jetzt fällt es mir auch wieder ein. Mehr war nicht, tut mir leid."

17 — 1984

Von ganz weit her drang eine glockenhelle Stimme an sein Ohr. Eine wirklich schöne Stimme, wie die einer Fee. Aber irgendwie störte sie. Und das, was die Stimme sagte, war ungeheuerlich. „Papa, aufstehen!", verstand Schulte. Er grunzte und rieb sich die Augen.

„Häh, wie, aufstehen?", brabbelte er.

Dann stöhnte er ausgiebig und sah erst auf die Uhr und dann in das Gesicht seiner Tochter. Sie hatte den Trainingsanzug, den sie im Schlafsack angehabt hatte, gegen Jeans und T-Shirt getauscht, und ihr Gesicht sprühte nur so vor Unternehmungslust.

„Ina, muss das sein, es ist noch nicht mal halb sieben", maulte Schulte.

„Ich kann aber nicht mehr schlafen", nörgelte Ina.

„Dann lies in einem Buch oder einem Comic. Aber komm bloß nicht auf die Idee, hier im Auto deine Pumuckl-Kassette zu hören."

„Wenn du einen Walkman hättest, könnte ich jetzt in aller Ruhe Kassette hören. Aber du bist ja zu geizig", mäkelte Ina.

„Das hat mit Geiz nichts zu tun, meine Liebe", entgegnete Schulte. „Ich brauche so ein Ding ganz einfach nicht. Ich habe so einen ausgefüllten Tag, dass ich am Abend mal ganz froh bin, wenn ich meine Ruhe habe. Da setze ich mir nicht so einen blöden Kopfhörer auf, wenn ich noch eine Runde laufe, sondern genieße die Natur."

„Mama sagt, du läufst nur bis zur nächsten Kneipe", entgegnete Ina patzig.

„Komm, Mädchen, nun reicht es aber", wurde Schulte jetzt ärgerlich. „Ich habe einen harten Job und ... Ach, was rege ich mich hier auf. Lass mich noch eine halbe Stunde schlafen, und dann frühstücken wir und reden über alles."

Ina schien ein feines Gefühl dafür zu haben, wann es für sie brenzlig werden könnte. Sie antwortete kleinlaut: „Okay", und zog die Bullitür zu.

Schulte war jetzt wach. Er war aufgewühlt, um nicht zu sagen verärgert. „Mama sagt, Mama sagt", äffte er die Stimme seiner Tochter nach und wurde noch wütender. Er wälzte sich auf die Seite. Da traf ihn ein Sonnenstrahl im Gesicht. Er drehte sich auf die andere Seite, so konnte er nicht liegen. Schließlich wendete er sich auf den Rücken. Der tat ihm weh. Wieder fluchte er und dachte über dies und das nach. Vielleicht könnte er noch einmal einschlafen, doch sein Ansinnen blieb vergeblich. Es wurde von Minute zu Minute wärmer. Der Bulli stand voll in der Morgensonne.

Nach einer halben Stunde schälte sich Schulte aus seinem Schlafsack, zog sich an und überlegte, ob es in der Kreispolizeibehörde wohl eine Möglichkeit gäbe, sich zu waschen. Als er ausgestiegen war, sah er sich nach Ina um. Einmal Zähne putzen würde der jungen Dame auch nicht schaden. Doch sie war nirgends zu sehen. Das beunruhigte Schulte nicht unbedingt. Schließlich war Ina fast neun Jahre alt und für ihr Alter sehr selbstständig.

Na gut, dann wollte er mal sehen, wo sich eine Waschgelegenheit fand. Als Schulte den Eingang der Kreispolizeibehörde betrat, staunte er nicht schlecht, als er Ina Volle gegenübersitzen sah. Beide hielten ein paar Karten in der Hand, und auf dem Tisch lagen Münzen und Scheine. Spielte dieser Kerl etwa mit seiner Tochter um Geld? Nahm dieser Bulle kleine Mädchen aus? Schulte konnte es nicht fassen. Er klopfte verärgert an die Scheibe der Eingangstür. Ein anderer Polizist, der ebenfalls im Empfangsraum war, drückte den elektrischen Türöffner. Aufgeregt stürmte Schulte in den Raum.

„Sag mal, geht's noch ..."

Seine Tochter drehte sich zu ihm um. „Na, du Schlafmütze, auch schon aufgestanden?" Sie grinste Schulte entwaffnend an. Und schob nach: „Gut, dass du kommst. Kannst du mir mal kurzfristig fünfzig Mark leihen? Zahle ich dir auf Heller und Pfennig zurück."

Schulte wollte umgehend insistieren, doch dann kam ihm eine Idee. Sollte Ina doch das Geld verspielen. Dann würde er seine Tochter bluten lassen. Sie würde ihm den gesamten Betrag zurückzahlen müssen, bis auf den letzten Groschen. Und Volle würde er sich auch vorknöpfen und das Geld beschlagnahmen. Wo kämen wir denn da hin? Ein Polizist überredet ein kleines Mädchen zu unerlaubtem Glücksspiel! Also zog Schulte einen zerknitterten Schein aus der Tasche und gab ihn seiner Tochter. Sie nahm das Geld, legte es auf den Tisch und sagte: „Die zwanzig und dann noch mal dreißig zum Sehen."

Volle kratzte sich am Kopf und wandte sich an seinen Kollegen. „Bernhard, kannst du mir auch mal einen Zehner leihen?“

„Volle, du spinnst doch“, polterte der los. „Du kannst doch ein kleines Mädchen nicht beim Pokern ausnehmen, du Idiot.“ Nachdem er diese deutlichen Worte gesagt hatte, wanderte sein Blick hilfesuchend zu Schulte. Der nickte ihm zu und zwinkerte mit dem linken Auge.

„Ach, ihr seid doch alle verrückt“, maulte der Polizist, um seine Position zu verteidigen und reichte Volle den Schein. Der schob ihn gleich weiter in den Pott.

Ina legte die Karten auf den Tisch. „Ist doch eine große Straße, Egon, oder?“

Der Dicke brummte: „Kann schon sein“, während Ina sich das Geld vom Tisch nahm und die Scheine fein säuberlich faltete. Die Münzen ließ sie in ihrer Hosentasche verschwinden.

Volle hingegen machte einen ausgesprochen niedergeschlagenen Eindruck, die letzten Tage waren keine Glückssträhne für ihn gewesen. Gestern Nacht hatte er nur ein paar Stunden geschlafen. In der Arrestzelle der Kreispolizeibehörde saß ein Mann, der Volle unter Umständen noch Schwierigkeiten bereiten könnte. Und jetzt hatte ihn ein achtjähriges Mädchen gerade mal eben um etwas mehr als achtzig Mark erleichtert, und dieser Kommissar Schulte schien auch irgendwie verärgert zu sein. Dabei hätte er dem Gör das Geld schon wiedergegeben, wenn er gewonnen hätte. Ein Scheißtag! Hoffentlich tauchte Hauptkommissar Grabowski bald hier auf. Dann wäre er wenigstens einen Teil der Verantwortung los.

„So, Papa, jetzt gehen wir schick frühstücken, und dann kauf ich mir einen richtigen tollen Walkman.“ Sie strahlte Schulte an. Dann flüsterte sie ihm ins Ohr: „Das ist total einfach gegen Egon zu gewinnen. Wenn der ein gutes Blatt hat, dann grinst der immer. Dann weiß ich gleich Bescheid und brauche erst gar nicht weiterzuspielen.“

Schulte musste innerlich über seine Tochter schmunzeln. Ja, er war sogar stolz auf sie, und daher wäre er am liebsten zur Tagesordnung übergegangen. Doch er zwang sich zu der geplanten erzieherischen Maßnahme, wenn auch in etwas abgeänderter Form. Er bemühte sich um einen strengen Gesichtsausdruck und sagte mit ernster Stimme: „Nein, meine liebe Ina, wir werden jetzt nicht schick frühstücken gehen. Das, was Volle und du hier getrieben haben, nennt man unerlaubtes Glückspiel. Das ist eine Straftat. Ich sehe jetzt mal von rechtlichen Konsequenzen ab. Aber das Geld, um das ihr gespielt habt, das ist futsch. Das werde ich beschlagnahmen und für euch verwalten."

Volle wollte etwas sagen, doch als er Schultes Gesicht sah, hielt er es dann doch für angebracht, besser zu schweigen.

Ina war da aus anderem Holz geschnitzt. Sie ging zum Angriff über.

„Ich hab aber Hunger", maulte sie. „Und außerdem, mit Oma spiele ich immer um Geld, wenn wir Karten kloppen. Beim *Mau Mau* muss der Verlierer immer einen Pfennig berappen."

„Dann werde ich auch ein ernstes Wort mit Oma reden müssen", entgegnete Schulte mit fester Stimme und erinnerte sich im gleichen Moment daran, dass schon er als kleiner Junge mit seiner Mutter um besagten Pfennig gespielt hatte.

„Mit Oma reden, pah, dass ich nicht lache", unterbrach Ina seine Erinnerung mit trotziger Stimme. „Das traust du dich ja doch nicht."

18

Nach Dienstschluss fuhren gleich zwei Autos auf den Fritzmeierschen Hof und wirbelten Staub auf. Es hatte zwar Sturm gegeben, aber seit fast drei Wochen nicht mehr geregnet, und Lippe drohte zu versteppen. Jupp Schulte kletterte ächzend aus dem staubigen Passat, ließ auch den Hund aussteigen und ging zu dem nigelnagelneuen, bis vor zehn Minuten noch schneeweißen, nun grauen Audi A3, aus dem Maren Köster ausstieg und sich mit der Hand den Staub vom Gesicht wedelte.

„Das kostet dich aber einmal Waschanlage“, schimpfte sie, mehr lachend als ernst, mit Schulte. „Das ist ein Stadtauto und kein Geländewagen. Und Hundepfoten haben an meinem schönen neuen Wagen auch nichts zu suchen. Weg, du Lümmel!“

Schulte legte ihr den Arm um die Schultern und führte sie zu Fritzmeiers Haustür. Maren Köster hatte ihr Versprechen, an diesem Abend mitzukommen, eingehalten. Sie wollte auch die Nacht bei Schulte verbringen, obwohl sie sich im Chaos seiner Wohnung nie wirklich wohlfühlte. Schulte, der schon seit Jahren einen Schlüssel für das Haupthaus des Hofes hatte, schloss die mächtige Haustür auf und ließ Maren Köster und den aufgeregten Hund eintreten.

Anton Fritzmeier saß in der Küche vor einer Tasse Tee und schaute verwundert auf, als er Maren Köster erkannte.

„Nanu, dat is aber ’ne hübsche Überraschung. Hasse dir Verstärkung mitchebracht, Jupp?“

Fritzmeier bemühte sich offenbar um einen leichten, beschwingten Ton, der aber in einer heftigen Hustenattacke unterging. Dann drückte er seine rechte Hand auf die Herzgegend. Als ihm bewusst wurde, dass Schulte ihn genau beobachtete, zog er die Hand schnell wieder weg.

„Iss nich, watte chetz wieder denkst“, brummte er abweisend. „Man kann doch mal ’n bisschen Husten haben, oder?“

Schulte schaute Maren Köster an und verdrehte genervt die Augen.

„Anton, nun rede keinen Stuss!“ Schulte hatte keine Geduld für solche Spielchen. „Ich weiß ziemlich genau, was mit dir los ist. Hast mir das gestern Abend ja selbst erzählt. Wenn du nichts dagegen hast, rufe ich jetzt mal einen Arzt an.“

„Da habbich aber was dagegen“, protestierte Fritzmeier und hustete wieder, „ich will nicht, dass so’n Quacksalber kommt und mich ins Krankenhaus steckt. Wenn es so weit is, dann isses so weit. Da kannsse nix machen. So, und chetz lass mich in Ruhe mit deinen Ideen. Kommt doch nix bei raus.“

Der alte Bauer wandte sich demonstrativ Maren Köster zu und brachte ihr zuliebe sogar ein leichtes Lächeln zustande, obwohl es ihm sichtbar schlecht ging.

„So’n Chlanz in meiner Hütte, da hätte ich charnich mit cherechnet. Jupp, diese Frau is dat Beste, was dir passieren konnte, lass dir dat chesagt sein.“

„Anton, lenk nicht vom Thema ab!“, rief Schulte, ernsthaft erbost. Aber Maren Köster legte ihm beruhigend eine Hand auf den Arm und sagte leise:

„Jupp, lass mich mal mit ihm allein. Nimm den Hund mit, und mach schon mal das Abendessen fertig. So kommen wir nämlich nicht weiter.“

Murrend verließ Schulte die Fritzmeiersche Wohnung und ging hinüber zu seiner eigenen. Er fütterte den Hund, dann versuchte er, etwas aufzuräumen. Der alte Sturkopf, fluchte er leise vor sich hin. Er wollte doch nur Fritzmeiers Bestes. Doch der tat so, als wenn er ihn vom Hof jagen wollte.

Schultes Wut war eigentlich nur ein anderer Ausdruck von Sorge. Dabei konnte er Fritzmeier durchaus verstehen. Würde er selbst sich nicht genauso verhalten in einer solchen Situation? Würde er, musste sich Schulte eingestehen. Selten hatte er sich mit dem weit über dreißig Jahre älteren Fritzmeier so seelenverwandt gefühlt.

Er holte eine Flasche Bier aus dem Kühlschrank und trank einen großen Schluck. Dann beobachtete er den Hund, der eifrig dabei war, die Tageszeitung zu häckseln. Endlich erinnerte er sich an seine Aufgabe und bereitete das Abendessen vor. Er war noch nicht fertig, als Maren Köster eintrat.

„Alles klar“, lächelte sie, „er ist einverstanden. Ich habe eben den Notarzt angerufen. Der wird gleich hier sein. Jetzt habe ich aber erst mal Hunger.“

Schulte atmete erleichtert durch und nahm sie in den Arm.

Eine dreiviertel Stunde war der Notarzt bereits bei Fritzmeier und offensichtlich mit den Nerven runter. Fritzmeier hatte darauf bestanden, mit dem Arzt allein zu sein, und so waren Jupp Schulte und Maren Köster bei der Untersuchung nicht anwesend. Sie trafen erst wieder auf den Notarzt, als der wutentbrannt mit dem Arztkoffer in der Hand aus Fritzmeiers Haus stürmte und den beiden, die nervös draußen auf dem Hof warteten, zurief:

„So was habe ich noch nie erlebt! Das war ja Bauerntheater vom Allerfeinsten! Wer nicht will, der hat schon!“

Nur mit Mühe gelang es Maren Köster, den Mann so weit zu besänftigen, dass er von der ungewöhnlichen Visite berichtete. Anton Fritzmeier hatte ihm gegenüber offenbar so getan, als sei er bei bester Gesundheit. Als fehle ihm nichts, als sei er nur etwas überarbeitet. Als es dem Arzt endlich gelungen war, Fritzmeiers Herztöne abzuhören, war ihm klar, dass der alte Mann ins Krankenhaus gehörte, und zwar sofort. Aber davon hatte Fritzmeier nichts gelten lassen. Er sei noch nicht entmündigt und immer noch bei klarem Verstand. Und wenn sie ihn in ein Krankenhaus bringen wollten, dann müsse schon ein ganzes Rudel Krankenpfleger kommen und ihn mit Gewalt aus dem Haus schleppen. Freiwillig ginge er nicht.

Auf die Frage des Arztes, warum er ihn dann habe rufen lassen, hatte Fritzmeier geantwortet, das sei sowieso nicht seine Idee gewesen. Der völlig verdatterte Arzt hatte ihm, schon sehr erregt, vorgeworfen, dass er seine wertvolle Zeit verschwende, dass es andere Patienten gäbe, die wirklich ärztliche Hilfe suchten. Und dass er sofort gehen würde, falls Fritzmeier sich weiter so stur anstellen sollte. Darauf hatte der alte Mann ihm nur einen schönen Feierabend gewünscht.

„Hier", der schwer atmende Mediziner drückte Maren Köster ein Rezept in die Hand, „besorgen Sie ihm das. Wenn er das auch nicht nimmt, dann habe ich es wenigstens versucht. Guten Abend!"

19 1984

Schulte ging in seinem neuen Büro, das er sich mit seinem Kollegen Bernhard Lohmann teilte, auf und ab. Ina saß schmollend an einem kleinen Besprechungstisch und las in einem Asterix-Heft. Die Beschlagnahme des Pokergewinns nahm sie Schulte immer noch übel. Es war jetzt halb neun und weder Lohmann war anwesend noch Hauptkommissar Grabowski.

Was war das für ein Laden, die Kreispolizeibehörde Detmold? Konnte hier jeder kommen und gehen wann er wollte? Und überhaupt, dieser Grabowski erzählte ihm hier einen über deutsche Tugenden. Und hatte zusätzlich noch herausposaunt, dass ihm Pünktlichkeit besonders wichtig sei. Doch anscheinend galt diese Anforderung für alle, nur nicht für Grabowski selbst.

Das Klopfen an der Tür unterbrach Schultes Überlegung. Eine schlanke, gepflegte ältere Dame trat ein. Sie mochte ein paar Jahre jünger sein als Schultes Mutter.

„Herr Schulte?", fragte sie.

Und als der sagte: „Ja, bitte", ging sie auf ihn zu und streckte ihm die Hand entgegen.

„Darf ich mich vorstellen? Ich bin Hedwig Meierjohann, die Sekretärin in dieser Abteilung."

Auch Schulte stellte sich vor. Und als er fertig war, legte seine Tochter den Comic beiseite, stand auf, ging selbstbewusst auf Frau Meierjohann zu, gab ihr die Hand und sagte: „Und ich bin Ina Schulte, ich helfe meinem Vater in den nächsten Tagen, hier in Detmold klarzukommen.“ Dann machte sie einen artigen Knicks.

Wer hat ihr das wohl beigebracht, überlegte Schulte.

Frau Meierjohann lächelte: „Na, dann kann ja nichts mehr schiefgehen.“ Und an Schulte gewandt, sagte sie: „Der Kaffee ist frisch gekocht. Möchten Sie eine Tasse?“

„Klar, gerne“, freute sich Schulte.

„Warten Sie“, lächelte Frau Meierjohann. „Ich bringe Ihnen ein Kännchen.“

„Nein, lassen Sie nur. Ich komme kurz mit. Dann können Sie mich ja auch gleich auf den neusten Stand bringen. Ina, du beschäftigst dich bitte noch eine Zeit lang bei mir im Büro.“

Wenige Minuten später saß Schulte mit der Sekretärin in einer kleinen Teeküche bei einer Tasse Kaffee.

Frau Meierjohann wusste zu berichten, dass Bernhard Lohmann sich beim Fußball verletzt habe. Er würde aber, nachdem ihn der Arzt versorgt habe, noch vorbeikommen. Hauptkommissar Grabowski hingegen läge mit einer schlimmen Grippe und Fieber im Bett. Der sei, so habe dessen Frau berichtet, nicht einmal in der Lage, ans Telefon zu gehen.

Hart wie Kruppstahl, zäh wie Leder ..., dachte Schulte, das ist er, unser Grabowski, und er fragte: „Okay, und was bleibt jetzt für mich zu tun?“

Frau Meierjohann machte ein sorgenvolles Gesicht. „Da sitzt jemand in der Arrestzelle. Ich meine, da sitzt nicht irgendjemand in der Zelle, sondern da sitzt Herr Mauermann, einer der erfolgreichsten Unternehmer Lippes.“

Schulte erinnerte sich an die Szene am vergangenen Abend, auf dem Parkplatz der Polizeibehörde.

„Das Dumme ist nur, ich habe keinerlei schriftliche Unterlagen, warum der Mann hier bei uns einsitzt“, sagte Frau Meierjohann. Ihr war die Angelegenheit peinlich.

„Ich bin mir ziemlich sicher, dass Volle und Grabowski den Herrn gestern Abend hierhergebracht haben“, entgegnete Schulte. Er überlegte einen Moment, dann fuhr er fort: „Ich kenne mich mit Ihrer Telefonanlage noch nicht so gut aus, Frau Meierjohann. Würden Sie so freundlich sein und den Polizeimeister mal zu mir ins Büro einbestellen? Wenn der dabei war, wird er uns ja sagen können, warum der Mann verhaftet wurde."

„Natürlich, Herr Schulte, das mache ich. Und, wenn Sie möchten, kann ihre Tochter sich zu mir ins Büro setzen und lesen. Dann können Sie in Ruhe Ihrer Arbeit nachgehen."

Schulte war Frau Meierjohann für die Entlastung dankbar. Ina wurde mit einer Tasse Kakao und ein paar Keksen zum Umziehen überredet. Und Schulte wartete auf Volle.

Der tauchte jedoch nicht auf. Nach einer längeren Wartezeit, bat Schulte Frau Meierjohann, den Polizeimeister nochmals anzurufen. Er blieb während des Telefonats neben der Sekretärin stehen, um sich die Telefonanlage erklären zu lassen. Als Volle nach längerem Klingeln endlich abnahm, staunte Schulte nicht schlecht. Denn der dicke Polizeimeister erklärte Frau Meierjohann, dass er sich von Zivilisten überhaupt nichts sagen lassen müsse und von Zivilistinnen schon gar nicht.

Schulte schwoll der Kamm. Er gab der Sekretärin ein Zeichen, den Hörer an ihn weiterzureichen. Als er ihn in der Hand hielt, schnauzte Schulte: „Hör zu, Volle, wenn du nicht in zwei Minuten hier oben bist, dann sperre ich dich zu diesem Mauermann in die Zelle und lasse dich da erst wieder raus, wenn du schwarz geworden bist."

„Sie haben mir gar nichts zu sagen, Herr Schulte, das hat Hauptkommissar Grabowski mir gestern noch einmal ausdrücklich bestätigt." Und außerdem können Sie mich gar nicht einsperren. Ich hab ja nichts getan", wehrte sich Volle verzweifelt.

„Also, wenn unerlaubtes Glückspiel während der Dienstzeit und Nötigung einer Minderjährigen zu einer Straftat kein Grund sind, dich einzusperren, dann weiß ich es nicht."

„Aber ich...", Schulte schnitt dem stammelnden Volle das Wort ab. Schulte ging darauf nicht ein. „Da ist doch noch ein Kollege unten bei dir in der Wache. Den möchte ich sprechen!"

Erleichtert reichte Volle den Telefonhörer weiter.

„Polizeimeister Volkhausen", meldete sich der Mann, der Volle vorhin wegen des Pokerspiels beschimpft hatte.

„Kollege, sei so nett und bring mir den Volle mal hoch ins Büro. Wenn er nicht freiwillig mitkommt, holst du dir Hilfe. In fünf Minuten will ich den Kerl in meinem Zimmer sehen, ist das klar?"

„Jawohl, Herr Kommissar Schulte", beendete Volkhausen das Gespräch.

Einige Minuten später hörte Schulte einen protestierenden Volle auf dem Flur. Gedrängelt von Polizeimeister Volkhausen, der ihm riet, nicht alles nur noch schlimmer zu machen.

Schulte bot dem verstockten Polizisten einen Stuhl und eine Tasse Kaffee an. Dann fragte er Volle: „Warum habt ihr gestern Nacht Herbert Mauermann verhaftet? Und wo ist das nötige Protokoll?"

„Herbert Mauermann? Den kenne ich nicht", log Volle dreist.

„So, den kennst du nicht?", entgegnete Schulte genervt. „Und was ist, wenn ich dir sage, dass ich dich gestern Nacht gesehen habe, als du Herrn Mauermann in Handschellen in die Kreispolizeibehörde gezerrt hast? Und was ist, wenn ich dir sage, dass du im Begriff warst, Herrn Mauermann zu schlagen? Und das nur nicht passierte, weil Hauptkommissar Grabowski dich daran gehindert hat?"

Volle starrte Schulte an. „Wenn Sie etwas wissen möchten, müssen Sie Hauptkommissar Grabowski fragen", entgegnete er verstockt. „Ich bin nicht berechtigt, Auskunft zu geben."

„Siehst du hier irgendwo einen Hauptkommissar Grabowski? Siehst du den hier?", setzte Schulte Volle unter Druck.

„Nein, also gut, dann kann ich ihn auch nicht fragen. Dann muss ich Herrn Mauermann freilassen, denn ich weiß nicht, warum ihr ihn eingesperrt habt."

Volle stierte Schulte mit blutunterlaufenen Augen an und grunzte.

„Ach, übrigens Volle, wenn du mich fragst, dann rate ich dir, geh schon mal zum Arbeitsamt. Denn wenn ihr den Mauermann grundlos in den Knast gebracht habt, dann zieh dich warm an. Polizist bist du dann nicht mehr lange. Und verlass dich nicht auf Hauptkommissar Grabowski. Der wird dir nicht helfen können. Denn der wird selbst alle Hände voll zu tun haben, um seinen Arsch zu retten."

„Mauermann ist ein Schwuli und Kinderschänder", brach es unvermittelt aus Volle heraus.

„Wer behauptet das?" setzte Schulte sofort nach.

„Hauptkommissar Grabowski", presste Volle durch die Zähne.

„Okay, Volle, war doch gar nicht so schlimm", lächelte Schulte den dicken Polizisten an. „Du kannst gehen." Der Polizeimeister war für einen Moment erleichtert. Doch Schulte setzte nach: „Heute Mittag will ich ein Protokoll über das, was letzte Nacht vorgefallen ist. Und jetzt raus hier!"

Volle sprang auf, als würde er von einem Hund gehetzt. Er riss die Tür auf und stieß mit einem Mann zusammen, der im Begriff war, auf Krücken ins Zimmer zu humpeln.

20

Montagmorgen! Wieder mal ohne Frühstück ins Büro gekommen, da es zu Hause kein Brot mehr gab, wieder zu spät zur Wochenanfangsbesprechung erschienen, auch diesmal wieder auf dem Weg ins Besprechungszimmer den viel zu heißen Kaffee verplempert und dabei die Finger verbrüht – Jupp Schulte war kein Montagsmensch.

Gegen Mittag hatte Schulte an drei Besprechungen teilgenommen, viel zu viel Kaffee getrunken und das Gefühl, wertvolle Zeit vergeudet zu haben. Wieder war ihm nichts anderes übrig geblieben, als seinen Hund mit ins Büro zu nehmen. Zum Glück hatte Lümmel sich leise auf den großen Lederknochen konzentriert, den Schulte ihm mitgebracht hatte. Erpentrup hatte offenbar noch nichts davon mitbekommen, dass Schulte ständig einen jungen Hund mit ins Büro brachte. Es würde großen Ärger geben, da machte sich Schulte keine Illusionen.

Unter einem Vorwand fuhr Schulte mit dem Hund in die Stadt, bummelte eine halbe Stunde ziellos herum, verzehrte einen Döner und schwor sich anschließend, demnächst gesünder zu leben. Er saß eben wieder an seinem Schreibtisch, da kam Manuel Lindemann herein, wehrte mit stiller Verzweiflung die stürmische Begrüßung des Hundes ab und legte Schulte eine Liste vor.

„Was ist das?", fragte Schulte gelangweilt.

„Eine Liste aller gemeldeten Motorroller im Kreis Lippe. Hatten Sie mir doch am Freitag als Auftrag gegeben, erinnern Sie sich nicht mehr?"

„Doch", bluffte Schulte, ohne sich wirklich zu erinnern und zog die Liste näher heran. „Ist ja ganz schön lang, die Liste. Hätte gar nicht gedacht, dass es bei uns so viele von den Krachmachern gibt. Da haben Sie aber ordentlich zu tun, Lindemann, wenn Sie die alle abklappern wollen. Aber uns bleibt wohl nichts anderes übrig. Ist ja ganz einfach: Wir suchen einen Mann zwischen dreißig und fünfzig, breitschultrig, mit einem weißen Motorroller. Ach ja, und er muss etwas einfältig aussehen. Ich fürchte nur, auch davon gibt es ziemlich viele im Lippischen."

Lindemann nickte resigniert. Er war nun mal der Jüngste im Team und wusste, dass solch tödlich langweilige Routineaufgaben gern an den vergeben wurden, der den geringsten Widerstand leisten konnte.

„Bin schon unterwegs", sagte er tonlos und verließ Schultes Büro. Der blickte ihm hinterher und machte sich seine Gedanken. Lindemann war ein netter Kerl, klug und effizient, aber unsäglich langweilig. Er war lang aufgeschossen, fast zwei Meter groß, dünn und schlaksig. Es gab kein Computerproblem, das er nicht hätte lösen können, ihm konnte man getrost die kompliziertesten Recherchen überlassen. Aber außerhalb des Büros war er zu nichts zu gebrauchen, er war unsicher, ungeschickt und so selbstsicher wie ein pubertierender Knabe. Frauen waren ihm so vertraut wie Aliens, er hatte keinen Schimmer, wie er sich ihnen gegenüber zu verhalten hatte. Schulte hatte ihm schon häufiger ungebetene Tipps für den Umgang mit dem anderen Geschlecht gegeben und sich dabei auf Lindemanns Kosten prima amüsiert. Doch Maren Köster hatte ihm deshalb einmal so kräftig den Kopf gewaschen, dass er sich seitdem zusammenriss.

Schulte versuchte sich auf den pathologischen Befund zum Mordfall Konzelmann zu konzentrieren. Aber immer wieder funkte ihm der Hund dazwischen, der sich langweilte und sein Herrchen zum Spielen animieren wollte.

So ging das nicht weiter! Aber solange seine Tochter nicht wieder zu Hause und Fritzmeier noch nicht wieder einsatzfähig war, musste er sich um Lümmel kümmern.

Renate Burghausens erster Eindruck hatte sich bestätigt. Dr. Konzelmann war mit einer Metallstange erschlagen worden. Er war wohl schon tot gewesen, als er von der Brücke hinunter in den Bach geworfen worden war. Der Täter musste zweifellos über eine gewisse Körperkraft verfügen. Viel Verstand schien er aber nicht zu besitzen. Denn warum hatte er sich vorher so auffällig verhalten, sich immer wieder gezeigt? War er wirklich so ein Depp, wie die Stammtisch brüder ihn beschrieben hatten oder war es gar nicht seine Absicht gewesen, den alten Mann zu töten? Wollte er vielleicht nur den geeigneten Moment für ein Gespräch unter vier Augen finden? War das Gespräch eskaliert und hatte mit einer ungewollten Katastrophe geendet?

Es lagen noch eine Menge anderer Akten auf seinem Tisch. Alle mussten angeblich dringend bearbeitet werden, und als Schulte endlich dem zunehmend heftiger werdenden Drängen seines Hundes nachgeben konnte, war es auch schon fast Zeit für den Feierabend. Aber nur fast, denn im selben Moment ging das Telefon. Lindemann meldete sich per Handy.

„Hallo Chef! Ich glaube, ich habe ihn gefunden", rief Lindemann triumphierend. „Es passt alles. Der Mann hat einen weißen Motorroller, und auch die äußere Beschreibung stimmt. Was soll ich machen?"

„Nichts", rief Schulte ins Telefon, „bleiben Sie, wo Sie sind. Ich komme sofort. Geben Sie mir mal die Adresse."

Schulte schrieb die Adresse auf einen kleinen Zettel und legte den Hörer auf.

„Auf geht's, Lümmel!", sagte er dann zu dem schon aufgeregt hechelnden Hund, „Wir fahren ins Kalletal."

Vorsichtig lugte Schulte aus der Bürotür. Als er sicher war, dass niemand auf dem Flur war, verließ er zügig mit dem Hund das Gebäude der Kreispolizeibehörde. Lümmel war schon auf der Ladefläche des Passats untergebracht, als sich Schultes Handy meldete. Erstaunt und besorgt erkannte er die Nummer Anton Fritzmeiers.

„Jupp, kannsse sofort kommen? Ich chlaube, es cheht zuende. Aber mach schnell!"

21 1984

Früher waren Gipsbeine immer weiß. Warum waren die heute blau, rot oder grün? Darüber musste Schulte nachdenken, nachdem er den Mann, den Volle vor drei Sekunden beinahe über den Haufen gerannt hatte, von oben bis unten gemustert hatte. Anscheinend handelte es sich bei dem Invaliden um den Kommissar, mit dem Schulte sich ab heute ein Büro teilen würde. Und so war es.

„Hallo Kollege, ich bin Bernhard Lohmann", wurde Schulte freundlich begrüßt. Dann stakste der Mann mit dem blauen Gipsbein zu dem freien Schreibtisch. Er ließ sich mit einem heftigen, aber durchaus zufriedenen Stöhnen auf seinen Stuhl sinken und lehnte seine Krücken an den Schreibtisch.

Schulte ging zu ihm hinüber und gab ihm die Hand. „Hallo, ich bin Jupp Schulte."

Lohmann nickte. „Habe ich schon gehört. Hedwig hat schon berichtet."

„Hedwig?", Schultes Stirn warf Falten. „Wer um alles in der Welt ist Hedwig?"

„Na, unsere Frau Meierjohann", lachte der Kollege. „Mit der musst du dich gut stellen. Das ist die wichtigste Person hier in diesem Laden."

Lohmann überlegte einen Augenblick, so, als ob er sich nicht sicher sei, zum jetzigen Zeitpunkt etwas Falsches zu sagen. Schließlich kannte er den Neuen noch überhaupt nicht. Doch dann sagte er mehr zu sich selbst: „Ach, ist ja auch egal", und redete dann laut weiter. „Grabowski, unseren Chef, den hast du ja schon kennengelernt."

Schulte nickte und bemerkte sofort, dass Lohmann unsicher war, ob er hinsichtlich pikanter Detailinformationen über ihren gemeinsamen Chef Klartext reden sollte oder nicht. Schulte beschloss, vertrauensbildende Maßnahmen zu ergreifen.

„Du meinst unseren *Dorf-Rambo*?", witzelte Schulte.

Lohmann brauchte einen Moment, bis er begriff. Dann lachte er. „ *Dorf-Rambo*, das ist gut. Das ist ein sehr guter Name für den Alten. Auf den hätte ich eigentlich selbst kommen können. Auf der Polizeischule hatten wir einen Ausbilder, der hieß *das Maul*, was zu ihm passte wie Arsch auf

Eimer. Aber zu Grabowski passt *Dorf-Rambo* tausendmal besser."

Lohmann sah Schulte noch mal eindringlich an. Dann fuhr er fort. „Ja, unser aller Chef und Kollege ist schon eine ziemlich harte Nummer. In gewisser Weise ist er ein Känguru.".

Schulte verstand den Vergleich nicht. Das musste Lohmann ihm wohl angesehen haben, denn er erklärte: „Känguru, große Sprünge, nichts im Beutel."

Schulte musste lachen. Spätestens jetzt wusste er, dass er mit Lohmann klarkommen würde.

„Na, jedenfalls", fuhr Schultes neuer Kollege fort: „Als Chef könnte ich mir durchaus einen Mann mit etwas moderneren Ansichten vorstellen. Aber seinen Boss kann man sich ja bekanntlich nicht aussuchen." Lohmann suchte nach Worten.

„Grabowski ist ein alter Kommiskopp. Das wirst du ja schon gemerkt haben. Der ärgert sich heute noch darüber, dass der Krieg 1945 verloren wurde". Lohmann verdrehte die Augen. „Du verstehst, was ich meine."

Schulte nickte.

„Den Richtern und Staatsanwälten, denen kriecht er in den Arsch. Aber gegenüber uns Polizisten versucht er zu treten, wo er kann."

„Der typische Untertan, wenn ich dich richtig verstehe", entgegnete Schulte.

Lohmann überlegte einen Moment, dann wusste er, was Schulte meinte.

„Genau, der Autor Heinrich Mann muss unseren Grabowski gekannt haben", bemerkte Lohmann. Dann herrschte eine Minute Schweigen, bevor Schulte auf das Gipsbein seines Kollegen deutete und meinte: „Sag mal Lohmann, bist du eigentlich krankgeschrieben?"

Lohmann sah Schulte entsetzt an. „Ich bin doch nicht verrückt geworden! Ich habe so einen richtigen Weiberhaushalt zu Hause. Eine Frau und zwei Töchter. Und alle drei versuchen mich zu erziehen. Selbst unsere Kleine will mir schon sagen, was ich zu tun und zu lassen habe, und die ist man gerade erst sieben Jahre alt."

Schulte musste grinsen. Irgendwoher kannte er das.

„Nee, nee, ich komme zum Dienst", äußerte sich Lohmann mit einer Inbrunst der Entschlossenheit, die keinen Zweifel an seiner Arbeitsbereitschaft zuließ. „Zu allem Überfluss kommt heute auch noch meine Schwiegermutter für ein paar Tage. Die Frauen wollen Erdbeeren einkochen und Marmelade machen. Wenn ich dazwischen herumlaufen würde, dann hinge spätestens morgen der Haussegen schief. Nee Schulte, du hast mich an der Backe, ich arbeite. Ich kann zwar nicht im Außendienst eingesetzt werden, aber die Aktenführung will ich wohl machen."

„Okay", kam es gedehnt von Schulte. „Ich bin froh, dass du da bist, Lohmann. Ich habe da nämlich schon mal ein kleines Problem."

Schulte machte eine kurze Pause und berichtete dann: „Grabowski und Volle haben heute Nacht einen gewissen Herbert Mauermann verhaftet. Es gibt aber keinerlei Protokoll oder sonst etwas. Das Einzige, was ich aus Volle herausbekommen habe, ist, dass Mauermann schwul und angeblich ein Kinderschänder sein soll." Wieder unterbrach Schulte sich für einen kurzen Moment. „Doch bevor wir in den Fall einsteigen, erklär mir bitte noch, warum unsere Frau Meierjohann die wichtigste Person in der Abteilung sein soll?"

„Na, so richtig erklären kann ich das auch nicht", entgegnete Lohmann. „Also, erst mal hat sie den Grabowski voll im Griff. Manchmal glaube ich, die weiß was über den, und das macht ihn ihr gegenüber so geschmeidig. Das ist aber nur so ein Gefühl. Na und überhaupt, du musst einfach eine gewisse Zeit mit unserer Hedwig zusammenarbeiten. Spätestens dann weißt du, was ich meine."

„Okay“, kam es noch mal von Schulte, diesmal etwas entschlossener. „Das also zu unserer Führungskraft, Frau Meierjohann. Dann nehmen wir uns als Nächstes mal Mauermann vor.“

„Gut“, meinte Lohmann. „Hedwig hat mich schon mal ein bisschen auf Stand gebracht. Kennst du Mauermann?“

„Also, nicht so genau. Frau Meierjohann hat gesagt, dass sei einer der einflussreichsten Unternehmer hier in Lippe. Mehr Informationen habe ich bis jetzt nicht.“

„Genau, einflussreich und beliebt“, bestätigte Lohmann. „Es gab in den letzten Jahren hier in Lippe und Umgebung keine Großbaustelle, auf der die Firmen von Mauermann nicht mindestens ein kleines Gewerk ausgeführt haben. Vielmehr war es meist so, dass Mauermanns Unternehmen bei einem Großteil der Baustellen gänzlich alle Aufgaben verrichtet haben. Im Gegenzug hat sein Unternehmen Kindergärten, Altersheime, Behinderteneinrichtungen in großzügigem Maße unterstützt. Und das ohne viel großes Aufheben. Mauermann muss ein sehr zurückhaltender, bescheidener Mann sein. Ich kenne ihn zwar nicht persönlich, aber man hört so einiges. Er ist in einem kleinen Dorf im Kalletal groß geworden und da wohnt er wohl auch heute noch. Er hat sich auf dem elterlichen Anwesen eine sehr schöne Villa gebaut. Und angeblich ist Mauermann sehr gastfreundlich. Seine Freunde und Nachbarn sind ihm jederzeit willkommen und werden von Mauermann geschätzt und gut bewirtet. Du kannst dir also vorstellen, wie beliebt der Mann bei vielen Menschen hier in Lippe ist.“

Schulte nickte.

„Natürlich hat Mauermann auch viel bewegt. Es wird zum Beispiel gemunkelt, dass die Region Lippe es ihm maßgeblich zu verdanken habe, dass die Fachhochschule in Lemgo gebaut wurde. Aber das ist nur ein Gerücht von vielen, die neben anderen Mythen hinsichtlich seiner Kompetenz und Großzügigkeit über ihn verbreitet werden.“

Lohmann griff zum Telefonhörer und orderte bei Hedwig Meierjohann Kaffee.

„Nur bei einem großen Projekt konnte Mauermann sich wohl nicht durchsetzen“, berichtete er weiter. „Es wird erzählt, dass Mauermann rund zehn Jahre lang von einem Erholungsgebiet in Lüerdissen mit einem etwa achthundert Meter langen Stausee und einer Kurklinik geträumt hat. Etliche Investitionswillige erwarben Grundstücke in Lüerdissen. Darunter, so wird behauptet, waren auch einige namhafte Kommunalpolitiker Lippes, die günstiges Ackerland zu Seegrundstücken veredeln wollten. Aber dann hat man einem anderen Standort den Vorzug gegeben, einem Gebiet bei Schieder. Durch die Entscheidung wurden natürlich alle Mauermannschen Planungen über den Haufen geworfen.“

„Ärgerlich für Mauermann“, sagte Schulte, und mit einem breiten Grinsen fügte er hinzu: „Und für die namhaften Kommunalpolitiker.“

„Ja, die Politik hat sich nach der Entscheidung, nach Schieder zu gehen, vom Seebad Lüerdissen verabschiedet. Mauermann aber nicht. Der war beharrlich und hat an seiner Idee festgehalten. Er hat im Stillen weiter Grundstücke gekauft und hat die Strippen gezogen und so die Bedingungen für einen zweiten Anlauf *Lüerdisser-See* geschaffen. Dabei hat er seinen Plan wohl nicht an die große Glocke gehängt. Denn als er vor einigen Monaten mit dem neu geplanten Projekt an die Öffentlichkeit gegangen ist, waren erst mal alle verblüfft. Doch dann kam Drift in die Angelegenheit. Viele Politiker, von denen Mauermann die sogenannten Seegrundstücke für’n Appel und ’n Ei zurückgekauft hatte, die spucken jetzt natürlich Gift und Galle und sind mit Sicherheit erbitterte Gegner das Seebades Lüerdissen. Aber in Düsseldorf soll Mauermann angeblich eine Menge Freunde haben, die der ganzen Angelegenheit sehr wohlwollend gegenüberstehen.“

Während Lohmann über den Lüerdisser See berichtet hatte, war Frau Meierjohann mit frischem Kaffee ins Büro gekommen und hatte eine Minute zugehört, weil sie Lohmanns Bericht nicht unterbrechen wollte. Als sie die Tassen auf den Tisch stellte, sagte sie: „Wie das eben so ist im Leben. Freunde gewinnt man, die Feinde muss man sich erkämpfen. Und bei Herrn Mauermann sind seit Bekanntwerden seiner Pläne einige Gegner, um nicht zu sagen Feinde, dazugekommen. Aber ich finde die Ideen, die der Mann hat, sehr gut."

Schulte pfiff durch die Zähne. „Und genau dieser Mauermann sitzt jetzt in unserer Arrestzelle wegen angeblicher Homosexualität und Kinderschändung?"

Lohmann und Frau Meierjohann nickten synchron.

„Wenn das nicht ein heißes Eisen ist, was man uns da hingelegt hat", formulierte Schulte die Gedanken, die auch Lohmann und Meierjohann schon längst hegten.

22

Die junge Polizistin Pauline Meier zu Klüt hatte eben ihre Spätschicht beginnen wollen, als sie auf dem Weg zur Kreispolizeibehörde einen Anruf vom Handy ihres direkten Vorgesetzten Jupp Schulte bekommen hatte. Schulte hatte sie in ungewohnt hektischem Ton aufgefordert, sofort ins Kalletal zu fahren und ihrem Kollegen Lindemann dabei zu helfen, einen möglicherweise gefährlichen Verdächtigen festzunehmen. Auf ihren Einwand hin, dazu sei Lindemann doch wohl auch allein in der Lage, hatte Schulte sie schroff aufgefordert, nicht zu diskutieren, sondern das zu tun, was er von ihr verlange. Danach hatte er noch die Adresse genannt und das Gespräch grußlos beendet.

Pauline Meier zu Klüt war sprachlos hinter dem Lenkrad sitzen geblieben. So hatte sie Schulte noch nie erlebt. Sicher, Schulte war weit und breit als Exzentriker bekannt, bei ihm wusste man nie genau, was er als Nächstes tun würde. Aber eigentlich war Schulte, zumindest ihr gegenüber, wenn auch nicht immer formal korrekt, so doch stets freundlich und angenehm gewesen. Die junge Frau schüttelte verständnislos den Kopf und fuhr wieder an. Auch wenn sie sich Schultes Verhalten nicht erklären konnte, ahnte sie doch, warum er sie dabeihaben wollte, wenn Lindemann die Verhaftung vornahm. Es war ihr bekannt, dass Schulte nicht allzu viel von Lindemanns Durchsetzungsfähigkeit hielt und er der handfesten Bauerntochter Pauline deutlich mehr zutraute.

Während sie Richtung Lemgo fuhr, rief sie Lindemann an, der im Dienstwagen zum selben Ziel unterwegs war. Er war offenbar nicht begeistert über die angekündigte Verstärkung, wirkte eher eingeschnappt. Ein bisschen tat er ihr leid. Manuel Lindemann hatte es nicht leicht, nicht mit seiner Umwelt und noch weniger mit sich selbst. Dabei war er ein lieber Kerl, und sie nahm sich vor, ihm bei der Festnahme zumindest die Illusion zu lassen, er sei Herr des Geschehens.

Eine Viertelstunde später parkte sie hinter Lindemanns Polizeiauto ein, schloss ihren Privatwagen ab und ging zu dem Kollegen. Lindemann schaute sie finster an und ließ sie einsteigen.

„Ich kann nichts dafür", versicherte sie ihm. „Irgendetwas stimmt mit Schulte nicht, der ist total durch den Wind. Wie sieht es denn aus, hast du den Verdächtigen schon gesprochen?"

Lindemann schüttelte den schmalen Kopf.

„Nee, dazu hatte ich noch keine Zeit. Schulte hat mich ja ausdrücklich angewiesen, auf dich zu warten. Ich bin ihm anscheinend zu blöde für so was."

Sie seufzte.

„Komm, mach dir nichts draus. Vielleicht ist der Mann ja wirklich gefährlich, und dann können vier Fäuste besser zupacken als zwei. Wie heißt er überhaupt?"

„Hans-Josef Krumbach heißt er. Und ganz so jung, wie er beschrieben wurde, ist er gar nicht mehr. Er ist immerhin schon sechsundvierzig Jahre alt. Aber aus der Perspektive eines über Achtzigjährigen ist das wohl noch jung. Auf jeden Fall passt der Motorroller, und der Typ scheint auch ein bisschen gaga zu sein."

„Wohnt er in diesem Haus? Das sieht doch eher unbewohnt aus."

Lindemann seufzte.

„Siehst du, auch du hältst mich für einen Idioten. Als wenn ich tatsächlich ganz gemütlich mit einem Dienstwagen direkt vor dem Haus eines Mannes parken würde, den ich gleich festnehmen soll. Damit er gewarnt ist und in aller Ruhe aus dem Hintereingang verschwinden kann? Klar, so ist er, der Lindemann."

Sie schaute ihn verwundert an. Hier war offenbar etwas aus dem Ruder gelaufen. Sie würde sich aber erst später damit befassen können. Jetzt hatten sie beide einen Auftrag zu erfüllen.

„Sorry, Manuel, aber das hatte ich damit wirklich nicht gemeint. Wo wohnt er denn?"

„Das vierte Haus auf der linken Seite", erklärte Lindemann mit tonloser Stimme. „Mit der Tanne davor."

„Okay", entschied Pauline Meier zu Klüt, „dann lass uns mal reingehen!"

23 1984

Gab es etwas Furchterregenderes als ein weißes Blatt Papier, das darauf wartete, beschrieben zu werden? Volle schwitzte mindestens so wie sein Chef, der zu Hause mit vierzig Grad Fieber im Bett lag. Bis heute Mittag wollte dieser verdammte Kommissar Schulte einen Bericht haben. Doch was sollte Volle schreiben?

Letztendlich hatte er nur das Auto gefahren und Mauermann auf Anweisung von Grabowski verhaftet. Volle kaute an seinem Kugelschreiber. Warum musste er mal wieder die Suppe auslöffeln? Schließlich war die Verhaftung dieses Schwulis nicht seine Idee und schon gar nicht seine Angelegenheit gewesen, sondern die Grabowskis. Und der legte sich jetzt einfach ins Bett, machte einen auf krank und war fein raus.

Nein, so ging das nicht. Es musste eine Lösung her, und die hieß nicht: heute Mittag einen schriftlichen Bericht bei Schulte abgeben. Volle zermarterte sich das Hirn. Und zwar intensiv. Denn im Überlegen war Volle mindestens genauso schlecht wie im Schreiben.

Sein Kollege Volkhausen kam in die Zentrale. Er hatte gerade die Hauspost verteilt. Der Kollege kam mit einem süffisanten Grinsen auf Volle zu und wedelte mit einem Brief. Das bedeutete nichts Gutes, das wusste Volle. Verdammt, was war das jetzt wieder? Wenn Volkhausen so guckte wie jetzt, gab es meist Stress, oder Volle hatte aus der Sicht der anderen Mist gebaut.

„Was willst du?", schnauzte der dicke Polizist mit einem ersten Anflug von Verzweiflung seinen Kollegen an.

„Nichts, ich habe lediglich Post für dich", grinste der.

„Na und? Ab und zu bekomme selbst ich mal einen Brief", blaffte Volle weiter. „Ich weiß nicht, was es da zu feixen gibt, Volkhausen."

„Wirst du schon sehen. Lies selbst."

Volle schnappte sich den Brief und riss ihn auf.

Was stand da? In der zweiten Jahreshälfte sollte die Detmolder Polizei mit Personal-Computern ausgerüstet werden. Volle kratzte sich am Kopf. Zu Volkhausen sagte er: „Von diesen Dingern, diesen Computern, da hört man ja jetzt immer mal wieder was. Unser Nachbar hat auch so eine Maschine. Seit der die hat, sieht man den auf keinem Geburtstag mehr. Wo der doch früher immer der Erste war, der kam, wenn es was für umsonst gab. Und der war auch der Letzte, der ging. Und heute, nix mehr. Seine Frau kommt immer alleine. Und neulich hat sie gesagt, wenn das so weitergeht mit dem Computer, dann würde sie irgendwann zu Hause ausziehen. Und sie wollte wetten, dass ihr Mann es nicht mal merken würde. Das würde gar nicht mehr lange dauern, hatte sie gesagt, dann wäre sie weg." Volle kaute auf der Unterlippe.

„Jetzt frage ich mich, was wir hier bei der Polizei mit diesen Dingern sollen, wenn man da tagelang vor sitzt und doch nichts dabei rumkommt. Was soll ich überhaupt damit?"

„Du musst den Brief ganz durchlesen, Volle! Nicht nur die ersten drei Sätze", riet ihm Volkhausen. „Du zum Beispiel wirst demnächst alle deine Berichte mit dem Personal-Computer verfassen."

„Das glaubst auch nur du, Volkhausen. Ich bleibe weiterhin bei meiner Schreibmaschine", gab Volle selbstbewusst zum Besten. Und schob nach: „Es hat lange genug gedauert, bis ich gelernt habe, damit umzugehen. Du glaubst doch nicht, dass ich jetzt noch, mit über dreißig Jahren, etwas Neues anfangen werde. Nee, Volkhausen, ich brauche keinen Computer. Das vergiss du mal gleich wieder. Ich schreibe immer alles mit der Hand vor, und dann tippe ich das anschließend in aller Ruhe ab. Das ist eine gute Methode. Also hör mir auf mit einem so modernen Scheiß wie Computer. Ich den benutze diese Dinger auf keinen Fall."

Volle zerknüddelte den Brief und warf ihn in den Mülleimer.

Volkhausen holte ihn wieder heraus und strich das Blatt einigermaßen glatt. Dann hielt er Volle die Rückseite unter die Nase. „Du hast das hier übersehen. Das ist ein Anmeldeformular für einen vierwöchigen Einführungskurs in die EDV und in das Textverarbeitungssystem."

Volle machte ein dummes Gesicht, während Volkhausen den Brief wieder umdrehte und von der ersten Seite Auszüge vorlas: „... weisen wir darauf hin", zitierte er, „dass es bei der Einführung der Personal-Computer eine Übergangszeit bis zum 31. Dezember 1984 gibt. Während dieser Zeit können in Ausnahmefällen noch Schreibmaschinen eingesetzt werden.

Ab dem 1. Januar 1985 werden alle Daten bei der Nordrhein-Westfälischen Polizei elektronisch bearbeitet."

Volle wurde blass. Doch es kam noch dicker. Volkhausen zitierte weiter: „... weisen wir Sie an, an dem vierwöchigen EDV-Kurs teilzunehmen. Er findet vom 13. August 1984 bis zum 07. September 1984 in der Landespolizeischule Stukenbrock statt. Das dafür nötige Anmeldeformular finden Sie auf der Rückseite dieses Anschreibens. Die Dienstreisegenehmigung ist hiermit erteilt."

Volle ließ sich willenlos auf seinen Stuhl fallen, der unter ihm verdächtig knarrte. „Das ..., das ..., das können die doch nicht machen!", stotterte er immer wieder apathisch. Dann brüllte er: „Was für ein Scheißtag!"

Volle schnappte seine Jacke und stürmte aus dem Zimmer. „Ich bin jetzt lange genug der Arsch gewesen", brabbelte er immer wieder gebetsmühlenartig vor sich hin. Selbst als er wenig später in seinem Privatwagen, einem beigefarbenen Opel Astra, saß, wiederholte er dieses Mantra ständig.

Volle startete den Motor, legte einen Gang ein und lenkte den Wagen nach rechts Richtung Spork-Eichholz. „Ich bin jetzt lange genug der Arsch gewesen", waberte der Satz weiterhin über seine Lippen. Volle brauchte das jetzt, um die Wut am Kochen zu halten. Die Wut über die Ungerechtigkeit der Welt. Er würde sie herausbrüllen, wenn er vor seinem Chef stand, diesem Schinder, der seine Untergebenen in den Dreck ritt und sie dann dort allein ließ. Während sich der Herr Hauptkommissar eine Grippe nahm und sich ins Bett legte.

Als er seinen Opel vor dem schmucken Einfamilienhaus seines Chefs stoppte, wurde ihm dann doch etwas mulmig. Zu oft hatte Grabowski auf Volle herumgetreten. Das machte einen Rücken wie den seinen auf die Dauer biegsam. Aber es gab Ereignisse, die das Rückgrat wieder erstarken ließen. Bei Volle war es die überdimensionale Anforderung, einen

Bericht zu schreiben, zu einem Ereignis, das ihn inhaltlich einfach überforderte. Ja, das er in Gänze überhaupt nicht kannte. Er war nur eine kleine Randfigur, und doch sollte er die ganze Last tragen. Das war ungerecht, das spürte er in allen Poren. Doch das Phänomenale an dieser Ungerechtigkeit war, dass seine Hilflosigkeit ihn stark machte, sie forderte seinen Widerspruch heraus. Seine jetzt so intensive, unmittelbare Verzweiflung und die himmelschreiende Ungerechtigkeit gaben ihm das Gefühl, durch geschlossene Türen gehen zu können.

Doch die Angst vor seinem Chef war auch nicht ohne. Zwei Seelen rangen in seiner Brust. Nach einer Zeit des In-sich-hinein-Hörens, des Haderns und des Abwägens war er dann so weit. Er hatte sich entschieden.

„Was soll's", sagte Volle zu seinem Rückspiegel. Er öffnete die Fahrzeugtür, drückte sich vom Sitz hoch und ging mit festen Schritten zur Haustür.

Schon kurz nach dem ersten Klingeln wurde ihm geöffnet, und eine hagere verhärmte Frau sah ihn an.

„Wachtmeister Volle, was machen Sie denn hier?"

„Polizeimeister", entgegnete Volle. „So viel Zeit muss sein."

„Wie?", fragte die Frau. „Ist das besser als Wachtmeister?"

„Nein, nicht besser, aber anders", entgegnete Volle in barschem Ton.

„Verstehe ich nicht", hakte die Frau nach. „Wenn es doch ..."

„Ist jetzt nicht wichtig", schnitt ihr Volle das Wort ab. „Ich muss den Hauptkommissar sprechen." Volle musste den Dampf auf dem Kessel halten. Er musste wütend bleiben. Da war es tödlich, fand er, wenn er sich mit irgendwelchen Hausfrauen über Polizeidienstgrade unterhielt.

„Aber der ist krank", entgegnete die Frau und war in Begriff, zum Zerberus zu mutieren.

Volle schob sie einfach beiseite und drängte sich an ihr vorbei. „Es geht um Leben und Tod. Wo ist der Chef?"

Die Frau öffnete den Mund, um zu protestieren.

„Wo ist der Chef?", brüllte Volle mit der unbändigen Kraft der Verzweiflung.

Da war eine fistelnde Stimme zu hören. „Elvira, was ist denn da los?"

„Der Volle will dich behelligen", versuchte die Hausfrau mit einer weinerlichen, verzweifelten Stimme die Störung der Krankenruhe zu erklären.

„Soll reinkommen", fiepte die Stimme von Grabowski hinter einer Tür.

Volle wischte sich mit einem Taschentuch über die Stirn. Das war ein harter Kampf gewesen, den er da hatte austragen müssen. Doch er hatte sich durchgesetzt. Er stand jetzt genau da, wo er hingewollt hatte. Er stand vor dem Krankenbett seines Chefs. Und genau an der Stelle kam ihm die Gewissheit! Grabowski war wirklich nur noch ein Häufchen Elend.

„Was willst du?", drängten sich hingehauchte Worte aus Grabowskis Mund.

Und Volle erzählte alles. Wie Schulte ihn unter Druck gesetzt hatte. Wie der Kommissar schlecht über Grabowski geredet hatte und dass er, Volle, bis Mittag einen Bericht schreiben müsse. Und das könne er doch nicht. Er habe doch gar keine Ahnung von dem ganzen Fall und überhaupt. Aber, das versicherte Volle, er habe Schulte nichts erzählt."

„Was für eine Scheiße", wisperte Grabowski. Jetzt steckte dieser langhaarige Spinner von Schulte seine dumme Nase doch wirklich schon am ersten Tag in seine Angelegenheiten.

Grabowski fluchte in sich hinein. Dann kam ihm eine Erkenntnis. Er musste unbedingt telefonieren, damit er die Fäden in der Hand behielt. Aber zunächst musste er diesen bescheuerten Volle aus dem Verkehr ziehen.

„Geh nach Hause, Volle", befahl er ihm. „Und dann rufst du Frau Meierjohann an und meldest dich krank. Du beantwortest keine Fragen und gehst danach weder an die Tür noch ans Telefon. Und Montagmorgen kommst du um acht Uhr zu mir. Hierher, zu mir nach Hause. Und wehe, du lässt dich vorher irgendwo blicken! Ist das klar?"

Volle nickte erleichtert.

„Gut, dann raus aus meinem Zimmer", röchelte Grabowski.

24

Schulte drückte aufs Gas. Der alte Passat jaulte auf, fuhr mit quietschenden Reifen vom Parkplatz der Kreispolizeibehörde und sauste weiter Richtung Heidental. Zehn Minuten später bog Schulte auf den großen Platz des Fritzmeierschen Hofes ein. Er ließ den Hund, der jetzt nur gestört hätte, im Auto, lief zum Haupthaus, nahm mehrere Treppenstufen auf einmal und stand atemlos in Fritzmeiers Küche.

Dort saß, zusammengekauert wie ein Häufchen Elend, der alte Bauer und presste eine Hand vor die Brust. Anton Fritzmeier war kreideweiß, schweißnass und schaute ihn mit angstvollem Blick an. Immer wieder hustete er. Schulte spürte, wie sein Magen sich umdrehte, wie ihm abwechselnd heiß und kalt wurde. Jetzt ist es so weit, schoss es ihm durch den Kopf und sekundenlang war er völlig außerstande, irgendetwas zu tun oder zu sagen. Dann setzte ein Gedankengewitter ein. Den Impuls, sofort den Notarzt zu rufen, verwarf er schnell wieder, denn das würde Fritzmeier nicht mitmachen, wie er ihn kannte. Und für eine solche Auseinandersetzung war keine Zeit mehr.

„Anton, schaffst du es noch bis zum Auto?".

Fritzmeier nickte gequält, wirkte dabei aber wenig überzeugend. Schulte legte Fritzmeiers linken Arm über seine Schulter, umfasste mit der Rechten die Hüfte des alten Bauern und hievte ihn mit viel Mühe hoch. Als Fritzmeier in der Senkrechten stand, stöhnte er auf und griff sich wieder an die Brust.

„Dat war's, Jupp", hauchte er kraftlos. „Hat ja auch lange chenug chedauert, dat Leben. Kannse nix von sagen."

Schulte verkrampfte innerlich. Er griff fester zu, trug seinen Patienten mehr, als dass er ihn stützte und schaffte es irgendwie, ihn auf den Beifahrersitz des Passats zu wuchten.

Schulte trat das Gaspedal durch. Durch nichts würde er sich aufhalten lassen, weder durch eine Baustelle noch durch einen Stau oder eine Polizeikontrolle. Über die Folgen konnte er sich später Gedanken machen, jetzt galt es nur, rechtzeitig in der Notaufnahme des Klinikums anzukommen. Bei voller Fahrt rief er Maren Köster an, erklärte in wenigen Worten, was los war und bat sie, ihn schon einmal in der Notaufnahme anzumelden. Dann gab er noch mehr Gas, überfuhr eine rote Ampel, als er die Detmolder Nordumgehung kreuzte, achtete nicht auf die anderen Autofahrer, die wütend hupten, und donnerte dann mit fast hundert Stundenkilometern ins Detmolder Stadtgebiet hinein.

„Wenn ich jetzt geblitzt werde, kann ich den Schein abgeben", schoss es ihm durch den Kopf, aber er nahm den Fuß keinen Millimeter vom Gas. Die Blomberger Straße rauschte an ihm vorbei.

25 1984

Mit einem leisen Knarren öffnete sich die Tür. Wenige Sekunden später schob sich der Kopf eines kleinen Mädchens durch den Türspalt.

Schulte und Lohmann blickten beide gleichzeitig in die Richtung, aus der ihnen jetzt ein leichter Luftzug ins Gesicht wehte.

„Papa, mir ist langweilig“, quengelte Ina und versuchte ein möglichst unglückliches Gesicht zu machen. „Außerdem habe ich Hunger.“

Schulte sah auf die Uhr. Es war mittlerweile kurz vor halb zwölf.

„Ina, ein bisschen musst du dich noch gedulden“, versuchte Schulte seine Tochter zu beschwichtigen. „Wenn ich hier fertig bin, gehen wir was essen.“

Lohmann betrachtete Ina aufmerksam und fragte: „Na, wer bist du denn?“

„Ina Schulte“, sagte sie leise und etwas verlegen. „Und das ist mein Papa.“ Sie zeigte auf Schulte.

„Ich heiße Bernhard Lohmann und bin der neue Kollege von deinem Vater.“

„Der *Dorf-Rambo*?“, fragte Ina immer noch etwas schüchtern.

Lohmann lachte. „Nein, den Spitznamen hat dein Vater dem Hauptkommissar Grabowski gegeben. Der ist aber heute krank und nicht hier.“

Ina schwieg einen Moment, bevor sie entgegnete: „Ach so, der dicke alte Mann mit der komischen Jacke. Ja, jetzt weiß ich, wer das ist. Den habe ich gestern gesehen. Der war ziemlich unfreundlich.“

„Ja, das ist er manchmal“, bestätigte Lohmann Schultes Tochter. „Weißt du, Ina, ich habe auch ein Mädchen, die Julia, die ist genauso alt wie du.“ Und dann sagte er auch an Schulte gewandt: „Was haltet ihr beiden davon, wenn ihr heute Mittag mit zu uns zum Essen kommt? Dann lernt ihr meine Familie kennen.“

„Ich weiß nicht“, entgegnete Schulte. „Wir wollen euch nicht zur Last fallen.“

„Ach was, ihr stört überhaupt nicht“, kam es gut gelaunt von Lohmann. Er griff zum Telefon, drehte die Wählscheibe einige Male und ließ es klingeln. Bald hatte er jemanden an der Strippe. „Julia, Schätzchen. Hier ist dein Papa. Kann ich mal die Mama sprechen?“ Es dauerte ein paar Augenblicke, dann hatte er seine Frau am Telefon. Er berichtete kurz, dass er, wie verabredet, zum Mittagessen nach Hause käme und dass er seinen neuen Kollegen und dessen Tochter mitbringen würde.

„So“, sagte Lohmann, „das ist erledigt. Bevor wir in die Mittagspause verschwinden, sollten wir allerdings noch mit unserem Herrn Mauermann sprechen.“

„Genau das machen wir“, sagte Schulte. „Ich rufe mal eben unten an der Pforte an und lasse mir den schriftlichen Bericht von Volle hochbringen.“

Nachdem der Kommissar die Nummer gewählt hatte und Polizeimeister Volkhausen an die Strippe bekam, staunte Schulte nicht schlecht, als der ihm berichtete, dass der Dicke, wie Volkhausen seinen Kollegen nannte, sich vor einer Stunde krankgemeldet hatte.

„Der Mauermannfall stinkt zum Himmel. Das gibt Ärger, das habe ich im Urin“, orakelte Schulte. Dann fiel sein Blick auf seine Tochter, die sich an den beiden Polizisten vorbeigeschlichen hatte und es sich an seinem Besprechungstisch bequem gemacht hatte.

„Und du, mein Fräulein, wartest bei Frau Meierjohann im Büro auf uns. So lange, bis wir mit unserer Arbeit fertig sind.“

„Falsch, mein Herrlein, wir wollten gemeinsam die Verbrecher jagen. Das geht nicht, wenn ich bei Frau Meierjohann sitze. Ich muss schon dabei sein, sonst kann ich euch nicht helfen“, entgegnete Ina selbstbewusst und machte keinerlei Anstalten, das Zimmer zu verlassen.

Schulte verdrehte die Augen und zwang sich zur Ruhe.

Die beiden Polizisten hatten in den nächsten Minuten einige Mühe, bis sie es endlich geschafft hatten, Schultes Tochter davon zu überzeugen, dass sie sich noch einmal mit sich selbst beschäftigen müsse.

Um das zu erreichen, hatte Schulte sich sogar bereiterklärt, erneut über den möglichen Kauf eines Walkmans nachzudenken. Natürlich nur unter ganz bestimmten Umständen. Und genau die Aussichten, die Schulte seiner Tochter eröffnete, führten schließlich dazu, dass Ina sich noch einmal ins andere Zimmer verzog, um das anstehende Verhör abzuwarten.

Nachdem die Grazie das Büro huldvoll verlassen hatte, ließ Lohmann den Gefangenen in einen Verhörraum bringen.

„Das ist eine Unverschämtheit", wetterte Mauermann los, gleich nachdem sich die Tür hinter ihm geschlossen hatte. „Mich der Homosexualität zu verdächtigen, so ein Schwachsinn – und Missbrauch, das ist die Superlative des Unsinns, wenn es so etwas überhaupt gibt."

Schulte hob beschwichtigend die Hände. „Herr Mauermann, es kann ja durchaus sein, dass Sie recht haben. Es tut mir auch leid, dass wir Sie hier womöglich ungerechtfertigt festhalten. Wir können ihren Fall aber einfach nicht beurteilen. Denn mittlerweile sind die beiden Polizisten, die Sie verhaftet haben, krank. So krank, dass die Verantwortlichen sich nicht mehr dazu in der Lage sahen, auch nur ein Verhaftungsprotokoll zu erstellen."

Mauermann beruhigte sich etwas, als ihm klar wurde, dass der Kommissar ihn nicht gleich in die Täterecke schob.

„Darüber hinaus ist es ungünstigerweise so, dass ich ausgerechnet heute meinen Dienstantritt hier in Detmold habe", fuhr Schulte fort. „Es ist also mein erster Arbeitstag in dieser Behörde. Sie können sicher verstehen, dass ich mich da noch etwas orientieren muss. Glücklicherweise hat sich der Kollege Lohmann bereiterklärt, mich zu unterstützen, obwohl er eine schwere Sportverletzung hat". Schulte wies auf den blauen Gipsverband. „Wenn Sie mich fragen, hat der Kommissar hier bei uns in der Behörde gar nichts zu suchen. Der sollte eigentlich zu Hause das Bein hochlegen, damit er schnell wieder gesund wird. Aber in Anbetracht der unglücklichen Umstände bin ich natürlich dankbar, dass Herr Lohmann mich an meinem ersten Arbeitstag nicht alleine lässt", berichtete Schulte im Plauderton weiter.

Das war anscheinend eine gute Strategie. Denn Mauermann entspannte sich zusehends.

Lohmann übernahm das Wort: „Ich schlage vor, Sie erzählen uns jetzt, was sich gestern Abend abgespielt hat. Davon fertigen wir ein Protokoll an. Anschließend sprechen wir mit dem Staatsanwalt, und danach sehen wir weiter. Versprechen können wir Ihnen natürlich nichts."

„Herr Mauermann, Sie können, wenn Sie möchten, natürlich gerne einen Anwalt ihres Vertrauens hinzuziehen", kam es jetzt wieder von Schulte.

Mauermann überlegte. Dann sagte er: „Das mit dem Anwalt kann man ja im zweiten Schritt immer noch machen. Ich hab mir nichts vorzuwerfen. Wir verfahren so, wie Sie vorgeschlagen haben, Herr Kommissar."

Die beiden Männer holten Hedwig Meierjohann hinzu, die die Aussage von Mauermann stenografierte. Eine halbe Stunde später war alles erledigt. Die Sekretärin versprach, obwohl es Freitag sei und sie gleich Feierabend habe, die Aussage noch zu tippen. Mauermann wurde mitgeteilt, dass eine Entlassung jedoch nicht ohne die Zustimmung des Staatsanwaltes erfolgen könne. Aber darum würden sich Lohmann und Schulte heute Nachmittag kümmern.

26

Pauline Meier zu Klüt drückte auf das Klingelschild eines schäbigen kleinen Reihenhauses mit bröckelndem grauen Putz und wartete. Nach einiger Zeit hörte sie im Inneren des Hauses lautes Gepolter und eine zänkische weibliche Stimme. Sie drückte erneut auf die Klingel. Endlich öffnete eine fast kugelrunde, ungepflegte Frau um die siebzig die Haustür. Sie füllte nahezu die gesamte Türöffnung aus.

„Ja?", fragte sie herausfordernd und musterte die beiden Polizisten von oben bis unten.

Pauline Meier zu Klüt stellte sich und Manuel Lindemann vor und fragte:

„Sind Sie die Mutter von Hans-Josef Krumbach?“

Doch statt einer Antwort keifte die Frau:

„Polizei? Was wollen Sie denn von meinem Sohn?“

Auch eine Art, meine Frage zu beantworten, dachte sich die Polizistin zufrieden und fragte, ob sie und ihr Kollege ins Haus kommen durften.

Die Hausherrin ließ sich jedoch erst die Ausweise zeigen, prüfte sie eingehend und gab dann mürrisch ihr Einverständnis. Sie ging ihnen durch einen kurzen dunklen Flur voraus, in dem schwerer Küchendunst hing. Dann öffnete die Frau eine Tür und führte sie in ein kleines, dürftig eingerichtetes, aber sauber gehaltenes Wohnzimmer. Die beiden nicht sehr großen Fenster waren mit schweren, fast blickdichten Gardinen so verhängt, dass sie vermutlich selbst tagsüber kaum Licht durchließen. Jetzt, am frühen Abend, musste Frau Krumbach die Deckenlampe anknipsen.

Den beiden Polizisten wurde ein Platz auf einem Zweiersofa zugewiesen. Dort saßen sie, eng aneinandergepresst, wie ungebetener Besuch, was sicher auch den Tatsachen entsprach.

Bevor sie mit ihren Fragen beginnen konnten, legte Frau Krumbach mit großer Empörung in der Stimme los: „Was wollen Sie von meinem Jungen? Er hat nichts angestellt, da können Sie sicher sein.“

Pauline Meier zu Klüt räusperte sich und versuchte, das Gespräch auf eine sachliche Ebene zu bringen: „Wir haben nur einige Fragen an Ihren Sohn. Wir glauben, dass er uns wichtige Hinweise geben kann. Die Fragen möchten wir ihm aber gern in unserem Büro in Detmold stellen. Wo ist er denn jetzt?“

„Fragen stellen?“ Frau Krumbach bekam kaum Luft vor Empörung. „Das kenne ich schon. Reinlegen wollen Sie ihn! Fangfragen stellen. So viele, dass er nicht mehr weiß, wo vorne und wo hinten ist. Und dann kommen Sie und sagen: Siehste, der hat sich verplappert. Der hat was ausgefressen. Und zack, buchten Sie ihn ein. Obwohl er gar nichts gemacht hat.“

Die beiden Polizisten schauten sich an. Lindemanns schiefes Grinsen drückte aus: Nun mach mal! Du bist hier die Chefin. Sieh zu, wie du zurechtkommst.

Meier zu Klüt war kurz davor, sich zu ärgern, nahm aber, wenn auch widerwillig, die Rolle der Führungsperson an. „Frau Krumbach, ich muss jetzt darauf bestehen, Ihren Sohn zu sprechen. Wenn er nicht im Haus ist, sagen Sie mir bitte, wo er sich aufhält.“

Die alte Frau schien zwischen Vernunft und Mutterinstinkt zu schwanken. Die Polizisten wurden bereits unruhig, als sie endlich leise sagte:

„Er ist in seinem Zimmer. Aber denken Sie nichts Falsches von ihm. Er ist nicht so wie andere Jungen. Er ist ein bisschen …, na ja, Sie werden schon sehen.“

Meier zu Klüt wunderte sich, dass die Frau ihren sechsundvierzig Jahre alten Sohn als Jungen bezeichnete, sagte aber nichts. Dann folgten sie der besorgten alten Dame, die ächzend eine steile Treppe hinaufstieg. Vor einer Zimmertür, an der ein großes Poster angeklebt war, blieben sie stehen. Das Poster zeigte irgendeinen Motorradrennfahrer, dessen Namen Meier zu Klüt noch nie gehört hatte und der vermutlich lange, lange vor ihrer Zeit populär gewesen war. Frau Krumbach klopfte an die Tür und rief laut:

„Hansi! Du hast Besuch!“

Das kleine dunkle Zimmer wirkte wie die Bude eines Vierzehnjährigen. Ein Schwall verbrauchter Luft schlug den beiden Polizisten entgegen, als sich die Tür öffnete und sie einem mittelgroßen, sehr breitschultrigen Mann gegenüberstanden, der sie mit stumpfem Blick anstarrte. Im Hintergrund flackerte auf einem Bildschirm das Standbild eines Computerspieles.

„Will keinen Besuch!“, begrüßte sie der bullige Mann und wollte die Tür wieder zuschlagen. Aber Lindemann war schneller und stellte einen Fuß in die Türöffnung. Krumbach reagierte unerwartet heftig.

„Fuß weg!“ Fast gleichzeitig machte er einen Schritt nach vorn und schlug Lindemann so stark vor die Brust, dass der Polizist rückwärts ins Treppenhaus torkelte. Krumbach wirkte in seiner so urplötzlich aufflammenden Wut auf einmal erwachsen, während er vorher wie ein zu groß geratenes und vorzeitig gealtertes Kind erschienen war.

Sofort nutzte Pauline Meier zu Klüt Krumbachs Fixierung auf Lindemann aus und huschte an Krumbach vorbei ins Zimmer. Rasend vor Wut drehte Krumbach sich zu ihr um und schlug nach ihr. Wenn der mächtige Schlag sie getroffen hätte, wäre es wohl mit ihrer Gesundheit für immer und ewig vorbei gewesen. Doch sie schaffte es knapp, aber rechtzeitig, den Kopf einige Zentimeter nach hinten zu bringen, sodass der Schlag sie nur an der Wange streifte.

Krumbach war nicht mehr aufzuhalten. Wie ein wildes Tier brüllte er auf und drang erneut auf sie ein. Die verzweifelten Hansi-Rufe seiner Mutter erreichten ihn nicht. Als Krumbach einen Arm der Polizistin erwischte, zog er sie mit animalischer Kraft zu sich. Pauline Meier zu Klüt konnte ihm nichts entgegensetzen, als er sie in den Schwitzkasten klemmte und immer stärker zudrückte. Ihr blieb die Luft weg, Lichtblitze flackerten vor ihren Augen, ihr wurde schwindelig. Mit letzter Kraft versuchte sie, sich zu befreien, wenigstens so weit, dass sie wieder Luft bekam. Aber Krumbach gab keinen Millimeter nach. Wie eine Schraubzwinge drückte sein Klammergriff ihr langsam das Bewusstsein heraus.

Das Essen, das Lohmanns Frau ihnen angeboten hatte, war nicht schlecht gewesen. Und das Beste war, Ina und Lohmanns Tochter Julia hatten sich sofort gut verstanden und sich angefreundet. Ina war gleich in dem Dörfchen Müssen bei den Lohmanns geblieben, um Erdbeeren zu pflücken und den Nachmittag mit ihrer neuen Freundin zu verbringen.

Danach saßen die beiden Polizisten wieder im Büro. Um den Fall Herbert Mauermann vernünftig abschließen zu können, versuchten sie, bis jetzt vergeblich, den Staatsanwalt an die Strippe zu bekommen. Es war Freitagnachmittag. Da hatte der Mann anscheinend etwas Besseres zu tun als im Büro auf Anrufe zu warten. Gerade wollte Lohmann wieder die Wählscheibe betätigen, da klopfte es an der Tür.

Nachdem Schulte laut und deutlich „herein" geschmettert hatte, traten ein verschüchterter, gutaussehender, junger Polizist und eine noch hübschere Polizistin ein.

„Seid ihr zwei Jungbullen die Vertretung für Volle?", grinste Schulte die beiden an.

Die junge Polizistin schob sich selbstbewusst an ihrem schüchtern grinsenden Kollegen vorbei und baute sich vor Schulte auf. „Wenn du später irgendwann mal festgestellt hast, dass Bullen männliche Rinder sind, komm bitte nicht auf die Idee, so etwas wie Kuh zu mir zu sagen. Solltest du es trotzdem wagen, hast du größeren Ärger am Hals, als du dir vorstellen kannst."

„Oh, oh", brachte Lohmann hervor. „Hier ist aber jemand völlig humorlos."

Schulte hingegen hob abwehrend die Hände und meinte beschwichtigend: „Ist ja schon gut, Kollegin. Bleib locker. Also, wie können wir euch helfen? Und wer seid ihr überhaupt?"

„Ich bin Polizeimeisterin Maren Köster, und das ist mein Kollege Polizeimeister Axel Braunert." Sie zeigte auf den jungen Mann neben ihr, der immer noch verlegen grinste.

„Wir haben heute, besser gesagt genau vor einer Stunde, unseren Dienst hier in Detmold angetreten. Hauptkommissar Grabowski hat uns, bevor wir unseren Streifenwagen übernehmen, zu einem Antrittsgespräch einbestellt. Wir warten schon eine geschlagene Stunde auf ihn. Doch der Mann scheint uns einfach vergessen zu haben."

„Willkommen im Club! Das erging mir gestern ebenso", entgegnete Schulte. Und er berichtete, dass auch er seinen ersten Arbeitstag in Detmold habe und ebenfalls von Grabowski versetzt worden sei. „Im übrigen ist der Kerl ein Arschloch", beendete Schulte seinen Beitrag und schob dann noch nach: „Wie wäre es, wenn wir heute Abend zusammen ein Bier trinken? Sozusagen auf gute Zusammenarbeit?"

„Wir müssen bis zweiundzwanzig Uhr Dienst schieben", entgegnete Maren Köster. „Ob ich danach noch Lust auf Biertrinken habe, kann ich jetzt noch nicht sagen."

„Komm, Mädchen, gib deinem Herzen mal einen Stoß, damit die nächsten Jahre hier in Detmold gut werden. Ein Feierabendbier bei mir am Bulli."

„Also Kollege, das ‚Mädchen' kannst du dir in Zukunft verkneifen, damit das schon mal klar ist", giftete die junge Kollegin. „Und überhaupt, wie heißt du eigentlich?"

Schulte griente. „Jupp, Jupp Schulte, und das ist Bernhard Lohmann, Kommissar Lohmann."

„Schon klar", kam es keck von der Frau. „Ihr beiden seid hier also die Superbullen. Und wenn du von deinem Bulli sprichst, meinst du wahrscheinlich die orangene Rostlaube da draußen auf dem Parkplatz, die ich vorhin schon stilllegen wollte."

„Genau", grinste Schulte. „Superbullen stimmt! Und Rostlaube habe ich überhört. Also um zehn!"

Während sich Schulte weiterhin den beiden neuen Kollegen zuwandte, insbesondere der jungen Kollegin mit den schönen kastanienbraunen Haaren, versuchte Lohmann immer wieder Staatsanwalt Dr. Hose zu erreichen.

Maren Köster wollte gerade etwas auf Schultes letzte Bemerkung erwidern, da kam von Lohmann ein energisches: „Pst!“. Dann sagte er. „Ja, hallo, Herr Doktor Hose. Hier Kommissar Lohmann.“

Der Polizist lauschte in den Hörer und antwortete dann:

„Ja, ich weiß, dass es Freitagnachmittag ist. Es gibt da nur ein kleines Problem, über dessen Lösung ich ungerne alleine entscheiden möchte.“

Wieder hörte Lohmann zu und entgegnete:

„Hauptkommissar Grabowski? Ja, den kann ich nicht fragen. Der ist erstens krank und zweitens ein Teil dieses Problems.“

Wieder bekam Lohmann etwas gesagt. An seinem Gesichtsausdruck war abzulesen, dass sein Gegenüber recht unwirsch mit ihm war.

„Gut“, sagte Lohmann dann. „Ich fasse mich kurz. Heute Nacht wurde ein gewisser Herbert Mauermann verhaftet. Angeblich werden ihm homosexuelle Aktivitäten unterstellt und Missbrauch Minderjähriger.“

Wieder wurde Lohmann unterbrochen, dann aber anscheinend aufgefordert, weiter zu berichten.

„Ja, genau, Herbert Mauermann, der lippische Unternehmer.“

Jetzt schwieg Lohmann einen Moment, bevor er fortfuhr. „Nur, das Schwierige an dem Vorgang ist, dass Herbert Mauermann gestern Nacht von Hauptkommissar Grabowski festgenommen wurde. Assistiert hat ihm Polizeimeister Volle. Beide Kollegen haben sich mittlerweile krankgemeldet und sind nicht mehr zu erreichen. Erschwerend kommt hinzu, dass wir weder eine Anzeige noch ein Verhaftungsprotoll noch sonstige Berichte haben. Nichts Schriftliches.“

Wieder bekam Lohmann etwas zu hören, das ihm nicht gefiel.

„Wir? Das sind Kommissar Schulte und ich.“

Pause.

„Ja, ein neuer Kollege."

Der Staatsanwalt wütete wohl auf der anderen Seite der Leitung weiter. Denn Lohmann verzog das Gesicht, als habe er Zahnschmerzen.

„Jawohl, Herr Doktor Hose, freilassen. Ja, sofort, ja. Selbstverständlich, Kommissar Schulte kommt gleich Montag bei Ihnen vorbei, um sich vorzustellen. Ja, machen wir. Ja, genau, Herr Doktor, ja, und ein schönes Wochenende."

Drei Augenpaare sahen Lohmann an. Der schüttelte die rechte Hand, als müsse er seine Finger lockern.

„Mann oh Mann, als der alte Hose gehört hat, dass wir Mauermann festgenommen haben, da ist der aber abgegangen wie ein Zäpfchen. Junge, hat der getobt. Ich glaube, wenn Grabowski wieder im Dienst ist, kann der sich warm anziehen."

28

Völlig unerwartet ließ der Druck nach, und Pauline stürzte zu Boden. Für einige Sekunden bestand ihre Welt nur aus Lichtblitzen, dann aus grellen Farbtupfern, die langsam blasser wurden, bis sie schließlich verschwanden und die Polizistin wieder klare Sicht hatte.

Erst verwackelt und grobpixelig, dann scharf und eindeutig, erkannte sie die Situation. Krumbach stand in einer Ecke des Raumes, den Oberkörper stark nach vorn gebeugt, mit schmerzverzerrtem Gesicht. Hinter ihm erhob sich Manuel Lindemann, der Krumbachs linken Arm so auf dessen Rücken gedreht hatte, dass sein Gegner kampfunfähig geworden war.

„Schnell!", rief Lindemann mit sich vor Aufregung überschlagender Stimme und warf ihr mit der freien Hand ein Paar Handschellen zu. Im Hintergrund beklagte die Mutter Krumbachs laut ihr Schicksal, aber niemand hörte ihr zu.

Mühsam kam Pauline wieder in die Senkrechte, immer noch störten Schwindelgefühle ihren Bewegungsablauf. Aber kurz darauf stand Krumbach mit auf dem Rücken gefesselten Händen da. Sein Blick hatte sich völlig verändert. Eben noch das wilde Tier, nur seinen Instinkten gehorchend, nun das verängstigte große Kind, das hilfesuchend den Blick seiner Mutter suchte. Doch die stand hilflos in der Türöffnung, rang verzweifelt die Hände und jammerte, ohne dabei jemanden anzusehen.

Schwer atmend betrachtete Pauline Meier zu Klüt das seltsame Paar. Mutter und Sohn waren irgendwie nicht von dieser Welt, fand sie.

Sie wies die alte Frau an, etwas Kleidung für ihren Sohn einzupacken. Dann versuchte sie, die völlig am Boden zerstörte Frau zu trösten, indem sie ihr versprach, dass ihr Sohn bald wieder zu Hause sei, wenn sich seine Unschuld herausstellen sollte. Doch nach diesem Ausbruch von Urgewalt, den sie eben hatte erleben müssen, kamen ihr starke Zweifel an seiner möglichen Unschuld. Wer zu einem solch ungehemmten Wutausbruch fähig war, dem war auch alles andere zuzutrauen.

Sie gab Lindemann ein Zeichen. Ihr Kollege schob den Gefesselten vor sich her, die Treppe hinunter und durch die Haustür.

Als sie wenige Minuten später den völlig gebrochen wirkenden Krumbach sicher im Dienstwagen verstaut hatten und auf dem Weg nach Detmold waren, wandte sich die Polizistin ihrem Kollegen zu. „Übrigens, vielen Dank! Du warst klasse. Ich glaube, ich muss unserem Chef mal den Kopf waschen. Was denkt der sich eigentlich? Ich finde, er ist überhaupt in der letzten Zeit etwas merkwürdig.“

Was für ein Durcheinander! Schulte und Lohmann saßen mit dem immer noch angespannten, aber mittlerweile erleichterten Herbert Mauermann zusammen in ihrem Büro. Die drei Männer tranken eine Tasse Kaffee. Während Hedwig Meierjohann noch die Formulare ausfüllte, versuchten sich die beiden Kommissare in Konversation mit dem lippischen Unternehmer.

„So, Herr Mauermann," erklärte Lohmann gerade. „Der Fall ist zwar noch nicht beendet, aber Sie können erst einmal wieder nach Hause. Da können Sie dann die ganze Angelegenheit ihren Anwälten übergeben. Danach wird sich zeigen, was abschließend bei der ganzen Angelegenheit herumkommt. Die Kollegin Meierjohann erledigt gerade noch den Schriftkram. Anschließend bekommen wir noch eine Unterschrift von Ihnen, dann können Sie gehen."

Das schrille Klingeln des Telefons unterbrach das Gespräch. Schulte griff zum Hörer. Als er sich mit seinem Namen gemeldet hatte, musste er sich gleich etwas anhören.

„Selbstverständlich wäre ich gleich heute Morgen bei Ihnen vorbeigekommen. Aber Sie wissen ja, der Fall Mauermann ist nicht so gelaufen, wie es hätte sein müssen. Ich habe den halben Morgen nach etwas Schriftlichem gesucht. Und das ist Ihnen ja nicht unbekannt, Herr Dr. Hose, wenn in einer Behörde ein Vorgang verloren geht, das hängt man nicht gleich an die große Glocke."

Schulte hörte zu, was sein Gesprächspartner zu sagen hatte.

„Ja, natürlich hätte ich Sie sofort informieren müssen", gab der Kommissar sich devot. „Aber offen gestanden, ich wollte Hauptkommissar Grabowski nicht an meinem ersten Arbeitstag in die Pfanne hauen. Wie würde das denn aussehen. Ich hätte doch in den nächsten Monaten hier kein Bein mehr auf den Boden bekommen. Und stellen Sie sich vor, wie dumm ich dagestanden hätte, wenn die Unterlagen sich dann doch wieder eingefunden hätten."

Schulte grinste breit, während er sich die nächsten Sätze des Staatsanwaltes anhörte.

„Vielen Dank für Ihr Verständnis, Herr Dr. Hose", setzte Schulte das Gespräch mit weiterhin devotem Ton fort und lauschte dann wieder auf das, was der oberste Ankläger zu erwidern hatte.

„Ein Dr. Konzelmann hat Sie angerufen? Wer ist das denn?"

Schulte hörte zu und signalisierte den Anwesenden im Büro, den Zeigefinger auf die Lippen legend, sich ganz ruhig zu verhalten.

„Wer ist Dr. Konzelmann? Der Gerichtspräsident des Landgerichtes. Aha, und der hat Ihnen mitgeteilt, dass ein Anfangsverdacht gegen Herrn Mauermann bestünde und er auf keinen Fall auf freien Fuß gesetzt werden dürfte? Woher weiß Dr. Konzelmann denn überhaupt von dem ganzen Fall?"

Schulte musste wieder zuhören.

„Ja, sie haben recht, Herr Dr. Hose. Entschuldigung, so despektierlich redet man nicht über einen Gerichtspräsidenten. Aber dennoch bleibt die Frage, wieso der Herr Gerichtspräsident eingeweiht war und Sie, Herr Dr. Hose, nicht informiert waren." Die Stimme des Staatsanwaltes drang durch den Hörer.

„Genau, da gebe ich Ihnen recht, Sie hätten auf jeden Fall über den gesamten Vorgang informiert werden müssen, und zwar unverzüglich. Ja, ich kann verstehen, dass die ganze Angelegenheit noch ein Nachspiel haben wird. Aber was machen wir jetzt?"

Der Staatsanwalt war jetzt so laut geworden, dass selbst Lohmann, der Schulte am nächsten saß, die sich überschlagende Stimme durch die Hörmuschel vernehmen konnte.

„Herrn Mauermann wieder in Haft nehmen?", Schulte verzog das Gesicht. „Ja, aber das ist gar nicht so einfach.

Mein Kollege Lohmann hat mit dem Herrn längst alle Formalien geklärt. Es kann sein, dass er die Kreispolizeibehörde schon verlassen hat."

Lohmann und auch Mauermann starrten Schulte an, als hätte Ronald Reagan gerade die Verschrottung aller Pershing II und SS 20 Raketen verkündet, gegen die zur Zeit alle Welt demonstrierte.

Doch Schulte fuhr unbeirrt fort: „Ich rufe gleich zurück, Herr Dr. Hose, ich muss jetzt erst einmal sorgen, dass hier nicht noch etwas anbrennt. Ich suche den Kollegen Lohmann sofort. Vielleicht haben wir ja Glück."

Kaum hatte Schulte aufgelegt, da polterte Lohmann auch schon los. „So ein Scheibenhonig! Da ist doch irgendetwas oberfaul, das merkt doch ein Blinder mit Holschen! Herr Mauermann, da will Ihnen einer ans Leder. Das ist ja wohl glasklar. Aber was machen wir denn jetzt?"

Mauermann gab den beiden Polizisten die Antwort.

„Sie haben doch gehört, was ihr Staatsanwalt Ihnen aufgetragen hat. Sperren Sie mich wieder ein. Alles andere wäre Schwachsinn. Sie würden den allergrößten Ärger bekommen, und ich hätte noch nicht einmal die Detmolder Stadtgrenze überschritten, dann wäre ich schon wieder ein unfreier Mann."

An Schulte gewandt sagte er: „Danke für Ihr Vertrauen. Bitte rufen Sie meinen Anwalt an." Mauermann schrieb einen Namen und eine Telefonnummer auf ein Blatt Papier. Ach, und dürfte ich bitte einmal mit meiner Frau telefonieren?"

Lohmann schob die Teleskophalterung, auf der das Telefon stand, zu dem lippischen Unternehmer hin, doch bevor der sich bedienen konnte, kam der nächste Anruf. Diesmal nahm Lohmann ihn entgegen. Er hörte zu und sagte dann: „Absolute Nachrichtensperre, Volkhausen! Sie wissen von nichts! Und in der Behörde ist zurzeit niemand mehr, der dazu etwas sagen könnte." Dann legte er auf und fuhr sich mit beiden Händen durch die Haare.

„Jetzt bekommt die Angelegenheit noch mehr Geschmäckle“, presste Lohmann heraus. „Da unten ist ein Reporter von der Vier- Buchstaben-Zeitung und hat Fragen zu Ihrer Verhaftung, Herr Mauermann. Ich denke, Sie sollten wirklich Ihre Frau anrufen.“

30

Um kurz nach zwanzig Uhr saß Jupp Schulte auf einer Bank vor seinem kleinen Häuschen auf dem Fritzmeierschen Hof und schaute seinem Hund zu, der immer noch nicht gelernt hatte, dass Tauben schwer zu fangen waren.

Es gelang Schulte nicht, sich über den jugendlich ungestümen, aber sinnlosen Einsatz des Hundes zu amüsieren. Die Sorgen um Anton Fritzmeier waren in den letzten Stunden nicht eben kleiner geworden. Zweimal hatte Schulte versucht, telefonisch Auskunft über seinen Zustand zu bekommen. Aber erfolglos. Selbst als Schulte versucht hatte, die Polizeikarte zu ziehen, hatte man ihm keine Auskunft erteilt, da er mit dem Patienten nicht verwandt war.

Egon Fritzmeier, der einzige Sohn des alten Landwirtes, sollte eigentlich schon seit einer Viertelstunde hier sein. Schulte hatte ihn nach der Einlieferung Fritzmeiers informiert. Er kannte Egon von früher her und wusste, dass Pünktlichkeit nicht zu dessen Stärken gehörte. Da er selbst ebenfalls kein Muster an zeitlicher Zuverlässigkeit war, schluckte er den Ärger mit einem lauwarm gewordenen Bier hinunter.

Als Egon Fritzmeier endlich auf dem Hof geparkt hatte, schaute er sich neugierig um. Sein Blick blieb lange und prüfend am Werbeschild des Hofladens hängen, bevor er Schulte mit hartem Handschlag begrüßte.

„Hat sich ja viel verändert, seitdem ich das letzte Mal hier war.“

„Ja, vielleicht hättest du mal häufiger deinen alten Vater besuchen sollen“, brummte Schulte mit nicht zu überhörender Bitterkeit. „Bevor es zu spät ist.“

Egon Fritzmeier schaute ihn besorgt an.

„Ist es wirklich so ernst?“

Schulte nickte. Um die Situation aufzulockern, jagte er den Hund quer über den Hof, indem er einen Kieselstein so weit warf, wie er konnte.

„Los, komm!“ Er gab dem bedröppelt dreinschauenden Fritzmeier junior einen freundschaftlichen Klaps auf die Schulter und geleitete ihn zur Bank. Er holte zwei Flaschen Bier aus seiner Wohnung. Kurze Zeit saßen die beiden Männer schweigend nebeneinander. Schulte gab einen Bericht über die letzten Tage und über die Aktion am späten Nachmittag. Egon Fritzmeier fand lange keine Worte, musste die Informationen erst einmal verarbeiten. Dann kratzte er sich am Kopf, nahm einen großen Schluck und sagte: „Danke, dass du das alles gemacht hast, Jupp. Eigentlich wäre es ja meine Aufgabe gewesen. Aber ich hatte wirklich keine Ahnung. Der Alte ist ja so stur, der hätte auch mal anrufen können.“

Nach einer weiteren Pause relativierte er seine Aussage wieder: „Aber das ändert nichts daran, dass es meine Pflicht gewesen wäre, mal nach ihm zu schauen. Bin ein schlechter Sohn.“

Schulte verspürte wenig Lust, ihm seine Selbstvorwürfe auszureden, denn Fritzmeiers Sohn hatte genau das ausgesprochen, was Schulte empfand. Aber weiter in dessen Wunde bohren, wollte er auch nicht. Jetzt war auch anderes wichtiger.

„Wir fahren ins Krankenhaus und versuchen herauszufinden, was Sache ist. Dir werden sie ja Auskunft geben müssen.“

Schulte schloss den Hund im Haus ein und krabbelte in Egon Fritzmeiers Auto, in dem er sich sofort zu Hause fühlte, denn es war innen genauso schmutzig und unaufgeräumt wie sein eigenes. Eine halbe Stunde später standen sie einem Oberarzt gegenüber, der sie mit besorgter Miene anschaute.

„Erst mal kann ich Sie beruhigen", sagte der Arzt und machte eine bedeutungsschwere Pause. „Ihr Vater hatte keinen Herzinfarkt. So weit die gute Nachricht. Er leidet aber unter starken Herzrhythmusstörungen, die der Patient als lebensbedrohlich empfindet und die auf jeden Fall behandelt werden müssen. Wir haben ihn defibrilliert, damit das Vorhof-Flimmern aufhört. Aber das ist nur der Anfang einer längerfristigen Behandlung. Wir müssen …"

„Aber er kommt durch, oder?", fragte Egon Fritzmeier, der immer noch unter hoher Anspannung stand.

„Vermutlich ja. Doch bei einem Mann in seinem Alter kann man dafür natürlich keine Garantie abgeben. Aber er wird nicht an den Herzrhythmusstörungen sterben, da können Sie beruhigt sein."

„Wann kann er wieder raus?", fragte Schulte, der sich Anton Fritzmeier absolut nicht in einem Mehrbettkrankenzimmer vorstellen konnte.

„Oh!", rief der Arzt, „so schnell geht das nicht. Wir müssen ihn jetzt erst einmal gründlich untersuchen. Dann wird er auf seine künftigen Medikamente eingestellt, und wir schauen, wie er sie verträgt. Das dauert."

Als sie wieder draußen waren, brummte Schulte: „Das geht nicht gut. Das gibt Ärger. Ich kenne doch Anton. Der dreht durch."

31 1984

Den Reporter der Zeitung mit den vier großen Buchstaben hatte Lohmann abwimmeln können. Doch keine Viertelstunde später steckte ein Journalist der Lippischen Heimatzeitung den Kopf ins Büro der beiden Polizisten. Ein kleiner rundlicher Mann mit listigen Augen. Lohmann grinste den Redakteur an.

„Sieh mal einer an! Rodehutskors von der Heimatpostille, der hört mal wieder das Gras wachsen und kommt natürlich durch die Hintertür“, Lohmann machte eine Handbewegung. „Kommen Sie rein!“

„Mir ist da vorhin ein Kollege von der größten deutschen Zeitung über den Weg gelaufen. Da dachte ich mir, wenn der in Detmold auftaucht, dann ist hier mit Sicherheit was im Busche.“ Die dunklen, hellwachen Augen des Reporters blitzten listig.

„Ich erzähle Ihnen was, Herr Rodehutskors, wenn Sie mir was verraten“, gab sich Lohmann ganz geschäftsmännisch, und an Schulte gerichtet fuhr er fort: „Herr Rodehutskors ist einer der wenigen Zeitungsfritzen, denen man vertrauen kann. Wenn der Verschwiegenheit zusichert, dann hält er sich dran.“

Der kleine, dicke Mann gab Schulte die Hand und stellte sich vor.

„Wie soll unser Geschäft denn aussehen?“, kam Rodehutskors anschließend gleich wieder zum Kern seines Anliegens.

„Sie sagen mir, woher Sie den Tipp haben, und ich berichte den Sachstand des Falles, der Sie interessiert, jedoch erst einmal unter dem Siegel der Verschwiegenheit“, stellte Lohmann seinen Vorschlag vor.

Der Journalist wackelte seltsam mit dem Kopf.

„Woher wissen Sie überhaupt, warum ich hier bin und was ich in Erfahrung bringen möchte?“

Lohmann tippte sich an seine Nase. „Das rieche ich.“

Rodehutskors Kopf wackelte wieder. „Hatten Sie nicht eben gesagt, dass ich einer der wenigen verschwiegenen Journalisten dieser Welt sei“, grinste der kleine Dicke.

„Eben, Rodehutskors, eben, Sie sind ein ehrenwerter Mann. Und darum sagen Sie uns auch, wer sie informiert hat", entgegnete Lohmann ernst. „Weil Ihr Informant nämlich ein Drecksack ist."

„Lohmann, Lohmann", grinste der Mann von der Zeitung. „Sie haben aber Wut im Bauch. Das ist doch sonst gar nicht Ihre Art."

„Sie werden es verstehen, Herr Rodehutskors", versicherte der Kommissar. „Sie werden es verstehen. Spätestens, wenn ich Ihnen über unseren Fall berichte."

„Einen Namen werden Sie von mir nicht hören, Herr Lohmann. Aber der Kompagnon von Herrn Mauermann, der erzählt Dinge, die ich für unbegreiflich halte."

Lohmann nickte. „Das reicht an Informationen. Und jetzt meine Geschichte. Sie werden verstehen, warum ich so verärgert bin. Wie gesagt, erst einmal unter dem Siegel der Verschwiegenheit. Und wenn Sie dann später etwas berichten, weil der Reporter von der sogenannten überregionalen unabhängigen Postille mit Dreck schmeißt, dann bitte ich Sie wenigstens um das nötige Fingerspitzengefühl." Lohmann berichtete, und zwanzig Minuten später hatte Rodehutskors' Entsetzen deutlich zugenommen.

„Herrn Mauermann will einer, nein, wollen einige ans Leder, und zwar auf eine ziemlich üble Art und Weise. Nur, was hat Ihr Chef, Hauptkommissar Grabowski, mit der ganzen Angelegenheit zu tun?", waren einige der letzten Sätze Rodehutskors, bevor er das Büro verließ. Und: „Sie haben recht, Lohmann, hier sind Sensibilität und Fingerspitzengefühl gefragt."

32

Der gestrige Abend hatte sich lange hingezogen. Schulte hatte mit Egon Fritzmeier, der nach dem Besuch im Krankenhaus nicht einfach wieder zu seiner Ehefrau zurückfahren wollte, noch einige Biere getrunken. Beide Männer mussten ihre Sorgen ertränken. Schließlich hatte sich Egon in der Küche seines Vaters auf einem Sofa schlafen gelegt.

Jetzt, am frühen Dienstagmorgen, fiel es Schulte schwer, sein Auto ordentlich vor der Kreispolizeibehörde einzuparken. Eine positive Begleiterscheinung von Egon Fritzmeiers Besuch war, dass Schulte wenigstens heute für ein paar Stunden seinen Hund bei ihm lassen konnte.

Müde schlurfte er in sein Büro. Erst als er hinter seinem Schreibtisch saß, fiel ihm wieder ein, dass am gestrigen Abend ein Verdächtiger im Mordfall Konzelmann festgenommen werden sollte, bevor er durch den Notruf Fritzmeiers alles hatte abbrechen müssen. Er saß noch keine zwei Minuten, als er telefonisch zum Chef gerufen wurde.

„Herr Schulte", begann Klaus Erpentrup, der wie immer perfekt gekleidet und in tadelloser Körperhaltung hinter seinem blitzsauber aufgeräumten Schreibtisch saß, „ist gestern Abend alles so verlaufen, wie Sie es geplant hatten?"

Schultes inneres Alarmsystem sprang an. Die Frage war wohl nur die Ouvertüre zu einem Anpfiff. Und der folgte:

„Das können Sie doch nicht machen! Darf ich einmal den Chronisten Ihres ungewöhnlichen Verhaltens spielen? Sie bekommen von einem Ihrer Leute einen Anruf. Er hat bei der Überprüfung von Verdächtigen offenbar jemanden gefunden, auf den alle Beschreibungen passen. So weit, so gut. Aber es handelte sich immerhin um einen Mordverdächtigen. Sie weisen Ihren Mitarbeiter an, an Ort und Stelle zu bleiben, weil Sie selbst sofort kommen würden. Tun Sie aber nicht. Nein, der Herr Polizeirat hat ganz plötzlich irgendwas Besseres zu tun, und was macht er? Er desertiert."

„Jetzt hören Sie aber mal …", wollte Schulte empört dazwischengrätschen, doch Erpentrup schnitt ihm mit einem energischen Handzeichen das Wort ab.

„Kein Wort mehr! Ich erwarte einen schriftlichen Bericht. Und zwar umgehend. Und dann machen Sie endlich Ihre Arbeit, und verhören den Verdächtigen."

Als Schulte sich, vor unterdrückter Wut bebend, umdrehen und gehen wollte, schob Erpentrup noch hinterher: „Übrigens, falls es Sie doch noch interessiert, als Ihre beiden jungen Mitarbeiter hier angerufen und nach einem Haftbefehl gefragt haben, habe ich alles in die Wege leiten müssen. Die beiden haben den Verdächtigen unbeschadet hierher transportiert und über Nacht in der Arrestzelle untergebracht. Die Aktion war natürlich völlig harmlos, wie der erfahrene Herr Polizeirat es offenbar vorausgesehen hat. Reine Routine. Nur, dass die Kommissarin Meier zu Klüt dabei um ein Haar ums Leben gekommen wäre. Denken Sie an den Bericht?"

Und noch einmal wurde Schulte zurückgerufen, diesmal, als er schon fast durch die Tür war. „Übrigens erwarte ich, dass Sie Ihren Hund zu Hause lassen. Sie halten mich wahrscheinlich für blind und taub, aber ich weiß genau, dass Sie einen Hund im Büro haben. Der muss raus, und zwar noch bevor Sie den Bericht schreiben. Wie Sie das machen, interessiert mich nicht."

Diesmal konnte Schulte mit unschuldigster Miene der Welt antworten: „Hund? Welcher Hund? In meinem Büro gibt es keinen Hund. Sie dürfen gern kommen und nachschauen."

33 — 1984

Das Gespräch mit Rodehutskors war das letzte in dienstlicher Angelegenheit an diesem Nachmittag. Jetzt brachte Schulte Lohmann nach Hause, um gleichzeitig seine Tochter Ina abzuholen, die den ganzen Nachmittag mit ihrer neuen Freundin Julia verbracht hatte. Da bot es sich natürlich an, Lohmann mit seinem Gipsbein mitzunehmen. So musste er sich nicht von seiner Frau abholen lassen, um seinen wohlverdienten Feierabend im Kreise seiner Familie genießen zu können.

Jetzt saß er neben Schulte in dessen Bulli, drehte am Knopf des Radios und erzählte dabei: „Nun hast du auch unseren Starreporter von der Heimatzeitung kennengelernt. Unser Rodehutskors hat das Herz an der richtigen Stelle."

Wieder drehte Lohmann an dem kleinen schwarzen Knopf am Armaturenbrett. „Verdammt, hier muss er doch irgendwo sein", fluchte er.

Schulte wunderte sich. Sein Kollege suchte in einem Frequenzbereich, in dem es mit Sicherheit keine Radiosender gab. Doch dann, Schulte konnte es kaum glauben, dröhnten die Klänge von *Radar Love,* einem Song der Band *Golden Earring,* aus den Lautsprechern, die in dem Bulli reichlich vorhanden waren.

„Was ist das denn für ein Sender?", wunderte sich Schulte.

„Das ist unser lippischer Piratensender", erklärte Lohmann nicht ohne Stolz.

Schulte wunderte sich. „Ist das Schwarzsenden nicht verboten?"

„Kann sein", entgegnete Lohmann. „Ist mir aber völlig egal. Den Sender hören hier alle, die gute Rockmusik mögen. Und das schon seit Jahren. Ab und zu kommen die von der Post mal mit so einem Auto, das mit einem Peilsender ausgerüstet ist. Aber sobald jemand diese Karre sichtet, wird das Alarmtelefon angerufen, und unser Dieter sendet so lange nicht, bis das Aufklärungsfahrzeug die lippische Landesgrenze wieder Richtung Bielefeld überquert hat."

„Wie, man kann den Typen mit dem Schwarzsender einfach so anrufen?", wunderte sich Schulte. „Dann ist es doch ganz leicht, den Kerl zu schnappen."

„Ja hör mal, Kollege, so doof sind wir hier im Fürstentum nun auch wieder nicht", entgegnete Lohmann beleidigt. „Da wird nur der Erste einer Telefonkette angerufen. Der gibt die Warnung weiter, bis sie über ein paar Umwege dann bei Dieter ankommt.

„Hallo zusammen“, wurde das Gespräch zwischen Schulte und Lohmann von einem gut gelaunten Radioreporter gestört. „Jawohl, hier seid ihr goldrichtig, bei Spargel-Radio Pivitsheide mit Dieter, dem coolsten Plattenaufleger unter der Sonne. Mann, Mann, Leute, was war das eine Nacht! Tut mir leid, dass ich heute erst eine halbe Stunde später sende. Aber ich habe gestern eine neue Ladung bester französischer Rotweine bekommen. Junge, Junge, Junge, das Zeug ist besser als der beste Joint. Fragt meine Kumpel, mit denen ich die guten Tropfen gestern Nacht probieren musste. Leute, das war eine Party! Der letzte Zechkumpan ist heute Morgen um sechs nach Hause.“ Der Moderator lachte. „Ihr könnt euch gar nicht vorstellen, wie es bei mir aussieht, die ganzen leeren Flaschen.“ Wieder lachte der Radiomann übertrieben. „Mann, Leute, und die Frauen, vielleicht pennt hier ja sogar noch irgendwo eine, die ich bei der Sauferei völlig vergessen habe.“ Wieder das ungemein aufgesetzte Lachen. „Wer weiß, was sich beim Aufräumen nachher noch so findet.“

Heiseres Lachen und Husten.

„Aber jetzt, für alle, die auf meine rattenscharfe Radiosendung so geduldig gewartet haben. Mann, Leute, ich werde euch mit einem Musikprogramm der Extraklasse verwöhnen, mit Songs, die es in der Zusammenstellung kein zweites Mal auf der Welt gibt. Wie wäre es mit: *You Can't Always Get What You Want?* Ja, Leute, Ihr könnt nicht immer kriegen, was ihr wollt. Daran müsst ihr euch gewöhnen. Und hier sind sie, die großartigen Rolling Stones!“

Schulte lenkte seinen Bulli auf die Garageneinfahrt der Familie Lohmann, und kaum war das Auto zum Stehen gekommen, kamen Ina und Julia auf die beiden Männer zugelaufen.

„Papa, Lohmanns fahren morgen nach Stukenbrock in den Safaripark. Und Julia hat gesagt, ich darf mit.“

Lohmann blieb gelassen. „Na, kommt erst mal mit ins Haus. Da besprechen wir mit meiner Frau, was die morgen so vorhat, und dann sehen wir weiter.“

Eine Stunde später, während der Rückfahrt nach Detmold, hibbelte Ina aufgeregt in ihrem Kindersitz herum und erzählte: „Julia hat gesagt, da gibt es Löwen. Wenn man den Mut hat, kann man die streicheln.“

Schulte grinste. „Das kann ich mir nicht vorstellen. Pass bloß auf, dass die Biester dir keinen Arm abbeißen.“

„Papa, das sind keine Biester, das sind ganz liebe Löwen.“

„Was hältst du davon, wenn wir etwas essen?“, fragte Schulte, um nicht mehr über den morgigen Ausflug in den Safaripark reden zu müssen.

„Ja prima, ich will Pommes“, war Ina gleich begeistert.

Wenn Ina auf die Idee käme, ihrer Mutter von dem Speiseplan zu berichten, der in Detmold ihre Ernährung bestimmte, dann würde seine Exfrau, Mona, ihn umbringen, da war sich Schulte sicher. Sollte er den Streit jedoch überleben, dann würden sich zumindest Inas Besuche in Detmold in sehr engen Grenzen halten.

Rudolfs Bratwurstbude hatte schon zu, als die beiden durch die Lange Straße bummelten. Ina war enttäuscht. Doch Schulte tröstete sie. „Wir werden schon was finden. Nur Geduld.“

Auf dem Marktplatz hielten sich die beiden links und gingen über den Bruchberg.

„Kebabadin“, buchstabierte Ina einen Schriftzug, der auf einem Schild zu lesen war, das über der Eingangstür eines Holzhauses oder besser gesagt einer Holzhütte, angebracht war.

„Ob es da Pommes gibt?“ Ina ging zu einer Tafel, auf der die Gerichte aufgelistet waren.

Wieder buchstabierte sie ein Wort, das sie nicht kannte: „Döner“.

Ina fragte Schulte: „Döner? Weißt du, was das ist?“

Der zuckte mit den Schultern. „Nö, kenne ich auch nicht. Ich glaube, irgendwas Türkisches. Es riecht aber auf jeden Fall gut hier. Komm, lass uns mal reingehen.“

„Ich will aber Pommes!“ maulte Ina.

Auf dem Rückweg zur Kreispolizeibehörde gähnte Ina ständig. Für sie war es ein mindestens ebenso anstrengender Tag gewesen wie für Schulte. Kaum hatte er den Bulli aufgeschlossen, war Ina auch schon in ihren Schlafsack gekrabbelt. Noch bevor Schulte ihr eine gute Nacht wünschen konnte, hörte er ihr gleichmäßiges Atmen. Es war ein langer Tag für seine Kleine gewesen, aber sie hatte gut durchgehalten. Er war stolz auf seine Tochter.

„Na, Superbulle, Feierabend?“, wurde Schulte von einer Frauenstimme aus seinen Gedanken gerissen. Neben seinem Bulli standen Axel Braunert und Maren Köster.

Schulte griente die junge Polizistin frech an. „Top-Männer wie ich sind immer im Dienst. Jedenfalls, wenn es um schöne Frauen geht.“

„Schon klar“, kam es von Maren Köster unbeeindruckt.

Schulte griente wieder.

„Passt mal kurz auf meine Tochter auf. Ich hole Bier.“

Maren Köster sah Schulte fragend an. Der zeigte nur in das Innere seines Busses und machte sich auf zum Kühlschrank, der in der Teeküche der Kreispolizeibehörde stand.

Einige Minuten später kam Schulte mit drei Flaschen im Arm aus dem Haus. Als die Tür hinter ihm ins Schloss fiel, stutzten er und Maren Köster gleichzeitig. Sie sahen einen kleinen Jungen, der auf einem Trecker saß. Nicht etwa auf dem Beifahrersitz über dem linken Hinterrad, nein, er war der Fahrer der Zugmaschine, die zwei Anhänger Heu zog. Der Kleine war ungefähr so alt wie Ina. Maren Köster stockte der Atem. In dem Moment musste der Junge den Trecker anhalten, weil das Auto vor dem Gespann links abbiegen wollte. Der Kleine stellte sich auf die Bremse und brachte das Fahrzeug nur mit Mühe zum Stehen.

Maren Köster sprintete los und war nach drei unerwartet schnellen Sätzen neben dem Knirps auf dem Traktor.

„Los Kleiner! Du fährst jetzt rechts ran!“ befahl die Polizistin dem Knirps.

Da schrie jemand von hinten.

„Lass den Jungen in Ruhe!“, und dann an das Kind gerichtet: „Nils, ich hab dir doch chesacht, du solls auf keinen Fall anhalten! Fahr weiter nach unsere Scheune.“

Doch Maren Köster hatte bereits das Steuer übernommen, den Traktor an den Rand gelenkt und den Motor abgestellt.

Der Mann, der ebenfalls einen Trecker lenkte, war einfach neben das gestoppte Fahrzeug gefahren. Er war von seiner Zugmaschine gesprungen, hinter der eine Schleuderpresse hing und stand im nächsten Moment auf der Ackerschiene. Er gab dem kleinen Treckerfahrer einen vorsichtigen Klaps an den Hinterkopf. Dann fasste er Maren Köster an den Hüften und hob sie mit einer verblüffenden Leichtigkeit vom Fahrzeug. Mit der sich heftig wehrenden Polizistin über der Schulter sprang der Bauer auf den Gehweg und schrie den Jungen an: „Fahr nache Scheune. Et fängt chleich an zu rechnen. Wenn das Heu nass wird, haben wir alle nix verdient.“

Und um der ganzen Aktion Nachdruck zu verleihen, rief der Mann dem Jungen noch zu: „Du solls fahren Junge!“

Als der Trecker sich endlich in Bewegung setzte, stellte der Bauer Maren Köster auf dem Gehweg ab, als sei nichts gewesen. Er machte nun Anstalten, sein eigenes Fahrzeug zu erklimmen. Doch da wurde der Bauer von der jungen Polizistin in den Polizeigriff genommen. Sie drehte ihm den Arm auf den Rücken, so dass er vor Schmerzen aufstöhnte.

„So, Freundchen“, presste Maren Köster die Worte durch die zusammengebissenen Zähne. „Name und Führerschein.“

Der Bauer ächzte. Da legte Schulte der jungen Kollegin beruhigend die Hand auf die Schulter.

„Bleib locker, Kollegin“, sagte er mit besänftigender Stimme. „Jetzt lass erst mal den Mann los und dann sehen wir weiter.“

Widerwillig leistete Maren Köster der Aufforderung Schultes Folge.

„Mann oh Mann, wat bis du denn für ein Flintenweib?“, stöhnte der alte Bauer und bewegte vorsichtig seinen Arm, den Maren Köster noch vor ein paar Sekunden malträtiert hatte.

„Wo hat denn so ein Hemmperling wie du einen bist, so ne Kraft her? Du has mir ja den halben Arm abcherissen.“

Wieder machte der Bauer ein paar Kontrollbewegungen mit seinem Arm, um auch wirklich sicher zu sein, dass er und seine Schulter keinen Schaden genommen hatten.

Hinter dem Trecker des Bauern, der immer noch mitten auf der Straße stand, begannen die ersten Autos zu hupen. Der Bauer machte Anstalten, das Fahrzeug zu besteigen. Doch Maren Köster fasste ihn am Kragen.

„So nicht, mein Freund“, zischte sie. „Du bleibst hier.“ Und an ihren Kollegen gewandt sagte Sie: „Axel, fahr die Kiste mal auf die Seite.“

Der junge Polizist folgte der Anweisung seiner Kollegin dienstbeflissen.

Dann widmete Maren Köster ihre Aufmerksamkeit wieder dem Bauern.

„Ihr Name?“, verlangte sie in barschem Ton.

„Fritzmeier, Anton Fritzmeier“, entgegnete der Angesprochene.

„Und Ihren Führerschein!“, kam die nächste schroffe Aufforderung von der Polizistin.

„Also, sach mal Mädchen? Chlaubse denn, den hätte ich dabei?“, empörte sich Fritzmeier. „Als ich den 1944 bei de Wehrmacht chemacht habe, hat meine Mutter den bei uns inne chuten Stube inne Schublade chelecht und da licht der auch heute noch. Ich hab den da nie rauschenommen. Den schleppe ich doch nich mit mich rum. Der wird doch dann nur dreckich oder verknickt. Nee, ich bin einen ordentlichen Menschen. Mein Führerschein sieht heute noch aus wie an ersten Tach. Ohne ein Körnchen Staub drauf.“

Als Maren Köster das Wort Mädchen gehört hatte, war sie schon im Begriff gewesen, den Bauern anzupflaumen. Doch sie hatte den Mann dann doch nicht unterbrochen und weiter zugehört. Das hatte ihr dann die Sprache verschlagen und Schulte zum Grinsen gebracht.

„Und wat sind denn dat überhaupt für Manieren? Der Chrabowski und alle anderen Polizisten wissen doch, dat ich einen Führerschein habe. Da muss ich den doch nich ständich mit mich rumschleppen. Und dat mein Enkel mich bein Heumachen hilft, dat hab ich den Chrabowski doch an Sonntach bein Frühschoppen gesacht. Wat macht der denn jez auf einmal für ein Theater? Wo is der denn überhaupt? Na, der brauch sich jedenfalls bei uns in Heidental nich mehr inne Kneipe blicken zu lassen. Und wenn doch, dann haue ich den links und rechts wat an nen Hals und dann schmeiße ich den raus."

Jetzt schaltete sich Axel Braunert ein. „Wollen Sie etwa behaupten, Hauptkommissar Grabowski hätte Ihnen gestattet, dass Ihr Enkel mit dem Traktor am Straßenverkehr teilnehmen darf?"

„Wat heißt denn hier gestattet", schimpfte Fritzmeier, „Der Chrabowski brauch mir nix gestatten. Dafür ist dat ein viel zu kleinet Licht. Aber ich hab et ihm chesacht, dat mein Enkel bei de Ernte hilft. Ich hab den Blödmann dat chesacht, weil sich dat so chehört. Basta! Und jetzt kommt dat verrückte Weib da …", Fritzmeier zeigte auf Maren Köster, die immer noch mit offenem Mund dastand und die gesamte Situation nicht mehr einzuordnen wusste.

„Und jetzt kommt dat Weib", bekräftigte Fritzmeier seinen schon angefangenen Satz, „und reißt mich fast den Arm ab."

Jetzt schaltete sich Schulte ein. Er drückte Fritzmeier eine Flasche Bier in die Hand. Die zweite bekam Maren Köster und zu Braunert sagte er: „Axel, oder wie du heißt. In der Teeküche im Kühlschrank steht noch eine Kiste. Hol die mal und dann trinken wir einen.

„Aber“, kam es über Maren Kösters Lippen.

Schulte tickte mit der Flasche an ihre, blinzelte ihr zu und sagte: „Prost!“

34

Fünf Minuten später betrat Jupp Schulte das Verhörzimmer. Hier saßen bereits Pauline Meier zu Klüt und Manuel Lindemann. Die beiden jungen Leute schauten ihn unsicher und verlegen an.

„Ihr habt wahrscheinlich eben den Auftritt unseres geliebten Chefs mitbekommen, wenn ich eure Mienen richtig deute“, ging Schulte gleich in die Offensive. „War ja laut genug“.

Als Pauline nickte, lachte Schulte kurz und bitter auf.

„Und jetzt macht ihr euch Sorgen, dass der alte Schulte euch für Denunzianten hält, stimmt’s? Die zum obersten Chef gelaufen sind und sich über ihren Abteilungsleiter beklagt haben. Ist es so?“

Wieder nickte die junge Frau beklommen. Lindemann zog es offenbar vor, ihr die Initiative zu überlassen. Schulte ließ sich ächzend auf einen Stuhl auf der anderen Tischseite fallen. Dorthin, wo bei einem Verhör stets der Delinquent sitzt.

Schulte schaute beiden lange ins Gesicht. Dann grinste er und sagte: „Macht euch keine Sorgen! Ihr habt euch korrekt verhalten. War alles mein Fehler. Mir war ein persönliches Problem wichtiger als das dienstliche. Das war nicht in Ordnung, aber dazu stehe ich, und wenn es mich Kopf und Kragen kostet. Aber nun erzählt ihr doch mal, was war denn gestern Abend los?“

Pauline Meier zu Klüt berichtete in sachlichem Ton von der Festnahme Krumbachs und von dessen Angriff auf sie. Dabei schilderte sie Lindemanns Beitrag zur Festnahme in so leuchtenden Farben, dass der Polizist rot anlief. Schulte verstand die Botschaft zwischen den Zeilen und nahm sich vor, mit Lindemann künftig anders umzugehen.

Dann brachte, auf Schultes Anweisung, ein uniformierter Beamter den Verdächtigen herein.

Schulte war vom Anblick Hans-Josef Krumbachs komplett irritiert. Noch nie hatte er jemanden erlebt, der bei einem solch bulligen Körperbau so wenig den Raum füllte. Krumbach war nicht zu übersehen mit den breiten Schultern, dem Stiernacken, dem massigen, kahlgeschorenen Kopf und den riesigen Händen, die offenbar nicht wussten, wo sie hingehörten. Aber er war kaum zu spüren. Nicht die geringste Aura ging von dem Mann aus. Schulte fragte sich, warum er so empfand, und schaute sich den Festgenommenen näher an. Es waren die Augen, die leeren Augen, die derart ratlos in diese Welt blickten, als seien sie gerade erst dort hineingeboren worden, ohne zu wissen, warum und wozu.

Schulte mahnte sich zur Vorsicht. Der Mann mochte geistig schwerfällig, vielleicht sogar beginnend debil sein, aber der Bericht seiner Kollegin war eindeutig gewesen. Seine Wutattacken kamen erstaunlich schnell und überaus wirkungsvoll.

Er räumte seinen Stuhl und bot ihn Krumbach an. Der ließ sich, ohne eine einzige emotionale Regung zu zeigen, darauf nieder und starrte weiterhin in den Raum, ohne dabei einem Blick der anderen Anwesenden wirklich zu begegnen. Er trug eine blaue Windjacke mit einem auffälligen Markenlogo darauf, darunter ein schwarzes Sweatshirt, das schon bessere Tage gesehen haben musste.

Schulte gab Lindemann einen Wink. Daraufhin begann Lindemann mit den Formalien. Als er mit der ersten Frage nach dem Namen des Delinquenten beginnen wollte, hörten sie von draußen laute, schnelle Schritte. Dann wurde die Tür aufgestoßen, und ehe Schulte sich das ungebetene Eindringen verbieten konnte, stand ein elegant gekleideter, sportlich aussehender Mann von vielleicht vierzig Jahren bereits mitten im Raum.

„Mein Name ist Dr. Sebastian Brückner. Guten Morgen! Ich bin der Rechtsanwalt von Herrn Krumbach. Hier meine Karte.“

Schulte war so überrascht, dass er wortlos die Visitenkarte des Eindringlings studierte. Dann sah er verblüfft zu, wie der Rechtsanwalt versuchte, Krumbach zur Begrüßung die Hand zu geben. Doch der zog seine Pranke erschrocken weg.

„Darf ich fragen, von wem Sie das Mandat haben?“, fragte Schulte. „Herr Krumbach kennt Sie offenbar nicht, wie ich sehe.“

„Kein Problem“, antwortete der deutlich jüngere Mann mit putzmunterer Stimme, „die Mutter von Herrn Krumbach hat mich beauftragt. Mehr Information darüber bin ich Ihnen aber nicht schuldig. Darf ich mich setzen?“

Schulte seufzte innerlich, bot dem Anwalt aber einen Stuhl an. Als dieser saß, versuchte Schulte, sich ein Bild von ihm zu machen. Der Mann sah sehr gepflegt aus, wirkte aber für Schultes Geschmack ein bisschen zu geleckt. Er sah mit den schwarzen Haaren und der dicken dunklen Intellektuellenbrille aus wie ein in die Jahre gekommener Harry Potter. Bei dem Vergleich musste Schulte fast ein Grinsen unterdrücken. Am Verhalten des Mannes gab es, trotz seines überfallartigen Auftrittes, nichts auszusetzen. Korrekt und freundlich. Vorsicht, dachte Schulte. Das waren die Schlimmsten.

Und bereits nach wenigen Minuten sah sich Schulte bestätigt. Da Krumbach noch immer schwieg, musste Schulte die Befragung über den Anwalt führen. Der holte tief Luft, lächelte freundlich in die Runde und verkündete: „Meine Dame, meine Herren, danke für die Informationen über das, was meinen Mandanten verdächtig macht. In Anbetracht der mehr als dürftigen Verdachtsmomente, von Beweislage will ich gar nicht erst sprechen, bestehe ich darauf, dass mein Mandant sofort auf freien Fuß gesetzt wird. Außerdem besteht in seinem Fall weder Flucht- noch Verdunkelungsgefahr."

Dann schaute er Krumbach an und sagte: „Nicht wahr, Herr Krumbach, Sie wollen doch nach Hause, oder?"

Krumbach nickte aufgeregt. Er sprach zwar immer noch nicht, aber auf einmal sah er den Rechtsanwalt mit ganz anderen Augen an, wie Schulte fasziniert feststellte. Offenbar hatte die Aussicht, durch die Hilfe dieses Anwalts wieder nach Hause zu kommen, bei Krumbach Sympathien geweckt.

Plötzlich sprang Manuel Lindemann mit hochrotem Kopf auf.

„Dieser Mann hat gestern Abend versucht, meine Kollegin zu erwürgen. Der Kerl ist hochgradig gemeingefährlich und gehört hinter Schloss und Riegel. Was reden Sie denn da?"

Während Pauline Meier zu Klüt Lindemann am Arm zog, um ihn zu beruhigen und wieder zum Sitzen zu bringen, lächelte der Rechtsanwalt, der sich nur kurz erschrocken hatte, bereits wieder.

„Das war für meinen Mandanten eine extreme Stresssituation. Außerdem wollte er nur seine Privatsphäre verteidigen. Wie kommen Sie darauf, dass er ihre Kollegin erwürgen wollte? Es war ein Gerangel, sicher, aber doch niemals mit Tötungsabsicht. Es gibt nicht den geringsten Anlass, von seinem Verhalten in diesem außergewöhnlichen Moment darauf zu schließen, dass er kaltblütig einen Menschen umbringen könnte. Aber, wenn Sie möchten, rufe ich den Herrn Staatsanwalt Just kurz an, seine Handynummer habe ich. Wir kennen uns ein bisschen, da wir in derselben studentischen Verbindung waren oder vielmehr sind. Es würde mich interessieren, wie er den Fall sieht."

35 1984

Das Wochenende war wirklich sehr angenehm verlaufen. Insgeheim war Schulte seiner Ex-Frau sogar dankbar, dass sie ihn gezwungen hatte, Ina zu betreuen, während sie in den Urlaub gefahren war. Schultes Tochter sorgte für viel Spaß und Kurzweil. Die Tatsache, dass Bernhard Lohmanns Tochter Julia und Ina sich im gleichen Alter befanden und die beiden Mädchen geradezu ineinander vernarrt waren, hatte für Schulte den Vorteil, für die nächsten Tage eine Betreuung für seine Tochter gefunden zu haben. Und am Abend, so hatte Schulte es sich vorgenommen, würden sich Vater und Tochter jeweils ein paar schöne Stunden genehmigen.

Heute wollte er mit Ina von dem Geld, das Volle beim Pokern verloren hatte, einen Walkman kaufen gehen.

Jetzt waren Vater und Tochter auf dem Weg zu Lohmanns. Hier gedachte Schulte, Ina abzuliefern und seinen fußlahmen Kollegen einzusammeln, um mit ihm ins Kalletal zu Familie Mauermann zu fahren.

Lohmann war gut gelaunt. Ihm schien die Zusammenarbeit mit seinem neuen Kollegen Schulte Spaß zu machen. Auf dem Weg zu den Mauermanns berichtete er, dass gestern ein Auto-Beatkonzert im Teutoburger Wald stattgefunden habe. Dieter, der Betreiber vom *Spargelradio Pivitsheide* habe nämlich ein Verfahren entwickelt, um mithilfe der Antenne seines Autos zu senden. Gestern Abend hätten sich über dreißig Besitzer einer *Ente* – dem Kultauto schlechthin – mit ihren Karren im Hiddeser Steinbruch unterhalb des Hermannsdenkmals getroffen. Allen voran Dieter vom Spargelradio.

„Jupp, es war richtig schön. Meine Frau und ich wir waren auch da“, schwärmte er.

„Hast du nicht einen Opel Ascona?“, wunderte sich Schulte.

„Ja, aber Ulrike hat einen 2CV. So 'ne richtige schnuckelige Ente. Jedes Mal, wenn ich mit der Kiste zur Kreispolizeibehörde fahre, dreht Grabowski am Rad."

Lohmann lachte.

„Solche Autos werden von Hasch-Brüdern gefahren, nicht aber von Polizisten, hat der *Dorf-Rambo* erst letzte Woche zum Besten gegeben."

Lohmann machte eine Pause, um wieder auf das Auto-Beatkonzert zu kommen. „Also, Jupp", berichtete er begeistert weiter: „Wir haben erst mal ein ordentliches Feuer gemacht. Dann hat jeder sein Autoradio volle Pulle aufgedreht. Alle haben Spargelradio gehört. Da hatten wir einen Sound, ich sage dir, das war einfach nur gut. Später, als es dann dunkel wurde, haben wir die Liegesitze runtergeklappt, natürlich weiter Spargelradio gehört. Und wir hatten den ganzen Abend unseren Spaß."

„Wie immer der Spaß auch ausgesehen haben mag", sinnierte Schulte.

Die euphorischen Erzählungen Lohmanns hatten die Zeit dahinfliegen lassen.

„So, Bernhard, in Kalldorf sind wir angekommen. Du musst jetzt mal mit auf den Weg achten, damit ich nicht stundenlang nach dem Mauermannschen Anwesen suchen muss", riss Schulte seinen Kollegen aus seinen Schwärmereien.

Lohmann lenkte Schulte durch zwei Dörfer und über einige Feldwege. Schließlich standen die beiden Polizisten vor einem imposanten Anwesen. Schulte drückte auf einen aluminiumfarbenen Klingelknopf. Als sich nichts tat, klingelte der Polizist noch einmal. Daraufhin hörte er eine Stimme aus der Wechselsprechanlage.

„Ich habe Ihnen doch schon mehrfach gesagt, dass ich keine Interviews geben werde."

Die Frau, die das sagte, hörte sich wütend an. Doch gleichzeitig schien sie zu weinen.

„Frau Mauermann“, sagte Schulte. „Mein Kollege und ich sind von der Detmolder Polizei. Wir würden gerne mit Ihnen sprechen.“

Nach wenigen Sekunden ertönte ein Summen, dann verschwand ein großes Tor in dem Spalt einer Mauer, die das Anwesen einschloss. Kaum waren Schulte und Lohmann eingetreten, da schloss sich die Lücke, die eben entstanden war, auch schon wieder.

Eine übernächtigt wirkende Frau mit einem verweinten Gesicht öffnete den beiden Polizisten. Ein verschüchterter Junge, der etwa neun bis zehn Jahre alt war, drückte sich in der Manier eines Kleinkindes an seine Mutter. Die Polizisten stellten sich vor und wurden in ein riesiges Wohnzimmer gebeten. Eine eindrucksvolle Fensterfront ließ den Blick in einen geschmackvoll angelegten Garten zu. Etwas abseits gelegen, durch eine Hecke fast verdeckt, konnte man einen ziemlich großen Pool erahnen.

Schulte besah sich den eindrucksvollen Park. „Schön haben Sie es hier, Frau Mauermann. Aber das Idyll wird Ihr Mann in nächster Zeit nicht genießen können. Bei den bösen Jungs im Gefängnis gibt es keinen Swimmingpool.“

Plötzlich stürzte der kleine, eben noch verschüchterte Junge, sich auf Schulte und schrie: Du bist der Böse! Du hast meinen Papa eingesperrt!“

Verzweifelt trat er nach dem Polizisten. Er ballte seine Fäuste und schlug Schulte gegen die Brust. Der wusste sich nicht anders zu helfen und fasste ihn unsanft an beide Arme.

„Hör auf!“, befahl er dem Jungen. „Hör auf sonst kommst du auch in den Knast. Man schlägt keine Polizisten!“

Jetzt fing der Junge an zu weinen und stammelte immer wieder „Nein, nicht ins Gefängnis! Ich habe doch nichts getan. Ich bin nicht böse und mein Papa auch nicht. Der darf nicht ins Gefängnis.“

Frau Mauermann schien für Sekunden wie gelähmt. Doch dann hastete sie mit drei schnellen Schritten zu Schulte und nahm ihm den Jungen ab. Sie drückte ihren Sohn an sich und redete mit leisen Worten auf ihn ein: „Ganz ruhig, Basti, ganz ruhig. Es wird alles wieder gut."

„Entschuldigen Sie, meine Herren. Mein Sohn hängt sehr an seinem Vater. Er ist mit der ganzen Angelegenheit hoffnungslos überfordert", bemühte sich Frau Mauermann die Situation zu entschärfen. „Möchten Sie etwas trinken?"

Die beiden Polizisten lehnten dankend ab.

Lohmann begann das Gespräch. „Frau Mauermann, es geht um besagten Freitagabend. Schildern Sie doch bitte, wie Sie den Abend erlebt haben."

„Ich kann Ihnen da überhaupt nichts sagen. Einmal im Monat fahre ich ein Wochenende zu meinen Eltern nach Düsseldorf. Die sind alt und brauchen meine Hilfe. Ich kaufe ein, räume im Haus auf, erledige den Schreibkram, der über den Monat anfällt und so weiter. Mein Mann hat meist keine Zeit mitzukommen. Er nutzt dann das Wochenende immer dazu, um einen sogenannten Herrenabend zu erleben. Zu dem Treffen kommen ein paar Männer aus der Nachbarschaft, noch ein paar Freunde und manchmal Männer, die er spontan einlädt. Mein Sohn ist auch oft dabei und ein Jugendlicher aus dem Dorf, Hans-Josef Krumbach."

Frau Mauermann dachte über die weiteren Sätze nach. „Der Hans-Josef ist geistig etwas zurückgeblieben. Aber wir mögen und schätzen ihn. Er mäht schon seit Jahren unseren Rasen und verrichtet kleinere Arbeiten. Der Junge hat einen Narren an unserem Sohn gefressen, und mein Mann ist gewissermaßen ein Vaterersatz für ihn. Umgekehrt ist es so, dass auch mein Mann sich für den Jungen verantwortlich fühlt und hilft, wo er kann. Für den Herbst hat mein Mann Hans-Josef eine Lehrstelle bei einem Malerbetrieb im Nachbardorf besorgt."

„Die Truppe trifft sich also, wenn Sie zu ihren Eltern fahren?", fragte Lohmann, um das Augenmerk inhaltlich wieder auf die Ereignisse, die am Freitagabend stattgefunden hatten, zu lenken.

„Ja, genau", antwortete Frau Mauermann. „Im Winter gehen die Männer in die Sauna, und im Sommer benutzen Sie unseren Pool. Sie schwimmen ein bisschen, trinken ein paar Bier, reden über Politik und über Dinge, die Männer sonst noch so besprechen."

Schulte wandte sich jetzt an den verschüchterten Jungen, der sich immer noch hinter seiner Mutter zu verstecken suchte.

„Du warst also am Freitagabend dabei?"

Der Junge nickte zaghaft.

„Na, dann erzähl doch mal, was da so los war."

Der Junge zögerte. Erst als seine Mutter ihm sanft die Hand auf die Schulter legte, begann er mit leisen Worten zu berichten. „Eigentlich war es wie immer. Wir haben ein paar Arschbomben gemacht. Mein Vater und die Erwachsenen sind ein bisschen geschwommen, und dann haben sie über irgendwas geredet. Da habe ich nicht zugehört, weil ich mit Hans-Josef gespielt habe. Irgendwann kamen dann die Polizisten, haben rumgeschimpft und haben meinen Papa mitgenommen. Der stand gerade unter der Dusche, als die beiden Männer von der Polizei kamen. Der eine hat mir an die Schulter gefasst und gesagt, ich solle meinem Vater Klamotten holen. Ich wusste erst gar nicht, was der meinte. Bis er geschrien hat: Na, was zum Anziehen."

Der Junge überlegte einen Moment. Dann erzählte er weiter: „Geschrien hat der Mann eigentlich nicht, mehr so gekrächzt, wie ein Rabe das tut."

Die Erzählung des Jungen wurde durch einen Gong unterbrochen. Frau Mauermann wurde wütend.

„Schon wieder die Schmeißfliegen von der Zeitung. Warum können die uns nicht einfach in Ruhe lassen? Es ist doch sowieso alles schon schwer genug."

Sie ging zu einem Wandtelefon, nahm es von der Gabel und sprach, ohne abzuwarten, wer sich meldete.

„Verschwinden Sie, und lassen Sie mich in Ruhe! Ich habe keinerlei Interesse, mit Ihnen zu reden."

„Machen Sie die Tür auf! Hier ist Hauptkommissar Grabowski von der Detmolder Kriminalpolizei", war eine verzerrte Stimme zu vernehmen.

Während Schulte dachte, der krächzt wirklich wie ein Rabe, umklammerte der Junge ängstlich die Hüften seiner Mutter.

36

Am Abend stand Jupp Schulte mit Egon Fritzmeier im Krankenzimmer. Außer Anton Fritzmeier war hier noch ein etwas jüngerer Mann einquartiert, der aber schlief, oder zumindest tat er so.

„Der pennt schon den chanzen Tach", Fritzmeier wirkte immer noch stark geschwächt, machte aber einen erheblich vitaleren Eindruck als gestern. „Kannse nix mit anfangen, mit dem Kerl. Iss heute Morgen ers operiert worden."

Eine Weile herrschte betretenes Schweigen. Weder der Patient noch die beiden Besucher waren Meister in der Kunst des gepflegten, nichtssagenden und immer und überall anwendbaren Plauderns.

Endlich räusperte sich Schulte und fragte: „Was hat denn der Arzt gesagt? Die Stationsschwester meinte, der Oberarzt sei kurz vor uns hier gewesen."

„Der?" Anton Fritzmeier machte eine verächtliche Handbewegung. „Der hat cheredet und cheredet, und ich hab nix kapiert. Kein Wort. So'n Chinesisch, wie der cheredet hat, furchbar. Meinsse, da wär mal 'ne klare Antwort auf meine Frage chekommen? Nee, drumrum cheredet hatter. Dabei habbich 'ne chanz einfache Frage chestellt. Ich hab chefragt, ob ich durchkomme oder nich. Iss doch 'ne vernünftige Frage in meiner Situation, oder? Aber anstatt dasser mal Ja oder

Nein sagt, nee, da wird um den heißen Brei herumchequasselt, bisse schwindelig bist."

„Mit anderen Worten, du hast keine Ahnung, wie es um dich steht?"

„Stimmt chenau."

Während Egon Fritzmeier wortlos damit begann, die mitgebrachte Tafel Schokolade selbst zu verzehren, ging Schulte zum Fenster und öffnete es einen Spalt. Die Luft in Krankenzimmern hatte ihm schon immer übel mitgespielt.

Anton Fritzmeier schien das gar nicht zu bemerken, denn er schimpfte weiter. „Eins sach ich dir, Jupp. Wenn die mich chetz hier wochenlang einsperren wollen, dann ham se sich aber cheschnitten. Nich mit mir. Und wenn ich nachts am Bettlaken aussen Fenster klettern muss. Du bis doch Polizist, kannsse nich mal 'n chutes Wort für mich einlegen?"

Zum ersten Mal mischte sich Egon Fritzmeier in das Gespräch ein: „Aber Vatter, da kann doch ein Polizist nichts machen. Wie stellst du dir das denn vor?"

Der Alte knurrte fast, als er antwortete: „Keine Ahnung. Aber für irgendwas musses doch chut sein, einen Polizisten bei sich wohnen zu haben."

„Das ist es auch", Schulte drehte sich wieder zu Fritzmeier um, „denn der Polizist wird dich gleich mit Handschellen an dein Bett fesseln, damit du nicht einfach über Nacht abhaust und auf deiner Flucht den Löffel abgibst. Wir brauchen dich noch, Anton."

Schulte zögerte, obwohl er eigentlich weitersprechen wollte. Denn plötzlich war ihm klar geworden, dass er sich tatsächlich nicht vorstellen konnte, ohne diesen verrückten, groben, polternden alten Bauern zu leben. Fritzmeier war ein Teil seines Lebens geworden, Schulte war absolut nicht darauf vorbereitet, ohne diesen Teil zu sein.

Welche Rolle spielte Fritzmeier eigentlich in seinem Leben? War er im Laufe der Jahre ein Ersatz für Schultes früh verstorbenen Vater geworden? Schulte spürte eine ihm unbehagliche Wehmut aufziehen. Er musste schnell hier hinaus. Das hätte noch gefehlt, vor den beiden Fritzmeiers Emotionen zeigen. Da Egon mit seinem eigenen Auto gekommen war und sowieso nach dem Krankenbesuch wieder zu Frau und Kindern zurückfahren wollte, konnte Schulte ihn getrost mit dem Alten allein lassen.

Er gab Vater und Sohn Fritzmeier schnell und wortlos die Hand zum Abschied und verließ das Krankenzimmer, ohne sich noch einmal umzusehen.

37 1984

Es krachte beängstigend, als er die Faust gegen das Armaturenbrett donnerte. Die Wut, die in Schulte tobte, machte ihn schmerzunempfindlich. Er hatte sich noch nie in seinem Leben so gedemütigt gefühlt. Grabowski und Volle waren einfach in das Wohnzimmer der Mauermanns hereinmarschiert. Als der Hauptkommissar seine beiden Untergebenen, Schulte und Lohmann, sah, hatten sich seine Augen zu bösen Schlitzen verengt. Er hatte gar nicht lange gefackelt, sondern den beiden unmissverständlich zu verstehen gegeben, dass sie hier verschwinden sollten. Und zwar auf der Stelle.

Schulte und Lohmann hatten nicht widersprochen, doch der Stachel der Demütigung saß tief.

„Das lasse ich mir nicht gefallen, das schwöre ich dir, Lohmann! Das wird Grabowski, das gottverdammte Arschloch, büßen! Wenn der auch nur einen Fehler macht, dann scheiße ich ihn an, da kann er sich drauf verlassen. So, und jetzt fahre ich in die Kreispolizeibehörde und schreibe ein Gedächtnisprotokoll. Das bekommen der Richter, der den Haftbefehl noch unterschreiben muss, der Staatsanwalt und Grabowski. Und für Mauermann und seinen Anwalt lasse ich den Bericht in der Telefonzelle oder auf dem Kopierer liegen."

„Nun bleib mal locker, Jupp. Du weißt doch, Wut frisst Hirn“, entgegnete Lohmann. „Wir fahren jetzt nach Detmold. Da reden wir noch mal mit Mauermann. Du schreibst meinetwegen dein Gedächtnisprotokoll, und dann werden wir uns die nächsten Schritte genau überlegen.“

Schulte konnte sich kaum beruhigen. Immer wieder fluchte er leise vor sich hin. Daher versuchte Lohmann das Thema zu wechseln.

„Sag mal, hast du dir eigentlich schon Gedanken über eine Wohnung gemacht? Du kannst doch nicht wochenlang in deinem rostigen Bulli vor der Kreispolizeibehörde campieren.“

Eigentlich wollte Lohmann noch nachschieben: „Mich wundert sowieso, dass Grabowski dich noch nicht des Parkplatzes verwiesen hat.“ Doch den Satz verkniff er sich. Er hatte die begründete Befürchtung, dass Schulte die Fassung verlieren würde, sobald der Name ihres Chefs fiel.

Seltsamerweise grinste Schulte verschmitzt, als sein Kollege ihn auf eine mögliche dauerhafte Bleibe ansprach. Und so ließ sich der Neu-Detmolder nicht lange bitten. Er erzählte von der Begegnung mit Fritzmeier und dass seine neue Kollegin Maren Köster den Bauern am liebsten sofort eingesperrt hätte. Aber zu guter Letzt, so berichtete Schulte, hatten dann alle friedlich um seinen Bulli herumgestanden und Bier getrunken.

Jetzt lachte auch Lohmann. „Ja, den Fritzmeier, den kennt hier jeder. Das ist der Urlipper. Aber die Gesetze, die für den Alten gelten, die stammen aus der Kaiserzeit oder er hat sie selbst gemacht. Auf jeden Fall kommen Änderungen seiner Weltsicht nicht in Frage. Aber er hat mit seinen Extratouren fast immer Erfolg. Selbst bei unserem Hauptkommissar Grabowski.“

Lohmann schmunzelte jetzt auch und fragte: „Ja, aber was hat das mit deiner neuen Wohnung zu tun?“

„Na ja, als wir so um den Bulli herumstanden, besah sich Fritzmeier unverhohlen meinen Bus. Er hat alles genau inspiziert und dann gefragt, ob ich kein Zuhause hätte. Als ich ihm sagte, dass ich Neu-Detmolder bin und eine Wohnung suche, meinte er, ich solle doch mal bei ihm vorbeikommen. Er hätte da eine Leibzucht, die er nicht brauchen würde."

„Mensch, Schulte", in Lohmanns Stimme lag Anerkennung, „das Haus steht seit Jahren leer. Das hat Fritzmeier mal für sich selbst gebaut. Doch als sein Sohn erwachsen war, hat der sich wohl nicht anders zu helfen gewusst, als so schnell wie möglich das Weite zu suchen. Der hat irgendwo in einen Bauernhof eingeheiratet. Daher brauchte Fritzmeier die Leibzucht nicht, weil er bis heute in seinem Bauernhaus wohnen geblieben ist. Noch nie hat jemand in dem Haus gewohnt. Obwohl es viele mieten oder kaufen wollten, hat Fritzmeier immer gesagt, er wolle keine Fremden auf seinem Hof haben. Wenn Fritzmeier dir jetzt das Häuschen anbietet, zumal du ja nicht einmal ein echter Lipper bist, dann muss der entweder kurz vor der Pleite stehen oder du musst ganz gewaltig Eindruck bei dem Alten gemacht haben."

„Mag ja sein", entgegnete Schulte. „Aber was um Himmelswillen ist eine Leibzucht?"

Lohmann überlegte.

„Eine Leibzucht ist ein Haus auf einem größeren Bauernhof, in das der alte Bauer einzieht, wenn der Sohn den Hof übernimmt."

Schulte nickte. „So landet der alte Bauer nicht in einer feuchten, zugigen Kammer, die, schneller als ihm lieb ist, dafür sorgt, dass er an einer chronischen Lungenentzündung stirbt."

Nach einigen Augenblicken des Schweigens fragte Schulte: „Sag mal, Lohmann, was ist eigentlich eine Arschbombe? Ist das irgend so eine Sexualpraktik aus dem homosexuellen Milieu?"

„Keine Ahnung", entgegnete Lohmann. „Ich kenne den Begriff nur im Zusammenhang mit Späßen im Schwimmbad, um die Mädchen zu ärgern. Du ziehst die Beine an den

Körper, im Sportunterricht hieß das meines Wissens Paketsprung, und dann springst du dicht neben einem Mädchen ins Wasser. Die erschrecken sich dann und werden gleichzeitig nassgespritzt. Eigentlich wollten wir ihnen damals nur zeigen, was für tolle Kerle wir sind. Ich glaube aber, die Mädchen haben das irgendwie nicht verstanden oder hatten nichts übrig für diese Art von Angeberei."

„Ja, die Frauen", Schulte stieß einen Seufzer aus und stieg aus seinem Bulli.

In ihrem Büro überlegten die beiden Polizisten bei einer Tasse Kaffee ihr weiteres Vorgehen. Hedwig Meierjohann hatte sich wie selbstverständlich dazugesetzt und sich alles, was Schulte und Lohmann besprachen, angehört.

„Wir müssen auf jeden Fall noch mal mit Mauermann sprechen, und zwar bevor Grabowski aus dem Kalletal zurück ist", entschied Schulte. „Der wird mit Sicherheit heute noch in Untersuchungshaft überführt. Dann ist er für uns unerreichbar, dafür wird unser geschätzter Hauptkommissar schon sorgen."

„Hoffentlich ist Herr Mauermann überhaupt noch da", kam es sorgenvoll von Hedwig Meierjohann. „Sie können sich gar nicht vorstellen, was der Hauptkommissar hier heute Morgen veranstaltet hat. Der war so etwas von verärgert, dass Sie sich des Falles angenommen haben." Sie machte eine Handbewegung, als wolle sie das gerade Gesagte wieder wegwischen. „Ach was, verärgert, was sage ich da, der hat getobt. Dann hat Grabowski mit dem Richter, dem Staatsanwalt und noch einigen anderen Leuten gesprochen."

Hedwig Meierjohann verzog den Mund zu einem ganz vorsichtigen Lächeln.

„Der Hauptkommissar hat mich zwar beauftragt, die Verlegung in die U-Haft zu veranlassen, aber ich habe einfach noch nicht die Zeit gefunden, mich zu kümmern. Es kann natürlich sein, dass er bereits einen Polizisten vom Streifendienst mit der Überführung beauftragt hat."

„Ja los, dann wollen wir keine Zeit verlieren", drängte Lohmann zur Eile. „Ich hole Mauermann am besten selbst zu uns ins Büro. Dann kann da wenigstens nichts mehr schiefgehen."

„Ja, Herr Schulte, und wenn Sie Ihren Bericht diktiert haben, dann tippe ich den für Sie", bot Hedwig Meierjohann an.

„Also wirklich", meldete sich Lohmann noch mal zu Wort, „bin ich der Einzige, der *du* zu dir sagt, Hedwig? Ich finde, das sollten wir ändern. Was meint ihr?"

„Okay", sagte Schulte. „ Ich bin Jupp."

Frau Meierjohann gab Schulte die Hand: „Hedwig."

Die von Lohmann eingeleitete Verbrüderung erzeugte bei Schulte den Eindruck, dass es Grabowski ab sofort mit einem starken Team zu tun bekommen würde. Kein schlechtes Gefühl, fand er.

Es gelang Schulte und Lohmann tatsächlich noch, ein Gespräch mit Mauermann zu führen. Sie kamen beide zu der Erkenntnis, dass ein astreines Komplott gegen den Unternehmer lief.

„Ich verstehe das alles nicht", verzweifelte Lohmann. „Mauermann ist einer der honorigsten Persönlichkeiten in Lippe. Er ist ein erfolgreicher Unternehmer. Außerdem gäbe es die eine oder andere soziale Einrichtung nicht, wenn das Mauermannsche Imperium sie nicht unterstützen würde."

„Glaub mir, Bernhard", entgegnete Schulte, „wer so erfolgreich ist, der hat nicht nur Konkurrenten, der hat auch Feinde. Und die erkennst du manchmal erst dann, wenn sie dir das Messer zwischen die Rippen getrieben haben."

„Trotzdem, diese ganze Gemengelage ist für mich in keiner Weise überschaubar. Ich kann mir einfach nicht vorstellen, dass sich ein Richter und ein Hauptkommissar die Finger an irgendwelchen unternehmerischen Intrigen schmutzig machen", versuchte sich Bernhard Lohmann als Advokat des Beamtentums.

„Na ja, Bernhard“, gab Schulte zu bedenken, „Richter sind auch nur Menschen, auch wenn die manchmal glauben, über ihnen wäre nur noch der Himmel. Und unser Hauptkommissar, das ist doch so ein reaktionärer Typ, wenn bei dem auch nur der kleinste Verdacht aufkommt, dass jemand homosexuell ist, dann spielt der gleich so dermaßen den Saubermann, dass der Betroffene sich danach wünscht, niemals auch die kleinste Andeutung von Liberalität an den Tag gelegt zu haben. Da reicht es doch schon, wenn jemand der Meinung ist, der Paragraf hundertfünfundsiebzig sei ein alter Zopf und müsse endlich abgeschnitten werden.“

„Jau“, grinste Bernhard Lohmann. „Wer in Grabowskis Gegenwart so etwas sagt, dem schneidet der etwas ganz anderes ab.“

„Genau“, überlegte Schulte. „Zu dem verantwortlichen Richter kann ich ja nichts sagen. Den kenne ich nicht näher. Und die Verhältnisse, in denen der sich hier in Lippe bewegt, sind mir auch unbekannt. Aber bei Grabowski, da bin ich mir sicher. Den musst du in einem solchem Falle nicht einmal bestechen. Wenn es darum geht, seine konservativen Werte zu erhalten, dann geht der über Leichen.“

„Wir sollten den Kompagnon von Mauermann, den der Journalist von der Lippischen Heimatzeitung, Rodehutskors, am Freitag erwähnt hat, mal unter die Lupe nehmen“, sinnierte Lohmann. „Aber dazu ist es jetzt zu spät. An den kommen wir nicht mehr ran. Da hält Grabowski den Daumen drauf. Das ist irgendwie eine verfahrene Kiste“, fluchte Lohmann. „Aber es wurmt mich. Ich habe das Gefühl, hier passiert gerade ein riesengroßes Unrecht. Und der gesetzliche Rahmen, beziehungsweise unsere Vorgesetzten, die ihn ausnutzen, lässt es nicht zu, dass wir die Schweinerei aufdecken und den guten Ruf und die Existenz eines Menschen retten.“

Schulte klopfte Lohmann mit der Hand auf die Schulter. „Weißt du was, Bernhard? Manchmal finde ich meinen Beruf zum Kotzen.“

38

Ein flüchtiger Kuss auf die Wange, dann wollte Jupp Schulte schnell los. Doch Maren Köster hielt ihn am Ärmel fest und schaute ihn eindringlich an.

„Du denkst doch an heute Abend?“, fragte sie.

Im ersten Moment hatte Schulte nicht die geringste Ahnung, wovon sie sprach. Als sein allzu ratloser Blick ihn offenbar verriet, seufzte sie und sagte mit leiser Resignation in der Stimme:

„Wir wollen heute ins Kino. Sag nicht, das hast du schon wieder vergessen!“

Schulte empfand die Scham wie ein zu kaltes und zu schnell geschlucktes Getränk, das nicht von oben nach unten sackte, sondern eiskalt vom Magen her nach oben stieg. Er hatte die Verabredung vergessen, war aber keineswegs bereit, es zuzugeben.

„Quatsch“, bluffte er, „ich hatte nur kurz gedacht, du meintest was anderes. Nein, Kino geht klar. Kannste dich drauf verlassen!“

Mit einem schlechten Gefühl verließ er seine Kollegin und Geliebte. Im Auto wartete bereits sein Hund auf ihn. Da Egon Fritzmeier wieder zu Frau und Kind gefahren war, hatte Schulte keine andere Wahl, als Lümmel mitzunehmen. In zwei Tagen würden seine Tochter Ina und sein Enkel Linus zurückkommen, dann würde alles wieder einfacher werden.

Nach dem Verhör Krumbachs am Dienstag war der Verdächtige auf Initiative seines Rechtsanwaltes wieder auf freien Fuß gesetzt worden. Der Staatsanwalt hatte dem Antrag entsprochen und zähneknirschend, aber widerspruchslos hatte Schulte die Entscheidung hinnehmen müssen.

Damit war Krumbach aber nicht aus dem Schneider, ganz im Gegenteil. Krumbach war nach wie vor der einzige Verdächtige im Mordfall Konzelmann. Mit seinem unkontrollierten Wutausbruch bei der Festnahme hatte er ein deutliches Ausrufezeichen gesetzt. Der Mann mochte im Alltag ein gutmütiger Trottel sein, seine Ausraster waren jedenfalls lebensgefährlich für seine Umwelt.

Vor dem Haus Krumbachs wartete Pauline Meier zu Klüt im Dienstwagen auf ihren Chef. Vor ihr stand ein dunkelblauer Audi A6 mit Bielefelder Kennzeichen, in dem niemand saß. Die beiden Polizisten nickten sich nur kurz zu, dann gingen sie gemeinsam zum Haus. Frau Krumbach öffnete die Haustür nur einen winzigen Spalt, bevor sie fragte: „Sie schon wieder? Was wollen Sie denn jetzt noch?"

Als Schulte ihr gerade eine passende Antwort geben wollte, hörte er eine angenehme Stimme aus dem Hintergrund: „Ist schon gut, Frau Krumbach. Lassen Sie die Dame und den Herrn eintreten. Die tun auch nur ihre Pflicht."

Offenbar gehörte der elegante Audi dem Rechtsanwalt, schloss Schulte aus der ihm bekannt vorkommenden Stimme und trat in den dunklen Flur. Schulte war nicht glücklich über die Anwesenheit des Rechtsanwaltes. Er hatte darauf gehofft, wenigstens ein paar Minuten mit Mutter und Sohn unbehelligt sprechen zu können. Am meisten interessierte es ihn, wie eine nahezu mittellose Frau an einen so renommierten Juristen kam. Denn Sebastian Brückner hatte einen Namen in der Juristenszene. Schulte hatte sich schlau gemacht und wusste, dass der Anwalt sein Studium mit „summa cum laude" abgeschlossen hatte, er ohne Zeitverlust in einer sehr angesehenen Bielefelder Anwaltskanzlei als Partner aufgenommen worden war und einen Lehrauftrag an der Bielefelder Universität innehatte. Eine ansehnliche Karriere für jemanden von nicht mal vierzig Jahren. Billig war Brückner bestimmt nicht.

Jetzt kam der Anwalt bereits im Flur auf die beiden Polizisten zu und streckte ihnen freundlich lächelnd die Hand entgegen.

„Selbstverständlich die Dame zuerst", lachte er, bevor er auch Schulte einen kräftigen Händedruck gönnte. Die beiden

Krumbachs saßen wie zwei kleine Sünder dicht aneinandergedrängt auf dem zu schmalen Sofa.

„Sie kennen Frau Krumbach noch nicht, Herr Polizeirat?“ Dann machte er Schulte mit der Mutter seines Verdächtigen bekannt. Die Frau schien von der neuen Bekanntschaft wenig angetan zu sein, denn sie wischte sich nach Schultes Handschlag die Hand verstohlen am Sofa ab. Ihr Sohn würdigte Schulte keines Blickes, nur Pauline Meier zu Klüt kam in den Genuss einer langen, prüfenden Besichtigung. Schulte missfiel der Ausdruck in den gleichzeitig stumpfen wie gierigen Augen.

Der Anwalt schien Schultes Blick gefolgt zu sein, denn er warf ein: „Mein Mandant steht immer noch unter Schock. Die Festnahme und das Verhör bei der Polizei, Sie verstehen? Das war alles ein bisschen viel für ihn. Zu viel Input auf einmal, das will erst mal verkraftet werden. Sie müssen ein bisschen Geduld mit ihm haben.“

Schulte musste innerlich schmunzeln. „Er will damit sagen“, flüsterte er seiner Mitarbeiterin zu, „dass sein Mandant nicht gerade die hellste Kerze auf der Torte ist. Nur eleganter.“

„Er kann aber auf ganz andere Art sehr überzeugend sein“, flüsterte Pauline zurück, „das habe ich am eigenen Leib zu spüren bekommen.“

Das Verhör ergab nichts Neues. Der Anwalt übernahm das Reden für seinen Mandanten. Krumbach sei zum Todeszeitpunkt Konzelmanns zu Hause bei seiner Mutter gewesen. Sie hätten zusammen Fernsehen geschaut. Frau Krumbach konnte sogar die Sendung nennen.

„Gibt es jemanden“, fragte Schulte mit wenig Hoffnung, „der die Angaben bestätigen kann?“

Bevor Frau Krumbach empört aufbrausen konnte, legte der Anwalt ihr beruhigend eine Hand auf den Arm und sagte zu Schulte: „Ich denke, mit der Aussage der Mutter werden Sie sich zufriedengeben müssen, Herr Polizeirat. Ein Bürger ist nicht verpflichtet, sich für jeden nur denkbaren Zeitpunkt seines Daseins ein wasserdichtes Alibi zu verschaffen."

39 1984

In Lemgo waren sechs Schweine gestohlen worden. War das jetzt der polizeiliche Alltag, den Schulte in Detmold zu bewältigen hatte?

Kurz nach Mittag kam auch Grabowski wieder aus dem Kalletal zurück. Mit triefender Nase, hochrotem Kopf und griesgrämiger Laune stürmte er in das Büro der beiden Polizisten. Er knallte Schulte den Vorgang auf den Tisch und krächzte: „Regeln Sie das! Wollen doch mal sehen, was Sie so draufhaben. Ich bin jetzt weg, meine Krankheit auskurieren." Dann sah er auf Lohmanns blaues Gipsbein und schob nach. „Das würde ich Ihnen auch raten."

„Mit einem solchen Zipperlein feiert man heutzutage nicht mehr krank", kam es süffisant über Lohmanns Lippen.

Grabowski grunzte wie eines der gestohlenen Schweine und verschwand.

„So ein Arschloch", schimpfte Schulte. Der hat sich doch nur aus dem Bett gequält, um uns aus dem Fall Mauermann rauszudrängen. Der Unternehmer sitzt jetzt im Knast und unser *Dorf-Rambo* kann sich getrost wieder ins Bett legen und seine Grippe in aller Ruhe auskurieren."

In der Angelegenheit des Schweinediebstahls hatte sich nichts Besonderes ergeben. Es gab keine nennenswerten Spuren und keine nennenswerten Hinweise. Wahrscheinlich waren die Viecher längst geschlachtet und zu Grillfleisch verarbeitet. Grabowski würde etwas rummeckern, so nach dem Motto, wenn man nicht alles selber macht. Und dann wurde die ganze Angelegenheit zu den Akten gelegt. Das wusste Schulte jetzt schon, zudem war es eine Menge Schreibkram.

Er hatte alles diktiert, so konnte Hedwig, wie er Frau Meierjohann nun nannte, am nächsten Tag alles tippen.

Schulte sah auf die Uhr. So ein Mist, er hatte doch noch Geld von der Bank abholen wollen, um mit Ina den Walkman zu kaufen.

Heute waren die Lohmanns mit Ina in Detmold bummeln gewesen, und gleich würde Ulrike, Lohmanns Frau, Ina hier abliefern und ihren Mann einpacken.

„Sag mal, Bernhard, ich hab vergessen Geld abzuheben. Kannst du mir vielleicht was leihen?", versuchte Schulte seinen Kollegen anzupumpen.

„Nee, Jupp, ich habe immer nur ein bisschen Kleingeld in der Tasche, und meine Frau, die brauchen wir erst gar nicht zu fragen. Wenn die mit meinen Töchtern in der Stadt war, dann sind wir vorübergehend so arm wie die Kirchenmäuse."

Lohmann dachte nach. „Hast du eine Euroscheck-Karte mit einer Geheimzahl?", fragte er.

„Ja, ich glaube, die habe ich. So eine Geheimzahl habe ich erst vor ein paar Wochen zugeschickt bekommen. Den Zettel, auf dem die steht, muss ich noch in meinem Portemonnaie haben."

Schulte durchforstete ein altes, abgegriffenes Ledertäschchen und fand zwischen allerlei Kassenzetteln ein zerknüddeltes Blatt, auf dem hinter dem Wort *PIN* vier Ziffern standen.

„Ich habe mich schon gefragt, was ich mit der Geheimzahl anfangen soll", wunderte sich Schulte. „Weißt du es, Lohmann?"

„Und ob ich das weiß!", entgegnete der. „Diese PIN benötigst du nämlich, um an einem Geldautomaten deine Bankgeschäfte zu erledigen. Du kannst da zum Beispiel ein paar Scheine abheben, dir deinen Kontostand ansehen und so weiter."

„Ja klar, und in so einem Kaff wie Detmold gibt es natürlich schon diese atemberaubende Neuerung der Bankenwelt", machte sich Schulte über Lohmann lustig.

„Genau, die Volksbank auf dem Bruchberg hat letzte Woche einen solchen Geldautomaten bekommen“, tat Lohmann nicht ohne Stolz kund. „Du lebst fast in einer Großstadt, mein Lieber, vergiss das nicht.“

„Pah, fast Großstadt, dass ich nicht lache. Nur weil Detmold der Sitz eines Fürsten ist, seid ihr noch lange keine Großstadt. Dafür braucht ihr noch einige zehntausend Einwohner mehr. Da helfen euch die Eingemeindungen auch nicht viel weiter“, gab Schulte missmutig zum Besten. „Außerdem benutze ich solche Dinger nicht. Die vernichten Arbeitsplätze.“

„Komm hör auf, Jupp“, lachte Lohmann. „Du traust dich bloß nicht, weil du Angst hast, dass du zu blöde bist, einen solchen Automaten zu bedienen.“

„Quatsch“, war das Einzige, was Schulte noch dazu sagen wollte.

Ungefähr eine halbe Stunde später hatte seine Tochter das Geld mit Hilfe des Automaten von dessen Konto abgehoben. Dabei hatte sie auch gleich den Kontostand abgefragt und zu ihrem Vater gemeint: „Sieht nicht schlecht aus, dein Konto. Da sind viertausendeinhundert Mark drauf.“

Schulte hatte etwas von: „Nicht mehr lange!“ genuschelt. Danach waren sie zu Rudolfs Bratwurstbude gegangen und hatten zu Abend gegessen. Als Ina mit ihren Pommes beschäftigt war, hatte Schulte den Mann hinter der Theke gefragt, wo er einen Kassettenrekorder kaufen könne.

„Da gehen Sie am besten zu meinem Flurbruder Güse in die Krumme Straße, der hat alles, was Sie möchten.“

Schulte wusste zwar nicht, was ein Flurbruder war, aber in dem Radio- und Fernsehgeschäft gab es reichlich Auswahl. Ina suchte sich einen Walkman von B&O aus. Es war der teuerste im ganzen Laden.

„Und auch der Beste“, behauptete Flurbruder Güse. Schulte fand es zwar übertrieben, aber Ina ließ sich nicht von ihrer Wahl abbringen. „Du hast doch gehört“, beharrte sie auf ihrer Entscheidung, „das ist der Beste.“

Anschließend fuhr Schulte zu Fritzmeiers Hof. Er wusste zwar nicht, wo das Heidental lag, doch nachdem er sich durchgefragt hatte, war das kein großes Problem mehr, denn den Bauernhof kannten fast alle.

Der Hof lag sehr idyllisch, nur fünf Kilometer von Detmold entfernt. Und die sogenannte Leibzucht war ein Traum. Es war ein schlichtes, helles, geräumiges Haus mit einem schönen, halbrunden Erker im Wohnzimmer. Noch dazu stand es in einem kleinen, verwilderten Garten.

Die beiden Männer waren sich schnell einig.

„Du kanns chleich hierbleiben. So immer auffen Polizeiparkplatz übernachten, dat ist doch auch nich dat Wahre. Warte mal, Junge, ich hole mal grade nen paar Flaschen Bier. Dann besiegeln wir den Mietvertrach ers mal“, schlug Anton Fritzmeier vor und verschwand durch die Gartenhecke.

„Und für mich ne Cola“, rief Ina ihm nach.

„Sowat amerikanischet hab ich nich“, brummte Fritzmeier. „Du kriss Himbeersaft.“

40

Schulte hatte gerade wieder hinter dem Schreibtisch Platz genommen, als das Telefon ging.

„Hallo Jupp, Anton hier“, rief Anton Fritzmeier. Wie immer so laut, als gäbe es kein Telefon und als müsse er die Entfernung zwischen Klinikum und Kreispolizeibehörde rein akustisch überbrücken. „Ich bin wieder frei. Kannst mich abholen!“

„Wann?“

„Chetz sofort natürlich“, antwortete Fritzmeier ungeduldig. „Meinsse, ich will auch nur eine Sekunde länger als nötig in diese Bude hocken? Wat is nu? Kommsse oder kommsse nich?“

Schulte seufzte. Auf dem Schreibtisch stapelte sich die Arbeit, er stand unter scharfer Beobachtung seines Chefs, und große Lust, kreuz und quer durch Detmold zu fahren, hatte er auch nicht. Andererseits wollte er den alten Mann nicht enttäuschen, dessen Freude und Erleichterung nicht zu überhören war. Er stand auf und ging zu dem Büro, in dem Pauline Meier zu Klüt und Manuel Lindemann arbeiteten.

„Falls Erpentrup fragt: Ich bin unterwegs. Muss noch einigen Leuten ein paar Fragen stellen. Danach mache ich Feierabend."

Kurz darauf hatte er Anton Fritzmeier und dessen kleinen, schäbigen Koffer im Passat verstaut. Im Kofferraum winselte der Hund vor Freude über Fritzmeiers Rückkehr. Auch Fritzmeier grinste zufrieden. Er war wieder ins Leben zurückgekommen.

„Aber chesund bin ich noch lange nich, Jupp", schränkte Fritzmeier gleich ein. „In zwei Wochen muss ich wieder hier hinkommen. Dann machen se dies Rumpeln und Pumpeln im Herzen weg. Wie se dat machen, weiß ich auch nich, iss mir auch egal. Hauptsache, dat wird wieder."

Als sie eine Viertelstunde später zusammen in Fritzmeiers Küche saßen, stellte Schulte fest, dass nichts Essbares mehr im Haus war. Es war auch nicht zu übersehen, dass Fritzmeier immer noch ziemlich schwach war und sich unsicher bewegte. Zuerst würde Schulte zum nächsten Supermarkt fahren und ein paar Lebensmittel für ihn kaufen. Und dann würde er für sich und Fritzmeier etwas Feines kochen. Dann …, plötzlich fiel ihm ein, dass er sich mit Maren Köster zum Kino verabredet hatte. Das war zeitlich absolut nicht vereinbar. Es war jetzt fast schon halb sechs. Bis er eingekauft, gekocht und gegessen hatte, wäre es für einen Kinobesuch zu spät. Na ja, tröstete er sich, so ein Film lief ja nicht weg. Den konnten sie sich auch in den nächsten Tagen noch anschauen. Fritzmeier hatte seinen Beistand jetzt nötiger. Seufzend stand Schulte vom Tisch auf, nahm sein Handy und wählte die Nummer Maren Kösters.

Die Polizistin war nach dem Schichtende sofort nach Hause gefahren und hatte sich ins Badezimmer begeben, um sich für den Kinobesuch zusammen mit Jupp Schulte „schön zu machen“.

Seit der abgebrochenen Wanderung zur Falkenburg vor neun Tagen hatten sie nichts mehr zusammen unternommen. Schulte war für sie unerreichbar gewesen. Sie konnte ihn ja sogar ein bisschen verstehen. Die Krankheit Anton Fritzmeiers war für Schulte zu einer großen Bedrohung seiner Lebensumstände geworden. Sie wusste, wie viel Raum Fritzmeier in Schultes Leben einnahm. Aber wo blieb sie selbst in Schultes Gefühlswelt? Immerhin waren sie und Jupp ein Paar, mit allem, was dazugehörte.

Aber seit einiger Zeit, und das nicht erst seit der Erkrankung Fritzmeiers, war Schulte irgendwie abgetaucht. Sie fragte sich, ob sie etwas falsch gemacht hatte, ob sie vielleicht zu viel Nähe gefordert und ihm dadurch zu dicht auf den Pelz gerückt war. Männer waren in dem Punkt oft sehr empfindlich, wusste sie aus Erfahrung. Aber eigentlich war sie doch sehr zurückhaltend mit ihren Anforderungen gewesen. Sie kannte Schultes Stärken und Schwächen seit vielen Jahren, hatte weder den Versuch unternommen noch den Wunsch verspürt, ihn in einen engen Beziehungskäfig zu sperren. Nein, daran konnte es ihrer Meinung nach nicht liegen. Sie hatte nicht zu viel gefordert. Dass sie von einer Beziehung mehr erwartete, als ab und zu mal zusammen ins Bett zu steigen, war ihr gutes Recht, fand sie.

Aber wenigstens heute hatten sie einen gemeinsamen Abend geplant. Erst ins Kino, irgendwo noch ein Gläschen trinken, und dann wollte Schulte bei ihr übernachten. Morgen früh, nach einem gemeinsamen Frühstück, würden sie dann zusammen zur Arbeit fahren. Sie freute sich schon darauf.

Ein letzter prüfender Blick in den Spiegel, ein letztes Ordnen der Haare, der Versuch, sich selbst anzulächeln, dann verließ sie das Bad und wandte sich ihrem prall gefüllten

Schuhschrank zu. Als sie bereits verschiedene Paare herausgezogen und wieder zurückgestellt hatte, klingelte das Telefon. Als sie Schultes Handynummer erkannte, spürte sie ein leichtes Ziehen in der Magengegend.

„Bist du schon unterwegs?“, fragte sie fröhlich, bevor Schulte etwas sagen konnte.

Schulte räusperte sich mehrfach, seine Stimme wirkte unsicher, als er langsam und vorsichtig sagte:

„Du, es tut mir entsetzlich leid, aber ich kann nicht kommen. Ich …“

Maren Köster spürte, wie sich das leichte Ziehen in der Magengegend zu einem schmerzhaften Krampf ausweitete. Sie atmete tief durch, bevor sie ihn unterbrach.

„Moment! Das glaube ich jetzt nicht. Wir hatten doch alles besprochen.“

Wieder räusperte Schulte sich. Er schien nach den richtigen Worten zu suchen.

„Haben wir auch. Aber ich habe eben Anton aus dem Krankenhaus geholt und jetzt …“

„Und jetzt ist dir ein alter Mann wichtiger als ich, stimmt's?“

„Maren, lass mich doch mal ausreden. Du weißt ja gar nicht, was hier los ist.“

Mittlerweile war bei ihr die Wut stärker als die Enttäuschung. Sie konnte förmlich den Weg der Hitzewelle vom Magen bis zum Kopf mitverfolgen. Ihr Einwand wurde um einiges lauter als beabsichtigt.

„Das will und das muss ich auch gar nicht wissen, Jupp. Ich weiß nur, dass ich jetzt hier stehe wie bestellt und nicht abgeholt. Und dass ich einen Freund habe, dem offenbar alles Mögliche wichtiger ist als ich. Hast du auch nur den Hauch einer Ahnung, wie es mir damit geht? Interessiert dich das überhaupt?“

Nun wurde auch Schulte lauter: „Was redest du denn da? Natürlich interessiert mich das. Aber ich kann doch den hilflosen alten Kerl nicht einfach im Stich lassen. Wie stellst du dir das vor?“

„Das stelle ich mir gar nicht vor. Soweit ich weiß, hat Anton Fritzmeier einen Sohn. Warum kümmert der sich nicht? Oder willst du vielleicht gar nicht, dass er seinem Vater zu nahe kommt? Du willst der einzige Gute sein, ohne den nichts läuft, auf den man nicht verzichten kann. Der immer da ist, wenn man ihn braucht. Der Prachtkerl, der Superkumpel. Und das auf meine Kosten!“

„Aber das ist doch totaler Quatsch! Du verdrehst ja alles. Du tust ja gerade so, als hätte ich dich betrogen. Worum geht es denn hier eigentlich? Doch wohl nur um einen Kinobesuch. Da kannst du doch nicht …“

„Doch, Jupp, kann ich. Wenn du das alles nicht verstehst, dann müssen wir auch nicht weiter reden. Mach dir einen schönen Abend mit deinem Anton.“

41

Die Partie Golf war für Dr. Hermann Mangold schlecht gelaufen. Schon das durchwachsene Wetter hatte seine Spielfreude etwas gedämpft. Aber ein Golfer kennt kein schlechtes Wetter, und so war es für ihn Ehrensache gewesen, die Herausforderung eines gleichaltrigen Golfclub-Kollegen zu einer Partie anzunehmen. Leider war sein Gegner ihm haushoch überlegen gewesen, was seine Laune bereits zur Hälfte des Parcours noch weiter hatte absinken lassen.

Nach dem achtzehnten Loch trank er im Clubhaus nicht wie üblich einen Kaffee und ein Glas Sekt, sondern orderte nach dem Kaffee einen doppelten Scotch, um sich wieder seelisch ins Gleichgewicht zu bringen. Auch die Plaudereien mit Clubkollegen fielen an diesem Freitagnachmittag recht spröde aus.

Dr. Mangold wirkte trotz seiner vierundsiebzig Jahre ungewöhnlich jung. Er war immer ein sehr gut aussehender

Mann gewesen, dem die Frauen hinterhergeschaut hatten. Gegen seinen Ruf als Playboy hatte er stets nur der Form halber protestiert. Der Ruf hatte ihm eher geschmeichelt als geschadet. Der Doktortitel und die eigene, bestens laufende, psychiatrische Praxis waren seiner Strahlkraft ebenfalls förderlich gewesen.

Mangolds Leben hatte sich auf der Sonnenseite abgespielt, und das sollte, wenn es nach ihm ging, auch bis zum Ende seiner Tage so bleiben. Geheiratet hatte er aus Überzeugung nie. Ich kaufe mir doch auch keine Kuh, wenn ich einen Liter Milch brauche, war eine der für ihn typischen, häufig zynischen Aussagen. Beliebt machten ihn solche Sprüche nicht, aber unabhängig. Und das war ihm stets wichtiger gewesen.

Vor acht Jahren hatte er die Praxis verkauft und sich ausschließlich den schönen Dingen des Lebens zugewandt. Der Golfplatz des Lippischen Golfclubs in Cappel war dabei sein zweites Zuhause geworden. Die ständige Bewegung an der frischen Luft schien ihm gutzutun, denn er war immer noch schlank und mit einer allgemein bewunderten Beweglichkeit gesegnet.

„Schönen Tag noch, Herr Doktor!“, rief ihm Guido, der Barmann des Clubhauses hinterher, als Mangold den Raum verließ. Leicht benommen von dem ungewohnten Alkohol am Nachmittag ging er zum hinteren Ausgang.

Draußen empfing ihn eine Windböe, mit leichtem Sprühregen durchsetzt. Er wischte sich eine lange, edel ergraute Haarsträhne aus dem Gesicht und ging Richtung Parkplatz.

Sein Auto, ein Triumph TR6, ein waschechter und wunderschön erhaltener Oldtimer aus dem Jahre 1973, sein ganzer Stolz, stand auf dem Parkplatz neben dem Clubgebäude. Bei dem Wetter hätte er vielleicht besser den Mercedes nehmen sollen, überlegte er kurz. Doch das hätte nicht wirklich gepasst – zum Golf gehörte einfach ein sportliches Cabrio.

Er ging einen schmalen Weg entlang, zwischen einem eingeschossigen weißen Gebäude und einem Fachwerkanbau des eigentlichen Clubhauses hindurch. Als vor ihm ein mit einem Holzzaun eingefriedeter Kinderspielplatz sichtbar wurde, bog er leicht nach rechts ab und betrat den Parkplatz. Sofort nahm der Wind noch einmal zu, der Nieselregen drang durch jede Öffnung seiner sommerlich leichten Bekleidung. Mangold schüttelte sich, zog den Kopf ein und schaute sich um. Der Parkplatz war menschenleer.

Der Triumph stand am hinteren Ende des Parkplatzes, direkt vor einer Reihe hoher Büsche. Mangold konnte ihn erst nicht sehen, weil ein großer Land Rover direkt vor seinem kleinen Flitzer stand und ihn verdeckte. Er umrundete den mächtigen SUV, wollte gerade den Schlüssel in das altmodische Türschloss des Triumphs stecken, als er heftig erschrak.

Direkt vor ihm, eingekeilt zwischen Land Rover und Triumph, stand ein Mann und schaute ihn auf eine Weise an, die Dr. Mangold das Herz gefrieren ließ.

42

Schulte konnte es kaum fassen. Vor fünf Minuten hatte Maren Köster ihn aus ihrem Büro geworfen. Daran ließ sich auch nichts schönreden. Es war ein Rausschmiss ohne Wenn und Aber. Wie konnte man nur so nachtragend sein? Offenbar hatte Maren Köster die gestrige Kinoabsage noch immer nicht verkraftet. So ein Aufstand wegen einer solchen Kleinigkeit. Typisch Frau. Sie konnten doch jeden Tag ins Kino gehen, warum war gerade gestern so wichtig für sie? Er habe nichts verstanden und sei überhaupt ein kompletter Idiot, hatte sie ihm auf seine Frage geantwortet und ihm gezeigt, wo die Tür war.

Er saß am Schreibtisch und grübelte. Eigentlich hatte er weder Zeit noch Lust, sich mit Marens wunderlichen Launen zu beschäftigen, ahnte aber, dass er das Problem nicht durch

Abwarten lösen konnte. Bei ihr war offenbar der Kessel übergekocht. Für ihn kam das völlig unvorbereitet. Es war doch alles in bester Ordnung gewesen.

Das Telefon schreckte ihn aus den Gedanken auf. Fritzmeier war am Apparat. „Jupp, ich hab überhaupt nix zu essen im Haus. Du hast ja chestern nur fürs Abendbrot einchekauft und sons nix. Heute iss ’n neuer Tach und da brauch ich neues Essen. Kannse chleich, wenne Feierabend hast, was mitbringen? Musse aber erst mal auslegen, ich hab auch kein Cheld im Haus. Krisse schon wieder, das Cheld, mach dir kein Kopp. Wär aber schön, wenn es nich mehr chanz so lange dauert. Mir knurrt schon der Magen.“

Auch das noch, dachte Schulte verzweifelt. Arbeit über Arbeit, eine überdrehte Maren, und nun auch noch ein hungriger Fritzmeier, der auf seine Hilfe angewiesen war. Morgen würde Ina wiederkommen, dann würde alles einfacher werden. Aber heute musste er noch einmal ran. Er durfte nicht zulassen, dass Fritzmeier vor Hunger und Durst unterzuckerte und einen Schwächeanfall bekam. Das fehlte gerade noch. Außerdem wurde es höchste Zeit, dass sein Hund mal vor die Tür durfte. Das arme Tier war seit dem Morgen in Schultes Wohnung eingesperrt und allein. Schulte mochte gar nicht daran denken, was Lümmel in der Zwischenzeit alles zerlegt hatte.

Eigentlich währte sein Dienst noch zwei Stunden. Aber er konnte sich immer noch mit einem Außendiensttermin herausreden, falls später mal einer fragen sollte. Er schnappte sich den Autoschlüssel und verließ die Dienststelle. Draußen pfiff ihm ein scharfer Wind um die Ohren.

Eine halbe Stunde später wuchtete er eine schwere Einkaufstüte auf Fritzmeiers Küchentisch.

„So, Anton, hier hast du alles, was du zum Leben brauchst. Der Kassenbon ist in der Tüte, das Geld eilt nicht so. Soll ich dir was kochen, oder kriegst du das allein hin?“

Er brutzelte dem alten Mann zwei Spiegeleier, schmierte ihm einige Stullen und kochte Kaffee, so, wie Fritzmeier ihn gern trank, dünn und mit viel Milch. Schulte lehnte dankend ab, eine Tasse mitzutrinken und wollte eben den Müll raustragen, als sein Handy sich meldete. Zu Schultes Entsetzen war sein Chef, Klaus Erpentrup, in der Leitung, vollgepumpt mit Testosteron.

„Schulte, wo stecken Sie? Die ganze Kreispolizeibehörde sucht Sie! Was denken Sie sich eigentlich? Sie sind im Dienst und verlassen ihren Arbeitsplatz, ohne sich abzumelden. Ich habe lange alle Augen zugedrückt, Schulte, aber jetzt reicht's! Ich lasse nicht zu, dass Sie mir auf der Nase herumtanzen. Wollen doch mal sehen, wer hier am längeren Hebel sitzt."

Schulte hätte sich nicht gewundert, wenn während des Gespräches Speicheltropfen durch das Telefon geflogen wären. Sein Verhältnis zu Erpentrup war nie gut gewesen, aber in den letzten Tagen hatte ihre alte Rivalität einen deutlichen Schub bekommen. Schulte hatte zu keinem Zeitpunkt den Anspruch seines Chefs, alleiniger Platzhirsch zu sein, akzeptiert und immer wieder dessen Macht herausgefordert.

An den latenten Kriegszustand hatte sich die gesamte Kreispolizeibehörde gewöhnt und fand ihn normal. Doch seitdem Schulte und Maren Köster auch während des Dienstes als Paar auftraten, war aus dem kalten Krieg eine offene Front geworden.

„Worum geht es denn?", fragte Schulte, so unschuldig wie möglich. „Ich habe eben einen Zeugen befragt und will gerade wieder zurück zur Dienststelle fahren. Ist was passiert?"

„Und ob was passiert ist. Sehr viel sogar. Wollen Sie wissen, was? Oder interessiert Sie das schon alles gar nicht mehr?"

Schulte brummte nur missmutig. Das musste als Antwort auf die überflüssige Frage ausreichen, fand er. Aber Erpentrup wartete offenbar nicht wirklich auf eine Antwort, sondern donnerte erneut los:

„Wir haben einen weiteren Toten. Und ich will, dass Sie ihren Hintern sofort in Bewegung setzen und zum Fundort fahren. Ganz egal, wo Sie gerade sind und was Sie gerade machen. Sofort! Ist das deutlich rübergekommen?“

43

Pauline Meier zu Klüt war bereits da, als Schulte beim Golfclub eintraf. Sie empfing ihn mit einem unsicheren und wenig herzlichen Lächeln.

„Der Chef ist total auf dem Baum“, berichtete sie, „der ist richtig ausgerastet. So kenne ich ihn gar nicht.“

„Ich schon“, brummte Schulte und ging mit ihr zusammen quer über den Parkplatz, an dessen gegenüberliegendem Ende bereits ein kleines Areal mit Trassierband abgesperrt war. Der Nieselregen hatte nachgelassen, auch der Wind flaute ab. Gelegentlich blitzte sogar ein Sonnenstrahl durch die Wolken.

„Was haben wir denn?“, fragte Schulte seine Mitarbeiterin, um vom Thema Erpentrup abzulenken.

„Ein älterer Mann, sehr gepflegt, offensichtlich Golfspieler. Liegt zwischen seinem Auto und dem Buschwerk. Er kann noch nicht lange tot sein.“

Die Zusammenfassung war typisch für die bodenständige Polizistin. Knapp und sachlich. Emotionen gehörten in den Privatbereich, im Dienst machten sie einen wirr, das war ihre feste Überzeugung.

Als die beiden direkt vor der Absperrung angekommen waren, wuchtete gerade die Leiterin der Spurensicherung, Renate Burghausen, ihren riesigen Körper aus der Hocke in die Vertikale. Es dauerte eine Weile, bis sie wieder zu Atem gekommen war und sie, ohne Schultes Aufforderung abzuwarten, mit ihrer Kleinmädchenstimme sagte:

„Ach, der Herr Polizeirat ist auch schon da. Na, hat der Chef Sie doch noch gefunden?“

Schulte wollte eine schroffe Antwort geben, schluckte sie aber herunter. Anscheinend war Erpentrups Suche nach ihm das Thema des Nachmittags in der Kreispolizeibehörde gewesen. Da er mit Renate Burghausen aber sonst gut zurecht kam, wollte er keinen Streit anfangen. Schließlich brauchte man im Krieg Bündnispartner und durfte bei der Auswahl nicht zimperlich sein.

Die Riesin tat ihm den Gefallen und wechselte ohne weiteren Kommentar über zu ihren gemeinsamen Aufgaben.

„Der ist höchstens zwei Stunden tot. Wenn überhaupt. Wie immer: nageln Sie mich nicht darauf fest, aber ich behaupte mal, dass er erschlagen wurde. Und zwar mit demselben Gerät, mit dem auch Dr. Konzelmann getötet wurde. Genaueres muss natürlich die Obduktion ergeben, versteht sich."

Schulte schossen sofort allerlei ungeordnete Gedanken durch den Kopf. Gab es eine Verbindung zwischen den beiden Toten?

„Wissen wir schon, um wen es sich handelt?"

Renate Burghausen nickte. „Ja, alle Papiere sind da. Also auch hier kein Raubmord. Der Tote ist ein gewisser Herr Dr. Mangold, wohnhaft in Detmold in der Bandelstraße. Da …"

„… wo die Schönen und Reichen wohnen", ergänzte Schulte, der Burghausens Sarkasmus kannte. Dann machte er einen großen Schritt über das Trassierband hinweg und schaute sich die Leiche genauer an.

„Passt ja, das mit den Schönen und Reichen", stellte er fest.

„Eben! Und laut seinen Papieren gehört das schnuckelige kleine Auto zu ihm", fügte die Kinderstimme hinzu. „Ich kenne mich ein bisschen mit Oldtimern aus. Den hier kann ich mit meinem Jahresgehalt nicht bezahlen."

Der Mann lag auf dem Rücken. Er war im üblichen Golfoutfit gekleidet und machte, abgesehen von einer klaffenden

Wunde an der Stirn, einen sehr gepflegten Eindruck. Neben ihm lag sein Golfsack.

Schulte dachte nach. Angenommen, die noch ungeprüfte Schlussfolgerung der Spurensucherin traf zu, dann war ihre Theorie vorstellbar. Beide Männer erschlagen von einer Metallstange, beide im fortgeschrittenen Rentenalter, offenbar beide gut situiert, beide Akademiker. Hatte hier jemand einen Hass auf wohlhabende Rentner? Ein durchgedrehter Serienmörder war das Letzte, was er jetzt gebrauchen konnte.

Er schaute Pauline Meier zu Klüt an und wusste sofort, dass sie dasselbe dachten.

„Meier, überprüf sofort, ob der Depp, dieser Krumbach, für den heutigen Nachmittag ein Alibi hat. Und das muss schon ein verdammt Gutes sein, nicht so ein Wischiwaschi von seiner lieben Mama. Nimm Lindemann und noch einen anderen mit, alleine lasse ich dich da nicht mehr hin. Ich kümmere mich in der Zwischenzeit schon mal vorsorglich um einen Haftbefehl für den Kerl."

Jupp Schulte rieb sich die müden Augen. Wenn er daran dachte, dass er vor wenigen Stunden von seinem Vorgesetzten verdächtigt worden war, einer zu sein, der sich vor der Arbeit drückt, dann keimte schnell Wut auf. Denn mittlerweile war es zweiundzwanzig Uhr, und sein Überstundenkonto füllte sich auch heute wieder auf. Er war nach Besichtigung des Leichenfundortes unmittelbar in die Dienststelle zurückgefahren. Ein weiterer Versuch, mit Maren Köster ein klärendes Gespräch zu führen, war grandios gescheitert.

Hans-Josef Krumbach hatte natürlich kein gutes Alibi vorzuweisen. Während Schultes Mitarbeiter das vor Ort geklärt hatten, war Schulte nicht untätig gewesen und hatte einen Haftbefehl gegen Krumbach erwirkt.

Eine Stunde lang war Krumbach befragt worden, leider wieder in Anwesenheit seines unermüdlichen Rechtsanwaltes. Der saß ihm nun am Schreibtisch gegenüber und wirkte sehr nachdenklich. Wie weggeblasen war die schwungvolle Attitude vom dynamischen, knallharten, zielstrebigen Anwalt. Übrig geblieben war ein noch junger Mann in eleganter Kleidung, aber mit dunklen Rändern unter den Augen, der wie Schulte seinen Feierabend ersehnte. Krumbach war schon vor einer Viertelstunde weggeschlossen worden, und Schulte hatte mit dem Anwalt noch ein paar Regularien zu klären.

„Ihr Mandant ist ja nun wirklich sehr schlicht gestrickt", sagte Schulte in die Stille der letzten Minuten hinein. „Es ist vermutlich verdammt schwer, jemanden zu verteidigen, der überhaupt nicht versteht, worum es geht."

Der Anwalt schaute ihn mit einem letzten Rest an Misstrauen an, dann ließ er auch den fallen und antwortete offen:

„Das können Sie wohl sagen. Im Idealfall ziehen Mandant und Anwalt an einem Strick. Aber dazu muss der Mandant verstehen, worauf der Anwalt hinauswill. Davon kann bei Krumbach keine Rede sein. Sehr mühselig das Ganze."

Schulte zögerte mit einer weiteren Frage, war sich nicht sicher, ob er berechtigt war, sie zu stellen. „Ich weiß, dass mich das eigentlich nichts angeht", sagte Schulte vorsichtig, „aber was interessiert Sie an dem Mandat so sehr? Sie legen sich ziemlich ins Zeug für den armen Tropf. Was motiviert Sie? Geld kann es ja nicht sein."

Brückner lächelte. „Das geht Sie tatsächlich nichts an", antwortete er. „Aber da wir gerade so schön, halb privat, hier sitzen, will ich Ihnen gern eine Antwort geben. Ich habe Krumbach schon vor einigen Jahren kennengelernt. Noch nicht als Anwalt, sondern noch als Student im Rahmen einer Modellmaßnahme für Leute, die immer wieder mit dem Gesetz in Konflikt geraten waren und die einen ähnlichen Hintergrund hatten wie Krumbach. Sie werden es vielleicht nicht glauben, aber Krumbach ist ein grundehrlicher Kerl. Er hat nur zwei Schwächen, die ihn immer wieder in Schwierigkeiten bringen. Er hat nicht mehr Verstand als eine Fruchtfliege und überschaut die Folgen seiner Handlung meist nicht. Die andere Schwäche ist sein Jähzorn. Im Grunde ist er ein extrem gutmütiger Trottel, der keiner Fliege was zuleide tun würde. Aber wenn er gereizt wird, vor allem wenn er glaubt, man macht sich über ihn lustig, dann brennt ihm die letzte Sicherung durch. Und was er dabei in Verbindung mit seinem ungewöhnlich kräftigen Körper anrichten kann, das hat ihre Kollegin letztens am eigenen Leibe erleben müssen. Haben Sie etwas dagegen, wenn ich mir eine Zigarette anstecke?"

Schulte stutzte überrascht. Eigentlich war in der kompletten Behörde Rauchverbot. Aber es war schon spät, der gesamte Bürotrakt war leer, und er konnte ja das Fenster öffnen.

„Ich habe also", fuhr der Anwalt fort und zog geräuschvoll den Rauch ein, „den Mann ziemlich gut kennengelernt. Er ist einer von denen, die nie eine echte Chance im Leben hatten. Auf dem immer nur herumgetrampelt wird. Wenn er schon keine Chance hat, dann sollte er wenigstens einen guten Anwalt haben, finde ich. Außerdem hat seine Mutter eine Rechtsschutzversicherung für ihn angelegt. Sie sehen, ich mache das nicht aus reinem Altruismus."

„Glauben Sie denn wirklich an seine Unschuld?", fragte Schulte und blickte als ehemals starker Raucher wehmütig auf die qualmende Zigarette. „Es sieht ja wirklich nicht gut für ihn aus. Der Roller, das eher primitive Tatwerkzeug, das fehlende Bemühen, die Leichen zu verstecken, das alles spricht für einen Typen wie Krumbach. Und wenn ich die beiden Toten richtig einschätze, dann sind beide von der Art, die schon mal auf einen wie Krumbach herabschauen und ihn das auch spüren lassen. Vielleicht ist dabei die Sicherung durchgebrannt, wie Sie das eben genannt haben."

Der Anwalt zuckte mit den Schultern. „Wer weiß das schon. Aber ein guter Anwalt ist nicht zwingend einer, der fest an die Unschuld seines Mandanten glaubt, sondern einer, der das Beste für ihn herausholt. Und das werde ich tun."

44

Mit einem unguten Gefühl schlug Schulte am Samstagmorgen die Heimatzeitung auf. Gleich auf der ersten Lokalseite prangte ihm die Überschrift „Hass auf Rentner?“ entgegen. Die Unterzeile verkündete, als sei das bereits gesicherte Erkenntnis: „Serienmörder in Lippe“.

So was in der Art hatte er befürchtet. Mit einem tiefen Seufzer ließ er die Zeitung sinken und trank einen großen Schluck Kaffee. Dann wagte er sich wieder an die Lektüre. Im weiteren Verlauf des Artikels spekulierte der Autor ziemlich waghalsig über den Mörder, seine Methoden und seine Motive. Eine echte Basis für den geistigen Salto gab es nicht. Am Ende des Beitrags wurde die Frage aufgeworfen, ob wohlhabende Rentner in Lippe noch sicher seien. Aber, Ende gut, alles gut. Der letzte Satz in dem Artikel war ein Statement vom Polizeichef Klaus Erpentrup, der allen Lippern und Lipperinnen versicherte, dass die Ermittlung in besten Händen sei, zügig vorangetrieben würde und kurz vor der Lösung stände.

Schulte lachte laut auf, faltete die Zeitung zusammen und schenkte sie seinem Hund, der sofort damit begann, sie gründlich zu häckseln.

Er stand auf, um zur Nachbarwohnung zu gehen. Seine Tochter Ina und ihr Sohn Linus waren am späten gestrigen Abend von ihrer Reise zurückgekehrt, und er hatte viel mit Ina zu besprechen. Doch er war noch nicht bis zur Haustür gekommen, da stürmte ihm schon Linus, ein aufgeweckter Junge von neun Jahren, entgegen. Erstaunt sah Schulte, dass sein Enkel ihm nicht, wie erwartet, freudestrahlend entgegenkam, sondern finster dreinschaute und sofort losplapperte:

„Mama will wegziehen! Opa, kannst du dir das vorstellen? Nach Münster!“,

Wütend lief er an Schulte vorbei, warf sich in einen der beiden Sessel und schaute drein, als sei sein Lieblingsfußballverein eben abgestiegen.

Schulte war verwirrt. „Was will sie? Wegziehen?"

„Ja, das will sie", kam eine fröhliche Frauenstimme von der Haustür. Ina war gerade eingetreten. Sie umarmte ihren Vater, ging zu Linus und strich ihm besänftigend übers Haar. Der Junge drehte sich verärgert von ihr weg, verschränkte die Arme vor der Brust und schmollte weiter.

„Jetzt setz dich erst mal und erklär mir, wovon ihr redet", mahnte Schulte. „Ich verstehe kein Wort."

Ina holte sich eine Tasse und schenkte sich einen Kaffee ein, bevor sie begann. Schulte wurde ungeduldig, sagte aber nichts.

„Ich habe den Job in Münster! Ist das nicht toll?"

„Gar nicht toll", warf Linus ein, aber niemand beachtete ihn und Ina erzählte weiter.

„Ich kann am nächsten Ersten anfangen. Also in etwas mehr als einer Woche. Das ist jetzt natürlich alles unheimlich eng. Ich muss hier unsere Zelte abbrechen und uns in Münster eine Wohnung suchen. Und ich muss mich auch um eine Schule in Münster für Linus kümmern, und …"

„Moment!", grätschte Schulte dazwischen, lauter als er eigentlich wollte. „So schnell komme ich nicht mit. Du willst wirklich hier weg?"

Ina wurde ernst, ihr Überschwang fiel in sich zusammen wie ein Häufchen Asche.

„Aber das muss ich doch wohl", sagte sie leise und blickte ihren Vater bittend an. „Verstehst du das nicht? Diese Arbeit ist die große Chance für mich. So etwas bekomme ich wahrscheinlich nie wieder angeboten. Und ich kann nicht jeden Morgen von Detmold nach Münster fahren und abends wieder zurück. Außerdem möchte ich ganz bewusst und gern wieder in der Stadt wohnen. Und Linus hat dort auch mehr Möglichkeiten."

„Habe ich gar nicht", kam es brummend aus dem Sessel. „Ich will da nicht hin."

„Münster ist toll, Linus", versuchte Ina ihren Sohn zu begeistern.

„Quatsch! Münster ist blöd und langweilig. Die spielen ja nur dritte Liga. Was soll ich da?"

Ina winkte genervt ab und wandte sich wieder Schulte zu. „Findest du das auch alles nur blöd?"

Schulte zögerte mit einer Antwort. Über diese Frage musste er erst einmal nachdenken.

„Ja, weiß du", begann er, „natürlich finde ich es fantastisch, dass du deinen Traumjob bekommen kannst. Darüber freue ich mich. Wirklich, das musst du mir glauben. Aber dass ihr weggehen wollt, ist für mich ein herber Schlag. Ihr seid schließlich meine Familie und wenn ihr nicht mehr hier seid, dann wird es hier für mich ziemlich einsam."

Ina tätschelte ihm die Hand und sagte: „Es ist auch für mich nicht leicht. Ich habe mich hier sehr wohlgefühlt. Und für Linus ist es ein echtes Zuhause. Es war doch immer klar, dass das hier nur eine Übergangslösung sein sollte. Und wieso bist du denn einsam? Du hast doch Maren und Anton, das ist auch so was wie eine Familie."

Schulte seufzte. Dann setzte er sich an den Küchentisch und berichtete ihr, was in den letzten Tagen mit Anton Fritzmeier los war. Ina hörte ihm mit wachsender Beunruhigung zu. Auch ihr war der alte Mann ans Herz gewachsen.

Als sie alle Sorgen miteinander geteilt hatten, fragte Ina: „Aber mit dir und Maren ist doch alles in Ordnung, oder?"

„Ja, ja", log Schulte und drehte sich von ihr weg, für den Fall, dass man ihm die Lüge ansehen konnte. „Alles bestens".

„Das ist ja prima", rief Ina, schon wieder etwas munterer. „Komm Linus, dann wollen wir mal den armen, kranken Anton besuchen gehen."

Lustlos stieg Linus aus dem Sessel, zog hinter dem Rücken seiner Mutter eine Grimasse und trottete ihr nach. Jeder Schritt war ein Ausdruck seines Unwillens.

Schulte konnte das Gefühl nicht loswerden, dass sich zurzeit alles gegen ihn verschworen hatte.

Die Blätter fingen an, sich zu verfärben. Langsam wurde es Herbst. Für heute waren die ersten Stürme in den Morgennachrichten angekündigt worden. Doch noch war alles ruhig und die Sonne kämpfte mit vereinzelten Wolken um die Vorherrschaft in der Wettergemengelage.

Schulte saß an seinem Küchentisch und trank die erste Tasse Kaffee des Morgens. Er beobachtete das Treiben in seinem verwunschenen Garten, zwei Kaninchen jagten sich über den Rasen. Nachdem er den Tieren eine Zeit lang zugesehen hatte, ging er in Gedanken noch einmal die Zeugenaussage durch, die er heute machen musste. Denn in zwei Stunden würde der Fall Mauermann vor dem Detmolder Landgericht verhandelt. Mit seiner Niederschrift, dem Verlaufsprotokoll rund um die Verhaftung Mauermanns, hatte sich Schulte keine Freunde gemacht. Grabowski hatte getobt. Der verantwortliche Richter hatte ihm mit Eingang des Schriftstückes die kalte Schulter gezeigt, und der Staatsanwalt Dr. Hose, der in die Vorgänge wahrscheinlich nicht involviert war, hielt sich Schulte gegenüber ebenfalls sehr zurück. Wahrscheinlich wusste er, dass der Fall Mauermann, warum auch immer, vermintes Gebiet war.

Als Schulte auf den Fritzmeierschen Hof hinaustrat, kam ihm der Bauer schon entgegen.

„Sach mal, iss heute Karneval, oder warum hasse dich so verkleidet“, kam die spontane Frage von Fritzmeier.

Schulte erzählte ihm, dass er heute Zeuge bei dem für drei Tage angesetzten Mauermann-Prozess sei.

„Ja und warum ziehse dann nich die Klamotten an, die de sons auch immer anhass? Ich sach immer, jeder soll dat anziehen, wat zu ihn passt. Sons läufse immer mit ne Lederjacke und diese Nietenhosen rum und jetz auf einmal kommse in einen Nadelstreifenanzuch. Ne Jupp, dat chet so nich. Da chlaubt doch gleich jeder, dat du die Leute verarschen wills.

Selbst wenn dich einer nich kennt, merkt der doch chleich, dat du dich in diesen Klamotten nich wohlfühls."

„Na ja, Anton, ein Nadelstreifenanzug ist die Kombination hier nun auch wieder nicht. Und ich hab schon genug Ärger. Gestern hat mir Grabowski ausdrücklich noch mal gesagt, in Detmold würden die Richter Wert darauf legen, dass man ordentlich angezogen sei, also Anzug oder so. Da habe ich mir gedacht, dass ich mir nichts vergeben würde, wenn ich mich ein bisschen danach richte."

„Ja, aber chenau dat will der Chrabowski doch. Wenn du dich verkleidest, dann bis du nich mehr du. Ich sage dir, zieh dat an, wat du immer anziehs."

Schulte dachte einen Moment nach. Dann ging er zurück ins Haus und kam wenige Minuten später in Lederjacke und Jeans gekleidet wieder heraus. Sollte Grabowski ihn doch am Arsch lecken.

Eine halbe Stunde später traf sich Schulte mit Lohmann auf dem Kaiser-Wilhelm-Platz. Der Kollege war schon am Tag zuvor als Zeuge vernommen worden. Als er seine Aussage gemacht hatte, meinte der Richter, er könne sich selbstverständlich zu den Zuschauern setzen. Aber er habe ja jetzt wahrscheinlich Dienst und müsse seiner Arbeit nachgehen.

Nein, hatte Lohmann geantwortet, er habe drei Tage überstundenfrei und auch die Zeit, die Verhandlung weiter zu verfolgen. So hatte Schulte seinen persönlichen Prozessbeobachter.

„Junge, was war der Alte sauer, als ich mich in den Zuschauerraum gesetzt habe", berichtete Lohmann gut gelaunt. „Ich weiß auch jetzt, warum. Nach mir wurde ein Gutachter verhört, der eine Einschätzung abgeben musste, ob bei einem Hans-Josef Krumbach ein Missbrauch vorläge oder nicht. Das war vielleicht eine Eierei! Jupp, ich sage dir, der Gutachter, irgend so ein Psychiater, der spielt mit gezinkten Karten. Der hat den Missbrauch zwar nicht bestätigt, hat aber von einer hohen Wahrscheinlichkeit gesprochen. Und das musst du dir jetzt auf der Zunge zergehen lassen: Herbert Mauermann könne mit einer geringen Möglichkeit als Missbrauchstäter in Betracht gezogen werden."

Lohmann schüttelte fassungslos den Kopf. „Hohe Wahrscheinlichkeit und geringe Möglichkeit! Das musst du dir mal reintun, Jupp. Und der Richter hat sich damit zufrieden gegeben! Wir hatten so was von recht, als wir zu dem Schluss gekommen sind, dass der ganze Fall Mauermann nicht ganz astrein ist."

Während Lohmann berichtete, waren die beiden Männer Richtung Gerichtsgebäude gebummelt. Da hörten sie hinter sich jemanden schnauzen: „Lohmann, Sie wissen ja, dass Sie dem Zeugen Schulte nichts über den Prozessverlauf berichten dürfen."

Es war Grabowski, der die beiden Polizisten so unhöflich anfuhr.

„Weiß ich, Herr Hauptkommissar", gab sich Lohmann jovial. „Würde ich doch nie machen. Wir reden über Fußball. Der Rummenigge, der ist ja jetzt weg von den Bayern und zu Inter Mailand gegangen. Ob das so richtig war, ich weiß es ja auch nicht."

„Ja komm, ist gut, Lohmann. Sie und der verdammte Fußball. Sie sind doch mehr verletzt, als dass Sie arbeiten", fiel Grabowski seinem Kollegen ins Wort und wandte sich dann an Schulte.

„Und Ihnen habe ich doch gestern noch mal ausdrücklich gesagt, dass Sie sich heute ordentlich anziehen sollten. Und was machen Sie? Sie laufen hier auf wie einer von den Grünen."

„Na ja", grinste Schulte, „ob so eine hässliche beige Windjacke gerichtskompatibel ist, da bin ich mir auch nicht sicher."

Während Grabowski prüfend an sich herunterblickte, wandte Schulte sich wieder an Lohmann und drehte dem für eine Sekunde verdatterten Hauptkommissar den Rücken zu.

„Das hat gesessen“, bemerkte Lohmann. „Dafür bekommst du garantiert wieder ein paar Wochen zusätzliche Bereitschaft reingedrückt.“

Schulte war schon oft vor Gericht als Zeuge vernommen worden. Um bei solchen Auftritten zu bestehen, half ihm mittlerweile eine gewisse Routine. Doch heute hatte er feuchte Hände und war aufgeregt. Nachdem die rechtliche Belehrung stattgefunden hatte, begannen die Fragen. Der Vorsitzende Richter spulte sie mit einer gewissen Gleichförmigkeit herunter. Er war nach fünf Minuten mit dem, was er wissen wollte, durch. Auch der Staatsanwalt hatte keine Fragen. Danach wollte man Schulte schon aus dem Zeugenstand entlassen, doch der Verteidiger meldete sich zu Wort.

„Herr Kommissar Schulte, Sie haben den Fall Mauermann vorübergehend bearbeitet, gemeinsam mit Ihrem Kollegen Lohmann. Ist das richtig?“

„Ja“, kam es kurz und knapp von Schulte.

„Sie haben danach ein internes Verlaufsprotokoll geschrieben. Warum?“

Im Gerichtsaal begannen einige Leute zu murmeln. Der Richter und der Staatsanwalt schienen verwirrt.

„Warum haben Sie zu diesem ungewöhnlichen Mittel gegriffen, Herr Schulte?“, fragte der Anwalt weiter.

„Ich wüsste nicht, was eine innerpolizeiliche Angelegenheit mit dem Fall zu tun hätte“, kam es von Grabowski aus dem Zuschauerraum.

Der Hauptkommissar hatte gerade in grober Weise gegen die gerichtlichen Regeln verstoßen. Doch der Richter wies ihn lediglich mit einer jovialen Handbewegung an, die Ruhe zu bewahren.

Auch der Verteidiger schien sich über die großzügige Handhabe gegenüber Grabowskis Undiszipliniertheit zu wundern. Er wandte sich aber nach einer kurzen Irritation wieder an Schulte.

„Also, Herr Kommissar, wieso dieses nicht alltägliche Protokoll?“

„Es war mein erster Arbeitstag in Detmold. Ich wollte einfach keinen Fehler machen.“

Sowohl Grabowskis als auch die Miene des Richters entspannten sich. Augenblicklich stand ihnen die Erleichterung ins Gesicht geschrieben.

Der Verteidiger blätterte in seinen Unterlagen. Dann stellte der Richter die überraschende Frage: „Sagen Sie mal, Herr Rechtsanwalt Müller, wie sind Sie überhaupt in Kenntnis des Protokolls gekommen?“

Der Anwalt grinste. „Manchmal wundert man sich, was man in Telefonzellen so alles findet.“

Im Gerichtssaal herrschte eisiges Schweigen. Nur Grabowski konnte den Mund nicht halten.

„Das war der Schulte, Herr Präsident, der ist ein Arschloch“, entfuhr es ihm.

„Na, na, Herr Hauptkommissar“, lächelte der Vorsitzende Richter wiederum jovial. „Sie haben es doch nicht nötig, in den Jargon eines Grünenpolitikers zu fallen. Auch wenn der sich letzte Woche im Bundestag so despektierlich geäußert hat, heißt das noch lange nicht, dass eine solche geringschätzige Art und Weise auch in unser lippisches Landgericht Einzug halten kann. Sollte Ihnen also zukünftig eine gewisse Zurückhaltung in unserem Gerichtssaal nicht gelingen, müsste ich zu ähnlich drakonischen Maßnahmen greifen, wie sie unser geschätzter Bundestagspräsident bei dem Abgeordneten Fischer für angemessen gehalten hat.“

Während Grabowski ein „Entschuldigung“ nuschelte, war im Gerichtssaal allgemeines Gelächter zu hören. Nur Schulte und Rechtsanwalt Müller überlegten, ob der Richter wirklich über eine so große Souveränität verfügte oder hinter der Großzügigkeit etwas anderes steckte.

Der Verteidiger setzte die Brille ab, sammelte sich, setzte sie wieder auf die Nase und stellte die nächste Frage. „Herr

Schulte, Sie schreiben in Ihrem Protokoll, dass Sie nach der Festnahme meines Mandanten keinerlei Unterlagen vorgefunden hatten, die die Gründe für eine Verhaftung nannten."

Grabowski versuchte sich aus dem Zuschauerraum wie ein Schuljunge zu melden. Doch der Vorsitzende Richter gab ihm mit einer Handbewegung zu verstehen, dass er alles im Griff habe. Er wartete daher auch nicht Schultes Antwort ab, sondern lieferte die Erklärung gleich selbst.

„Wie Sie vielleicht den Akten und auch dem gestrigen Prozesstag entnommen haben, Herr Verteidiger, wurde Hauptkommissar Grabowski unerwartet krank, sodass er die Akten aus seinem Büro nicht mehr an Herrn Schulte übergeben konnte. Ich bitte Sie daher inständig, sich nur noch auf das noch nicht Vorgetragene zu beschränken. Ich möchte gerne in den für die Verhandlung angesetzten drei Tagen durchkommen und den Fall endlich abschließen."

Der Anwalt von Mauermann ließ sich jedoch nicht beeindrucken und legte sofort nach. „Die Krankheit von Grabowski wäre sicher eine schlüssige Erklärung, wenn der Hauptkommissar nicht drei Tage später mitten in eine Befragung hereingeplatzt wäre und die Kommissare Lohmann und Schulte angewiesen hätte, sich ab sofort aus dem Fall herauszuhalten. Ich möchte an der Stelle noch darauf hinweisen, dass, nachdem die beiden Polizisten Schulte und Lohmann die Bearbeitung des Falles Mauermann auf Anweisung von Hauptkommissar Grabowski niedergelegt hatten, dieser keinerlei Anstalten machte, an der Aufklärung weiterzuarbeiten, sondern sich wieder ins Bett legte und seine Grippe auskurierte. Er sorgte lediglich dafür, dass Herr Mauermann in die Untersuchungshaft verlegt wurde, nachdem er von Ihnen den nötigen richterlichen Beschluss bekam. Daher noch einmal an Sie die Frage, Herr Kommissar, wann haben Sie Kenntnis von der Existenz der Akten zum Fall Mauermann bekommen."

Schulte räusperte sich. „Bis heute nicht!", sagte er dann mit fester Stimme.

Der Verteidiger setzte die randlose Brille wieder auf und rückte sie umständlich zurecht. „Ist das nicht ein bisschen ungewöhnlich?“

„Ja und nein“, antwortete Schulte. „Ja, weil Hauptkommissar Grabowski die Unterlagen quasi unter Verschluss hielt. Nein, weil ich mich nicht mehr bemüht habe, Akteneinsicht zu bekommen.“

Der Verteidiger nahm die Brille jetzt endgültig ab, klappte sie mit Bedacht zusammen und legte sie vor sich auf den Tisch. Er richtete sie noch sorgfältig an der Tischkante aus und fragte schließlich: „Kommissar Schulte, Sie haben vorübergehend an dem Fall gearbeitet. Wie sah es denn da mit der Aktenführung aus, die Sie betrieben haben?“

„Kommissar Lohmann und ich haben natürlich eine neue Akte angelegt und unser Vorgehen darin dokumentiert.“

Grabowski hampelte auf dem Besucherstuhl herum, ohne dass ihn jemand beachtete. Während der Verteidiger bewusst gründlich seine Ordner durchsuchte und nach einigen Minuten genüsslich feststellte: „Die Unterlagen finde ich hier nicht“, herrschte betretenes Schweigen.

Grabowski und der Richter sahen den Staatsanwalt an, als wollten sie ihm signalisieren, dass er sich doch gefälligst in den Prozessverlauf einschalten solle. Doch der rührte sich nicht.

Wieder spielte der Verteidiger mit der Brille und lächelte. „Ich finde, Hauptkommissar Grabowski sollte noch einmal befragt werden. Der kann sicherlich die Unklarheiten beseitigen.“

„Da bin ich ganz bei Ihnen, Herr Rechtsanwalt“, kam sofort die Zustimmung des Richters.

„Und“, schob der Verteidiger nach, „ich beantrage Frau Hedwig Meierjohann, Verwaltungskraft bei der Detmolder Kreispolizeibehörde, als Zeugin zu laden.“

46

Schulte war lange nicht mehr allein ausgegangen. Seine Kneipengänge hatten in den letzten Jahren, vermutlich altersbedingt, ohnehin stark nachgelassen. Durch die Beziehung zu Maren Köster, die mit Kneipen wenig anfangen konnte, waren sie fast völlig eingeschlafen. Wenn die beiden zusammen ausgingen, dann in ein Restaurant, in ein Konzert oder ins Kino.

An diesem Samstagabend schlenderte er seit Langem mal wieder allein durch Detmolds Straßen und überlegte, wo er einkehren sollte.

Am späten Nachmittag hatte er versucht, sich mit Maren auszusprechen, aber die hatte ihn am Telefon ins Leere laufen lassen, so dass er nach kurzer Zeit enttäuscht das Gespräch beendete. Das Gefühl, sämtliche Fäden aus der Hand zu verlieren, verstärkte sich dramatisch. Ärger im Beruf, Ärger mit der Freundin, Probleme mit der Familie, Sorgen um Fritzmeier. Keinen einzigen dieser Schauplätze beherrschte er, im Gegenteil, überall war er in der Defensive. Durch Inas Wunsch, nach Münster zu ziehen, fiel sie als Mitbetreuerin für Fritzmeier komplett aus. Ein neuer Plan musste her. Und zwar schnell.

Da er sich nicht richtig entscheiden konnte, welche Kneipe es sein sollte, entschied er sich für Nostalgie. Früher hatte er viel Zeit in der *Braugasse* verbracht und da die gerade zufällig auf seinem Weg lag, stieg er die schmale Treppe zur Gaststube hinunter. Noch vor einigen Jahren hatten ihn hier dicke Rauchschwaden empfangen, heute war die Luft klar und rein.

„Jupp, du lebst auch noch?", rief ihm die Wirtin fröhlich entgegen. Er grüßte nur kurz zurück, denn an der Theke saß ein Mann, den Schulte schon lange nicht mehr gesehen hatte und der so selbstverständlich zu der Kneipe gehörte wie der Zapfhahn. Es war ein Mann um die siebzig, klein und dick, mit einem gutmütigen und zufriedenen Gesichtsausdruck.

„Hermann Rodehutskors“, freute sich Schulte und reichte dem anderen die Hand, „dass ich das noch erleben darf.“

Hermann Rodehutskors war bis zu seiner Rente einer der wichtigsten Journalisten der hiesigen Heimatzeitung. Er hatte Schulte so manchen wertvollen Hinweis gegeben. Im Gegenzug war Schulte bei ihm nie pingelig gewesen, wenn es um Hintergrundinformationen bei seinen Ermittlungen ging. Einmal waren sie sogar zusammen in Belgien gewesen, um einen verschollenen Journalisten zu suchen. Bei alledem waren sie aber stets beim distanzierten „Sie“ geblieben. Schulte mochte den gemütlichen Genussmenschen und freute sich aufrichtig, ihn zu sehen. Sofort orderte Schulte eine Lage Bier für beide und setzte sich neben ihn.

Nachdem sie gemeinsam erörtert hatten, wann sie sich das letzte Mal getroffen hatten, stellte Rodehutskors die Frage: „Mensch Schulte, wie lange kennen wir uns eigentlich schon? Wissen Sie das noch?“

Schulte dachte nach.

„Kann ich nicht genau sagen. So an die dreißig Jahre werden es wohl sein. Verdammt lange Zeit, oder?“

Rodehutskors nickte versonnen.

„Ich habe ja als Rentner viel Zeit, über alles Mögliche nachzudenken. Dabei musste ich letztens auch an Sie denken. Wir haben immer gut zusammengearbeitet. Eigentlich schade, dass es für mich nichts mehr zu tun gibt.“

Schulte trank aus, denn die zweite Runde Bier stand bereits auf dem Tresen. Plötzlich blitzte ein Gedanke auf. Er wagte es kaum, den Gedanken in Worte zu fassen und brauchte ein drittes Bier. Er berichtete Rodehutskors von Fritzmeier, den Rodehutskors gut kannte. Zum Schluss fragte er: „Könnten Sie sich vorstellen, einmal oder zweimal am Tag für ein Viertelstündchen bei ihm reinzuschauen? Nur gucken, ob alles in Ordnung ist, und vielleicht auf dem Weg dahin etwas für ihn einzukaufen? Was meinen Sie?“

Rodehutskors war keiner, der solche Fragen spontan beantwortete. Er ließ sich Zeit, wägte das Einerseits gegen das Andererseits sorgfältig ab. Am Ende entschied er sich für das Einerseits.

„Würde ich wohl machen. Das darf aber nicht ausufern. Schließlich ist der alte Fritzmeier ein prima Kerl, und ich komme mal ein bisschen vor die Tür. Den ganzen Tag mit meiner Frau, das ist kein Zuckerschlecken, Herr Schulte. Das können Sie mir glauben."

Schulte glaubte ihm jedes Wort. Vor allem aber war ihm gerade ein zentnerschwerer Stein vom Herzen gefallen. Rodehutskors war eine nahezu perfekte Lösung. Nicht zuletzt dadurch, dass Fritzmeier eine hohe Meinung von ihm hatte und er sich nicht gegen dessen Besuche sperren würde. Seit Langem hatte er mal wieder ein Problem beseitigt, anstatt ein neues aufzubauen. Glücklich orderte er eine neue Runde.

Der verdammte Rodehutskors, dachte Schulte, als er sich in den Beifahrersitz des Taxis fallen ließ. Sah aus wie ein harmloser und gemütlicher Dicker, der kein Wässerchen trüben konnte. Eigentlich hätte Schulte es besser wissen sollen, denn er war nicht das erste Mal mit Rodehutskors unterwegs gewesen und völlig abgestürzt. Die beiden waren noch eine Weile in der *Braugasse* geblieben und hatten dann beschlossen, noch ein paar andere Kneipen aufzusuchen, in denen sie schon lange nicht mehr gewesen waren. Da gab es einiges wiederzuentdecken. Es war fast drei Uhr nachts, als sich Rodehutskors mit letzter Kraft ein Taxi kommen ließ. Schulte, der in eine ganz andere Richtung musste, blieb nichts anderes übrig, als ebenfalls ein Taxi zu bestellen. Sein eigenes Auto musste bleiben, wo es war. Schulte war kaum noch in der Lage, geradeaus zu gehen. An Autofahren war überhaupt nicht zu denken.

„Guten Morgen", begrüßte ihn der Taxifahrer, ein gutgelaunter Mittvierziger. Er trug das lange Haar zu einem Pferdeschwanz zusammengebunden, war schlecht rasiert, nachlässig gekleidet und dadurch Schulte sofort sympathisch. „Wohin soll's denn gehen?"

Schulte war irritiert. Er lallte ein wenig, als er fragte:

„Wieso guten Morgen? Es ist doch mitten in der Nacht."

Der Fahrer schaute ihn prüfend an und dachte sich offenbar seinen Teil. Schultes Blick trübte sich leicht, die Konturen um ihn herum verschwammen, als er seine ganze Konzentration daran setzte, das Fahrziel deutlich zu nennen.

„Nach Heidental will ich, wenn's recht ist. Können wir nicht ein Fenster aufmachen? Ist so warm hier drin."

Der Fahrer erfüllte ihm die Bitte und fuhr schweigend los. Schulte verspürte plötzlich den heftigen Wunsch, alles über den Taxifahrer wissen zu wollen.

„Wie heißt du eigentlich? Ich bin Jupp. Einfach Jupp. Und du?"

Der Mann zögerte kurz, lachte dann leise und sagte völlig unbefangen: „Ich bin Ronald. Schön, mal einen höflichen Fahrgast zu haben. Die meisten Leute sitzen mit stumpfer Miene neben mir und reden kein Wort. Die achten nur darauf, dass ich keinen Umweg fahre. Manchmal ist das schon etwas öde."

Schulte stierte ihn mit leerem Blick an. Dann fragte er: „Wie bist du denn darauf gekommen, Taxi zu fahren? Hast du nichts Richtiges gelernt?" Gähnend winkte er ab, sprach dann aber weiter: „Ach, was soll's? Geht mich ja nichts an."

Aber dem Taxifahrer Ronald schienen Schultes dreiste Fragen keineswegs etwas auszumachen. Entweder war er solche Gespräche gewohnt, oder er war extrem tiefenentspannt.

„Kein Problem", lachte er, „ich bin eigentlich gelernter Musiker. War hier in Detmold mal Student an der Musikhochschule. Sogar mit Diplom. Aber mit der Karriere hat es nicht so geklappt. Und jetzt fahre ich eben Taxi. Ab und zu werde ich mal wieder als Musiker engagiert, aber damit kannst du keine großen Sprünge machen."

Schulte staunte. Wieder verspürte er leichte Schwindelgefühle, versuchte aber, sie zu ignorieren.

„Und was für ein Musiker bist du? Sänger? Geige? Klavier?"

„Nee", sagte der Taxifahrer, „ich spiele Flöte. Alle Arten von Flöten, jedenfalls fast alle."

Schulte war sogar ein bisschen enttäuscht. Flöte, das fand er nicht so imponierend. Er beschloss, das Thema auf sich beruhen zu lassen und schloss die Augen, um etwas zu dösen. Doch der Taxifahrer redete putzmunter weiter.

„Ich hab immer eine Flöte dabei. Auch beim Taxifahren. Soll ich dir mal was vorspielen?"

Sofort saß Schulte kerzengerade. „Wie vorspielen? Du fährst doch gerade Auto. Wie soll das denn gehen?"

Ronald, der Fahrer und Musiker, lachte. „Das geht sehr gut. Wir kommen jetzt auf die Blomberger Straße, immer geradeaus. Da geht es ganz prima. Habe ich schon öfter gemacht."

Er kramte in der Seitenablage der Fahrertür herum und zog etwas Dunkles, Langes hervor, was Schulte nicht sofort erkennen konnte.

Schulte hatte von Flöten nicht die geringste Ahnung und hätte selbst nüchtern nicht sagen können, um was für eine Art Flöte es sich handelte. Er schaute nur mit einer Mischung aus Faszination und Schrecken zu, wie Ronald beide Hände vom Lenkrad nahm, mit den Knien lenkte und der Flöte die ersten zarten Töne entlockte.

Schulte lauschte gebannt, völlig unfähig, irgendetwas zu sagen. Er geriet immer tiefer in den Sog der sanften Klänge, war erfüllt und berauscht von ätherischen, schwebenden Melodien. Sie fuhren dabei immer weiter Richtung Osten und auf Höhe der Industrie- und Handelskammer konnte Schulte in weiter Entfernung den ersten Lichtschein des nahenden Tages erkennen. Traumhaft, unwirklich, wunderschön. Er fühlte sich übervoll von einem lange nicht gekannten Glücksgefühl. Und ganz zwingend, ohne dass Schulte dies gewollt hätte, führten seine Gedanken zu Maren Köster.

Augenblicklich erfasste und beherrschte ihn das Verlangen, sie sofort zu sehen. Ohne jede Verzögerung. An der Kreuzung zur Umgehungsstraße angekommen, rief er dem fahrenden Musiker, der immer noch spielte, zu: „Halt! Fahr links!"

Dem armen Kerl fiel vor Schreck die Flöte aus den Händen. Hektisch ergriff er wieder das Lenkrad und schaute Schulte erstaunt an.

„Aber …"

„Ich weiß", kam Schulte ihm zuvor, „nach Heidental geht es geradeaus. Aber ich will jetzt nach Lemgo. Sofort!"

Ronald riss den Mercedes herum, bog scharf nach links ab und gab wieder Gas.

„Mir egal", kommentierte er das ungewöhnliche Verhalten Schultes. „Hauptsache, du kannst zahlen."

Eine ganze Weile war es still im Taxi, und Schulte schlief ein. Er wurde erst wieder wach, als der Fahrer ihn anstubste und fragte: „Wir sind jetzt in Lemgo. Wohin soll es denn gehen?"

„Wieso Lemgo?", lallte Schulte erschrocken und noch im Halbschlaf. Ronald blieb ruhig und erklärte ihm geduldig, dass Schulte ihm vor gar nicht langer Zeit eine entsprechende Anweisung gegeben habe. Fünf Minuten später stoppte das Taxi vor dem Haus in der Lemgoer Altstadt, in dem Maren Köster wohnte. Schulte drückte dem gescheiterten Künstler einen viel zu großen Geldschein in die Hand und stieg aus.

Die frische Luft warf ihn fast um. Es war kühl so früh am Morgen, und Schulte war nur leicht bekleidet. Wieder wurde ihm schwindelig. Er musste ganz schnell ins Warme. Am besten in Marens herrlich angewärmtes Bett. Sie würde sich freuen, ihn zu sehen, da war er sicher. Sein nächtlicher

Besuch war doch schließlich eine tolle Überraschung. Voll Vorfreude drückte er auf das Klingelschild.

Maren Köster kämpfte gerade gegen ein grässliches Monster und drohte zu unterliegen, als ein grelles Schrillen die Ankunft der rettenden Feuerwehr ankündigte. Sie schöpfte neue Hoffnung und wollte eben zum entscheidenden Schlag ausholen, als es erneut schrillte, und sie erwachte.

Schweißgebadet lag sie in ihrem Bett und versuchte herauszufinden, wovon sie geweckt worden war. Wieder schrillte es, und sie erkannte, dass es die Haustürklingel war.

Erschrocken fuhr sie hoch und lauschte. Wer mochte das sein? Ein Einbrecher, der testen wollte, ob jemand anwesend war? Dumme Jungs, die Klingelmännchen spielten? Sie schaute auf ihren Wecker und sah, dass die Digitalanzeige auf 3:30 Uhr stand. War was passiert? Brauchte jemand Hilfe?

Tausend Gedanken schossen ihr durch den Kopf, als von der Straße her eine laute Männerstimme rief: „Nun mach doch endlich die Tür auf, verdammt noch mal! Ich friere mir hier den Arsch ab."

Maren Köster stand starr vor Schreck. Wer konnte das sein? Irgendwie kam ihr die Stimme bekannt vor. Auf keinen Fall würde sie einfach so die Haustür öffnen. Besorgt ging sie in die Küche und öffnete ein Fenster, das zur Straße hinausging. Vorsichtig lugte sie hinunter und sah eine männliche Gestalt im diffusen Licht einer weit entfernten Straßenlampe wie einen Tiger im Käfig hin und her laufen. Wankte der Mann dabei sogar?

Kurz dachte sie daran, das Fenster einfach wieder zu schließen, zurück ins Bett zu gehen und einfach weiterzuschlafen. Aber das war kein Traum. Da unten stand wirklich ein Mann, der zu ihr ins Haus wollte.

Langsam wich die Angst einer gesunden Wut, und sie rief aus dem Fenster hinaus: „Wer ist denn da? Verdammt noch mal, was ist denn los?"

Schulte zuckte sichtbar zusammen, denn mit einer Stimme von oben hatte er wohl nicht gerechnet. Dann aber rief er zurück: „Ich bin's, Jupp. Warum machst du nicht auf?"

Zunächst legte sich eine Welle der Erleichterung über sie, als sie Jupp Schulte erkannte. Aber sofort kam wieder die Wut hoch. Was dachte der Kerl sich dabei, hier mitten in der Nacht aufzutauchen und die ganze Nachbarschaft verrückt zu machen? Schon sah sie, dass im Haus gegenüber ein Licht anging. Dann noch eines.

„Hör auf, hier Krach zu machen!", rief sie, bemüht, dabei nicht lauter zu sein, als unbedingt erforderlich. „Ich komme ja."

Sie rannte die Treppe hinunter und öffnete die Haustür. Mittlerweile hatte die Wut komplett die Oberhand gewonnen. Dem Mistkerl würde sie die Meinung sagen, dass ihm Hören und Sehen verging.

Dann stand sie einem empört dreinschauenden, zerzausten Jupp Schulte gegenüber, der ihr zuvorkam und völlig unbefangen sagte: „Das hat aber lange gedauert. Ganz schön kalt hier draußen."

Maren Köster war sprachlos. Sie hatte zumindest mit einer Entschuldigung gerechnet. Noch während sie nach der ultimativen, alles niederschmetternden Antwort suchte, betrat Schulte den Hausflur, schaute sie prüfend von oben bis unten an und grinste.

„Sieht scharf aus, dein Aufzug. Steht dir gut. Warum läufst du nicht immer so herum?"

Verblüfft schaute sie an sich herunter, und ihr wurde bewusst, dass sie in einem kurzen Nachthemd, dessen Knopfleiste im Brustbereich weit auseinanderklaffte, vor ihm stand. Dann schloss sie die Haustür hinter Schulte und schaute ihn aufmerksam an.

„Bist du betrunken? Du hast ja ganz glasige Augen."

Als Schulte nur ein tumbes Grinsen zeigte, wurde sie laut: „Jetzt sag mal, was soll das Ganze? Wieso überfällst du mich mitten in der Nacht? Findest du das witzig?"

Plötzlich zog sich Schultes Gesicht enttäuscht in die Länge.

„Ich wollte dich überraschen“, sagte er leise. „Dachte, du freust dich.“

Ihr fehlten vorübergehend die Worte. Hatte es überhaupt Sinn, mit einem ganz offensichtlich schwer betrunkenen Schulte zu reden? Wohl kaum, entschied sie für sich. Zu Schulte sagte sie:

„Okay, du kannst hier schlafen. Aber auf dem Sofa. Und lass dir nicht einfallen, heimlich zu mir ins Bett zu kommen. Um acht Uhr wecke ich dich, und dann holst du Brötchen. Ich will nicht deinetwegen den halben Sonntag verplempern.“

47 1984

Das Gemurmel im Gerichtssaal schwoll an zu einem störenden Brausen. Der Vorsitzende Richter war jetzt sichtlich genervt.

„Also bitte, Herr Rechtsanwalt Müller, es kann ja sein, dass es bei dem Wachwechsel im Juni ein paar formale Fehler gegeben hat, aber das hat doch wirklich nichts mit dem Tatbestand der Strafsache zu tun, die wir hier verhandeln.“

„Das sehe ich aber ganz anders, Herr Vorsitzender.“ Mauermanns Verteidiger ließ sich nicht von seiner Marschrichtung abbringen.

Der Vorsitzende verdrehte die Augen. „Also gut“, lenkte er ein. „Wir machen zehn Minuten Pause. Und bevor Kommissar Schulte seine Zeugenaussage beendet, hören wir zur Klarstellung noch einmal Hauptkommissar Grabowski und meinetwegen auch Frau Meierjohann.“

Der Richter atmete tief durch und setzte dann noch einmal nach: „Oder sind Sie mit Kommissar Schulte durch?“

Der Verteidiger schüttelte den Kopf.

„Nein, den Zeugen brauche ich nachher noch.“

„Herr Kommissar Schulte, Sie kennen das Prozedere. Bleiben Sie also nach der Verhandlungspause bitte draußen. Aber wir brauchen Sie im Laufe des Tages noch."

An einen Justizangestellten gewandt, sagte der Richter: „Sorgen Sie dafür, dass Frau Meierjohann umgehend zum Landgericht kommt. Zehn Minuten Pause." Dann verschwand er eilig durch die Tür hinter der Richterbank.

Die im Saal anwesenden Menschen tuschelten miteinander und drängten hinaus auf den Flur. Plötzlich stand Grabowski neben Schulte und raunte ihm leise durch aufeinander gebissene Zähne zu: „Das werden Sie bereuen, Herr Kommissar. Wenn ich Sie wäre, würde ich mir umgehend einen anderen Dienstort suchen. In Detmold werden Sie nicht mehr glücklich."

„Ich glaube, da irren Sie sich, Herr Grabowski. Ich habe gestern eine klasse Frau kennengelernt", entgegnete Schulte gelassen. „Ich glaube, da geht was."

Grabowski verstand nur Bahnhof.

„Und unabhängig von meinem Lebensglück. Was meine Karriereentwicklung bei der Polizei angeht, der sehe ich gelassen entgegen. Schließlich haben Sie es zum Hauptkommissar gebracht. Warum soll mir das nicht auch gelingen."

Schulte grinste seinen Chef an, drehte sich um und ging.

Die zehn Minuten vergingen schnell. Hauptkommissar Grabowski nahm auf dem Zeugenstand Platz und stellte sich den Fragen des Verteidigers.

„Also, Herr Grabowski, noch einmal", bedrängte Rechtsanwalt Müller den Hauptkommissar. „Warum enthält die Strafakte nicht die Protokolle der Tage vom ersten bis zum vierten Juni 1984?"

Grabowski schnaufte wütend: „Weil die Inhalte, die die beiden jungen Kollegen zusammengetragen hatten, identisch mit den Kenntnissen waren, die wir zuvor schon gesammelt hatten. Darum haben wir die Akten nicht zusammengeführt, sondern die Akte, erstellt von Schulte und Lohmann, in ihrer Gänze an die schon bestehende Akte angehängt."

„In der Strafakte taucht die Akte, die in dem Zeitraum der ersten Junitage angelegt wurde, dann aber nicht mehr auf“, bohrte der Anwalt weiter.

„Herrgott noch mal“, wurde Grabowski jetzt lauter. „Weil dann alles doppelt gemoppelt vorhanden gewesen wäre.“

„So, so, doppelt gemoppelt“, spiegelte der Anwalt die Aussage Grabowskis.

„Ja, doppelt gemoppelt!“, schrie der jetzt sehr erregte Grabowski.

„Und warum war der Staatsanwalt nicht involviert?“, schoss der Verteidiger die nächste Frage ab.“

„Der war involviert!“, entgegnete Grabowski in weiterhin unangemessener Lautstärke, sodass der Vorsitzende Richter ihm einen warnenden Bick zuwarf.

„In dem Verlaufsprotokoll von Kommissar Schulte steht aber etwas anderes“, setzte der Verteidiger nach.

„Ja, weil der Schulte keine Ahnung hat. Außerdem habe ich, weil ich den Staatsanwalt nicht erreichen konnte, mich gleich an den verantwortlichen Richter gewandt, um den Haftbefehl zu bekommen. Ich habe an der Stelle den Staatsanwalt übergangen, weil es mir von Minute zu Minute schlechter ging und ich Gefahr im Verzug annahm. Der Richter hat dann den Staatsanwalt informiert, woraufhin die Freilassung von Mauermann umgehend gestoppt wurde.“

„Ja, so kann man das auch sehen“, lächelte der Anwalt. „Im Moment keine weiteren Fragen“, sagte der Verteidiger zum Richter. „Ich brauche den Zeugen aber vielleicht noch mal.“

Danach wurde Frau Meierjohann befragt. Die wiederum sagte aus, dass sie bis zur Verhaftung Mauermanns nie auch nur eine Seite einer Akte Mauermann gesehen habe, und berichtete weiter, dass sie das sehr verwunderte, da Hauptkommissar Grabowski selten selbst zur Schreibmaschine griffe.

Um fünfzehn Uhr wurden der Verteidiger und der Staatsanwalt von dem sichtlich genervten Richter zu einem Sechsaugengespräch gebeten.

„Es gibt eine Menge Indizien, die auf den Tatbestand der Homosexualität hinweisen“, eröffnete der Vorsitzende Richter das Gespräch. „Die Wahrscheinlichkeit, dass sexuelle Handlungen an Hans-Josef Krumbach durchgeführt wurden, ist ebenfalls relativ hoch.“

Der Verteidiger wollte etwas sagen. Doch der Richter schnitt ihm das Wort ab.

„Ich möchte dem Jugendlichen nicht mehr Schaden zufügen, als er bis jetzt sowieso schon hinnehmen musste. Der Psychiater, der Sachverständige in der Angelegenheit Hans-Peter Krumbach, empfiehlt eine vorübergehende Einweisung in die Psychiatrie, um ihn nach den ganzen seelischen Belastungen erst einmal zur Ruhe kommen zu lassen.“ Der Richter ließ die Worte wirken. Dann sagte er: „Wie auch immer ich entscheiden würde, Freispruch oder Haftstrafe, es bliebe ein ungeklärtes Moment.“

„Dann gilt: in dubio pro reo“, mischte sich der Verteidiger ein. „Im Zweifel für den Angeklagten.“

„Nein, Herr Rechtsanwalt, den Weg werde ich nicht mitgehen. Dafür sind die Beweise zu belastend. Um das ganze Verfahren zu Ende zu bringen, mache ich Ihnen ein Angebot, meine Herren. Ich schlage eine Einstellung des Verfahrens gemäß Paragraf 153a StPO vor, bei Zahlung einer Geldbuße von 50.000 DM.“

Mauermanns Verteidiger brauste auf. „Ich kann meinem Mandanten auf keinen Fall raten, sich auf diesen Kuhhandel einzulassen. Das wäre ja gewissermaßen ein Schuldeingeständnis.“

„Herr Rechtsanwalt Müller,“ meldete sich jetzt der Staatsanwalt Dr. Hose. „Ihr Mandant hat schon genug Schaden genommen. Unterbreiten Sie ihm zumindest das Angebot. Immerhin ist er dann nicht vorbestraft.“

48

Zwei Tage waren vergangen, seit Schultes nächtlichem Besuch bei Maren Köster. Seitdem war das Verhältnis zwischen ihnen merkwürdig unbestimmt gewesen. Offenbar wusste Maren Köster nicht, wie sie das Ganze bewerten sollte. Wenn Schulte ehrlich zu sich selbst war, dann wusste auch er das nicht. War es romantische Sehnsucht nach ihr gewesen oder schlicht und einfach eine Schnapsidee? Sie hatten beide ihre Unbefangenheit verloren, versuchten, nett zueinander zu sein, waren aber außerstande, die frühere Lockerheit im Umgang wiederherzustellen. Die Nähe war ihnen abhanden gekommen.

Auch an diesem Mittwochmorgen hatten sie sich kurz und förmlich begrüßt, als sie sich bei Arbeitsbeginn trafen. Dann war jeder in sein eigenes Büro gegangen. Da Maren Köster nicht zum engeren Team von Schulte gehörte, konnten sich beide problemlos aus dem Weg gehen.

Um elf Uhr saß Schulte gerade mit einer frischen Tasse Kaffee am Schreibtisch und starrte auf seinen Bildschirm, als es klopfte und Sebastian Brückner, Krumbachs Rechtsanwalt, eintrat.

Der Anwalt gab Schulte bestens gelaunt die Hand und setzte sich unaufgefordert auf den Besucherstuhl. Nach der üblichen oberflächlichen Begrüßungsplauderei setzte sich Brückner plötzlich ganz gerade hin, kramte in seiner Aktentasche, zog ein Blatt hervor und sagte: „Ich denke, Sie werden den Herrn Krumbach heute wieder gehen lassen müssen. Am besten ist, ich nehme ihn gleich mit."

Schulte war wie vor den Kopf geschlagen. Er hatte Brückner bislang als seriösen Mann, der mit großem Engagement seinen Mandanten vertrat, dabei aber stets korrekt geblieben war, kennengelernt. Was sollte dann der Schwachsinn?

Bevor Schulte seine Gedanken formulieren konnte, fuhr Brückner fort: „Krumbach war zur Tatzeit, ich rede von dem

Mord am Golfplatz in Cappel, auf dem Feuerwehrfest in Hohenhausen. Er hatte dort einen kleinen Job. Flaschen und Gläser einsammeln, die Spülmaschine ausleeren und so weiter. Nichts Dolles, aber immerhin eine anständige Arbeit. Er ist dabei ständig zwischen den Tischen herumgelaufen. Sie können sich denken, dass ihn dabei eine Menge Leute gesehen haben. Ich habe mit mindestens zehn Leuten gesprochen, die bereit sind, die Angaben zu bestätigen. Ich habe die zehn Namen für Sie aufgeschrieben, damit Sie die Aussagen nachprüfen können."

Er überreichte Schulte den Bogen Papier. Der starrte, vor Überraschung sprachlos, auf die sauber getippte Namensreihe mit Adressen und Telefonnummern.

Dann räusperte er sich und sagte: „Das ist natürlich eine Überraschung, Sie werden verstehen, dass es eine Weile dauern wird, bis wir die Angaben geprüft haben. Sofort mitnehmen können Sie Krumbach also nicht. Da müssen Sie sich schon etwas gedulden."

„Kein Problem", antwortete Brückner munter, „ich habe hier in Detmold noch einen Gesprächstermin beim Landgericht. Das wird bis heute Nachmittag dauern. Ich bin sicher, bis dahin werden Sie alles geklärt haben. Bis später!"

Als Brückner das Büro verlassen hatte, rief Schulte seine beiden Mitstreiter zu sich und erklärte ihnen die Situation.

Pauline Meier zu Klüt kommentierte mit unterdrückter Wut:

„Das will ich einfach nicht glauben. Der Mistkerl hätte mich damals bedenkenlos über die Klinge springen lassen. Der ist zu allem fähig, wenn er einen seiner Wutanfälle bekommt. Den können wir doch nicht einfach laufen lassen."

Schulte zuckte ratlos mit den Schultern. „Uns wird wohl nichts anderes übrigbleiben, wenn sich das bestätigt, was der Anwalt behauptet hat. Und eigentlich habe ich daran keinen Zweifel. Tut mir den Gefallen und sprecht die Zeugen an. Ich versuche in der Zwischenzeit, unseren lieben Chef an den Gedanken zu gewöhnen, dass wir wahrscheinlich keinen Tatverdächtigen mehr haben. Der Staatsanwalt wird auch alles andere als begeistert sein."

„Und wir müssen wieder ganz von vorn anfangen", warf Lindemann ein.

„Ja", antwortete Schulte. „Das werden wir wohl müssen."

49

Zum ersten Mal in diesem Jahr spielte der alte Herr mit dem Gedanken, seine Routine abzuändern und auf direktem Wege vom Parkplatz in die Sauna zu gehen. Doch nach einem kurzen Kampf mit dem inneren Schweinehund beschloss er, keinen Millimeter von seinen Gewohnheiten abzuweichen. So ein bisschen Regen konnte einen Mann wie ihn nicht schrecken.

Seit vielen Jahren besuchte der Rentner Helmuth Grabowski jeden Mittwoch das Badehaus in Bad Meinberg, um eine Stunde lang ganz in Ruhe zu schwimmen. Er war ein Frühaufsteher und hatte keine Probleme damit, seinem Körper bereits um acht Uhr morgens etwas abzufordern.

Hier im Badehaus ging es ruhiger zu als im Detmolder Spaßbad, hier konnte er langsam und bedächtig, aber stetig seine Bahnen schwimmen. Niemand kreischte hier, spritzte mit Wasser oder sprang einem vom Rand her auf den Kopf. Vor allem so früh am Morgen.

Mit fast achtzig Jahren war er für diese Oase dankbar. Dafür fuhr er auch gern von seinem Wohnort Remmighausen aus hierher. Er war dabei äußerst penibel, kam immer um Punkt acht Uhr auf dem Parkplatz an. Zuerst drehte er dann eine Runde zu Fuß, um den Kreislauf in Schwung zu bringen. Dafür ging er vom Parkplatz aus am Badehaus vorbei, folgte durch die Unterführung der Hamelner Straße der Werre bis zum Bad Meinberger Kurparkteich. Den Teich umrundete er in aller Ruhe und ging zurück bis zum Badehaus. Dort kam er immer um Punkt halb neun Uhr an. Die Dame an der Rezeption des Badehauses hatte sich bereits angewöhnt, ihre Uhr nach seinen Besuchen zu überprüfen.

Heute regnete es, und es war für Ende Mai viel zu kalt. Freiwillig lief kein Mensch bei dem Wetter draußen herum. Aber Helmuth Grabowski war früher Polizist gewesen. Einer von der harten Sorte. Nicht einer dieser verzärtelten Knaben, die heute die Polizei der Lächerlichkeit preisgeben. Die hatten zwar Abitur, aber keinen Mumm in den Knochen. So einer wie er ließ sich nicht durch Regen und Wind von seinen Gewohnheiten abhalten, auch nicht im hohen Alter.

Er schulterte den kleinen Rucksack mit den Badesachen und zog los. Langsam und gleichmäßig. Er war der einzige Passant, als er durch die Straßenunterführung ging, und er war auch der einzige am Kurparkteich.

Nur einige Enten schauten neugierig auf, als er an ihnen vorbei über den Kiesweg schlurfte. Hier gefiel es ihm, immer war alles sauber, gepflegt und hübsch hergerichtet.

Auf halber Strecke machte er eine kurze Verschnaufpause, schaute zufrieden Richtung Kurpavillon, an dem auch niemand zu sehen war und bummelte dann weiter.

Als der Teich komplett umrundet war, führte ihn sein Weg wieder durch die Unterführung. Schon einige Meter davor musste er schmunzeln. In der letzten Woche hatte er hier eine alte Dame kennengelernt, die von der Unterführung gar nichts hielt. Das sei ein übler Ort, meinte sie, ein Angstraum.

Grabowski hatte mit dem Begriff wenig anfangen können und sich über die Sorgen der alten Dame lustig gemacht. Angst war keine relevante Kategorie im Leben des Helmuth Grabowski. Obwohl es in den letzten Tagen einigen Anlass zur Unruhe gegeben hatte. Zwei Menschen, die er persönlich gekannt hatte, waren innerhalb kurzer Zeit ermordet worden. Gut, beide waren sehr wohlhabend gewesen, und das mochte wohl auch der Grund für die Verbrechen gewesen sein. Mit ihm hatte das zum Glück nichts zu tun, versuchte Grabowski sich einzureden.

Er bekam zwar als ehemaliger Polizeibeamter im höheren Dienst eine gute Pension, aber reich war er deshalb nicht. Er schüttelte die unangenehmen Gedanken ab. Doch sein Gehirn ließ sich nicht beirren. Augenblicklich drängten sich die beiden Toten wieder in sein Gedächtnis. Denn die einstmalige Bekanntschaft war nicht die einzige Gemeinsamkeit, die er mit den beiden toten Männern hatte. Aber nach so vielen Jahren? Nein, das konnte und wollte Grabowski sich nicht vorstellen.

Und was sollte auf den paar Metern auch schon passieren?

Als er den Ausgang der Unterführung vor sich hatte, sprang urplötzlich eine Gestalt hinter der Betonverschanzung hervor und stellte sich ihm, beide Hände hinter dem Rücken verschränkt, in den Weg.

Grabowski erschrak und erstarrte für Sekunden, dann fing er sich wieder und brüllte den Mann an: „Was soll das? Gehen Sie mir aus dem Weg!“

Ein selbstbewusstes Auftreten hatte immer geholfen. Das zeigte Stärke und schreckte ab.

Doch der Fremde, dessen Gesicht wegen eines Motorradhelmes nicht zu erkennen war, schüttelte nur wortlos den Kopf. Er schaute Grabowski lange an, ehe er, wegen des geschlossenen Helmes eher dumpf klingend, sagte: „Wer sich zum Büttel von Verbrechern macht, ist selbst einer. Sie haben sich kaufen lassen. Obwohl Sie Polizist waren. Heute werden Sie dafür bezahlen.“

Trotz seines Alters war Grabowski nicht bereit, sich unterkriegen zu lassen. Er machte zwei schnelle Schritte nach vorn auf den Mann zu und versuchte, ihn mit der Schulter zu rammen. Doch sein Gegenspieler wich wie ein Torero geschickt aus, hob den rechten Arm und schlug mit voller Wucht zu. Eine regennasse Metallstange krachte in Grabowskis Genick, ließ ihn nach vorn stolpern und nach zwei, drei hilflosen Schritten ungeschützt der Länge nach in eine Regenpfütze stürzen.

Der Mann in der Motorradkluft schaute auf ihn hinunter, steckte dann die Metallstange in eine Innentasche seiner Lederjacke und sagte leise: „Das war Nummer drei. Bald seid ihr alle wieder vereint. In der Hölle.“

Dann drehte er sich um und verschwand mit schnellen Schritten.

50

Am Abend dieses anstrengenden Arbeitstages saß Jupp Schulte in der chaotisch-gemütlichen Küche von Anton Fritzmeier. Der Hausherr selbst räkelte sich behaglich in einem alten, verschlissenen Polstersessel und schaute vergnügt auf die beiden Männer, die am Küchentisch ihr Bier tranken.

Schulte gegenüber saß Hermann Rodehutskors, der am frühen Abend zu Fritzmeier gefahren war, um nach seinem Befinden zu schauen und ein bisschen mit ihm zu plaudern. Rodehutskors war ein Mann der Geselligkeit, wenn er sich einmal irgendwo niedergelassen hatte, dann blieb er auch. So hatte er bereits zwei Stunden bei Fritzmeier verbracht, als Schulte dazukam.

Fritzmeier schien es bereits wieder erheblich besser zu gehen, wie Schulte bei einem prüfenden Blick auf seinen Patienten feststellte. Unkraut vergeht eben nicht, dachte er, öffnete seine Bierflasche und prostete Rodehutskors zu.

„Anton, was hast du denn den ganzen Tag gemacht?“, fragte Schulte, nachdem er einen großen Schluck getrunken hatte.

„Nix!“, kam die prompte Antwort des alten Bauern. „Faul rumchesessen hab ich und dumm ausse Wäsche chekuckt. Hat mir doch alles verboten, der Doktor, dieser Schlaumeier. Wat soll denn eigentlich aus meinen Hofladen werden? Ina hat ja auch keine Zeit mehr. Der Laden cheht doch vor die Hunde, wenner immer zu ist."

„Besser der Laden geht vor die Hunde als du", sagte Schulte und nahm erneut einen großen Schluck. Fritzmeier brummte unzufrieden.

„Du hast chut reden, Jupp. Hast den chanzen Tach wat umme Ohren. Ich höre hier nur dat Ticken vonne Wanduhr und dat Knurren von mein Magen. Wat war denn heute so bei dir los?"

„Wir haben schon wieder einen neuen Toten", erzählte Schulte und stellte fest, dass der Neuigkeitsreflex beim alten Journalisten Rodehutskors immer noch funktionierte, denn der machte sich sofort gerade auf seinem Küchenstuhl und lauschte aufmerksam. Schulte berichtete vom Fund einer männlichen Leiche in Bad Meinberg. Und da er gerade so schön im Fluss war, nannte er auch noch den Namen des Toten und die Todesursache, obwohl dies streng genommen nicht ganz den Vorschriften entsprach.

„Da scheint aber einer wirklich was gegen Rentner zu haben", warf Rodehutskors erschrocken ein. „Da muss man ja aufpassen, wohin man geht."

„Ach, der soll nur kommen mit seine Metallstange. Ich will dem wohl zeigen, wie ich noch mitte Mistforke umchehen kann", dröhnte Fritzmeier. Er klang schon wieder wie früher, stellte Schulte fest.

„Irgendwas sagt mir der Name Helmuth Grabowski", sprach Rodehutskors, mehr zu sich selbst als zu den beiden anderen. „Das ist aber verdammt lange her. Ich komme nicht drauf."

„Er war früher Polizist" half ihm Schulte weiter, „und er war mal für kurze Zeit mein Vorgesetzter. Als ich damals hier in Detmold anfing. Ich kann allerdings nicht behaupten, dass ich gute Erinnerungen an ihn habe. Er war ein …, na ja, über Tote soll man ja nichts Schlechtes sagen."

Schulte verließ die Fritzmeiersche Küche, ging in seine eigene Wohnung und kam kurz darauf wieder mit vier kalten

Bierflaschen zurück. Eine ganze Weile saßen die drei Männer schweigend zusammen.

Dann räusperte sich Rodehutkors und fragte: „Aus alter Gewohnheit habe ich die Todesfälle ja auch aufmerksam verfolgt. Bekomme immer noch die Heimatzeitung umsonst geliefert. Der erste Tote in der Serie war doch der alte Richter Konzelmann, oder?"

Schulte bestätigte ihm dies durch ein Kopfnicken.

„Und letzte Woche hat man doch den anderen Mann gefunden, diesen …, ich komme nicht auf den Namen."

„Dr. Mangold."

„Richtig! Er war Psychiater. Haben Sie schon irgendeinen Zusammenhang zwischen den Morden erkennen können?"

Schulte schüttelte den Kopf und hob die Flasche an. Er verspürte wenig Lust, das Problem auch noch in seiner Freizeit durchzugehen, und dachte über einen eleganten Themenwechsel nach, als Rodehutskors unerbittlich nachlegte.

„Ich kann mich ganz schwach erinnern, dass es mal vor vielen Jahren einen ziemlich deftigen Skandal im Kalletal gab. Ich war damals beim Prozess für die Heimatzeitung als Berichterstatter vor Ort. Und ich bin mir fast sicher, dass der Richter damals Konzelmann hieß. Und es gab auch einen Psychiater, der ein Gutachten erstellt hatte. Ob der nun Mangold hieß, das weiß ich nicht mehr. War so ein Playboy-Typ, so ein Schönling. Und vielleicht …"

„Nichts vielleicht!", schrie Schulte und sprang erregt auf. „Jetzt fällt es mir auch wieder ein. Er hieß wirklich Mangold. Wo hatte ich nur die ganze Zeit meinen Kopf? Ich war ja damals als junger Polizist mitten drin im Geschehen. Und mein damaliger Chef war, ob Sie es glauben oder nicht, Helmuth Grabowski. Ich fasse es nicht. Es gibt tatsächlich einen Zusammenhang. Rodehutskors, Sie alter Zeitungsmensch, Sie sind ein Genie!"

51

Am nächsten Morgen kam Schulte eine Viertelstunde zu früh zur Arbeit. Das hatte es schon lange nicht mehr gegeben. Noch ungewöhnlicher war der Schwung, mit dem er sich an den Schreibtisch setzte und den PC anwarf.

Schulte hatte das Gefühl, die ganzen letzten Tage verschlafen zu haben. Erst am gestrigen Abend, beim Gespräch mit Hermann Rodehutskors, war er aufgewacht. Jetzt galt es, viel verlorene Zeit aufzuholen.

Er hätte wohl in dem Tempo weitergearbeitet, wenn ihn nicht Klaus Erpentrup, sein Chef, zu sich gerufen hätte. Erpentrup wollte mit Schulte noch einmal über sein Verhalten in der letzten Zeit sprechen.

Schulte wippte ungeduldig von einem Bein aufs andere, während er sich ernsthafte Ermahnungen anhörte. Er hatte wenig Lust, seine wertvolle Arbeitszeit mit Erpentrups Profilneurosen zu vergeuden, beschloss aber, den Mund zu halten und brav zu lauschen, um nicht noch mehr Zeit zu verlieren.

Am Ende der Predigt fragte Erpentrup: „So, Herr Schulte, haben Sie dazu noch etwas zu sagen?"

„Eine ganze Menge", erwiderte Schulte, „aber ich muss wirklich wieder an meine richtige Arbeit. Der Steuerzahler will ja, dass wir Verbrecher schnappen und nicht, dass wir hier gemütlich plaudern. So isser eben, der Steuerzahler, immer ungeduldig."

Schulte drehte sich um, verschwand aus dem Büro und ließ einen sprachlosen Vorgesetzten zurück.

Dann ließ er Manuel Lindemann zu sich kommen: „Lindemann, besorgen Sie mir alle Akten aus dem Jahre 1984 über einen Fall, in dem ein gewisser Mauermann wegen sexuellen Missbrauchs eines Jugendlichen am Detmolder Amtsgericht verurteilt wurde. Wahrscheinlich finden Sie eine ganze Menge Unterlagen. Das wird für heute unser Thema werden.

Meier soll auch mitmachen. Wir müssen uns so schnell wie möglich da durchwühlen."

Danach rief Schulte Renate Burghausen an und fragte nach ersten Ergebnissen der Spurensicherung aus dem Bad Meinberger Kurpark.

„Das übliche", antwortete die Frau und es klang, als müsse sie ein Gähnen unterdrücken. „Der Täter ist fleißig, aber einfallslos. Immer dieselbe Masche. Der Pathologe hat nur einen kurzen Blick auf die Leiche geworfen und sofort bestätigt, dass wieder die bereits bestens bekannte Metallstange im Einsatz war. Was Genaueres kommt aber noch schriftlich. Von weiteren Spuren kann kaum die Rede sein, denn da unten laufen jeden Tag viele Menschen durch. Da finden wir nichts Brauchbares, ganz sicher nicht."

„Was ist mit dem Todeszeitpunkt?"

„Er war noch nicht lange tot, als er gefunden wurde. Der Leichendoktor tippt auf etwa neun Uhr. Wissen Sie übrigens, dass der Tote ein Kollege von uns war, wenn auch vor vielen Jahren?"

Schulte bestätigte es brummend und legte auf. Er verließ sein Büro, um Kaffee aus dem Automaten im Flur zu holen.

Während er vor dem Gerät stand und darauf wartete, dass der Kaffee in den Becher lief, hörte er hinter sich leichte, federnde Schritte, die er aber nicht weiter beachtete. Er nahm den Becher mit dem höllisch heißen Kaffee in die Hand und wollte sich eben vorsichtig umdrehen, als eine wohlbekannte weibliche Stimme hinter ihm sagte: „Guten Morgen!"

Vor Überraschung drehte Schulte sich deutlich schneller um als geplant und schüttete sich dabei eine kleine, aber heiße Menge Kaffee über die Hand. Er stöhnte kurz auf, verbiss sich einen Fluch und sah in Maren Kösters schöne, grüne Augen. Seit Schultes unsäglichem Besuch in der Nacht von Samstag auf Sonntag hatten sie jeden engeren Kontakt vermieden. Schulte, weil er sich genierte, und sie, weil sie nach eigenen Worten Zeit zum Nachdenken brauchte. Das hatte sie ihm jedenfalls so gesagt, als er am frühen Sonntagmorgen nach einem hauptsächlich schweigsam verbrachten Frühstück ihr Haus verließ.

„Oh Maren, das ist aber eine Überraschung."

Was Klügeres fiel ihm als Begrüßung nicht ein, denn der brennende Schmerz auf seiner Hand raubte ihm fast den Verstand.

Sie schien jedoch nicht enttäuscht zu sein, sondern fragte in ruhigem Ton: „Und, wie geht es sonst so?"

Schulte dankte der Nachfrage und erzählte kurz die Neuigkeiten von zu Hause und ließ auch anklingen, dass er dienstlich enorm unter Druck stand. Sie schien Bescheid zu wissen, ging dann aber unvermittelt ins Private über.

„Hast du heute Abend schon was vor? Wir könnten irgendwo ein Bier trinken. Was meinst du?"

Schulte sagte sofort begeistert zu. Dann trennten sie sich, und Schulte ging mit dem immer noch viel zu heißen Kaffee in sein Büro zurück.

52

Bis in den Nachmittag hinein kämpften sich Schulte und Lindemann zusammen durch dicke Aktenordner. Ergänzt durch seine eigenen Erinnerungen, die mit jedem Aktenvermerk lebendiger wurden, formte sich für Schulte langsam ein Bild.

„Ich will jetzt mal versuchen, die alte Geschichte zusammenzufassen", begann Schulte sein Resümee, während Lindemann ihm eine Tüte mit Gummibärchen reichte, aus der Schulte sich großzügig bediente. Nachdem er sich einige der glibberigen Bären in den Mund gesteckt hatte, wurde sein Gesichtsausdruck weich, und sein Blick entrückte in eine für Lindemann unbekannte Welt.

Der Chef ist doch wirklich ein Genießer, dachte Lindemann. Doch in der Einschätzung lag Lindemann in diesem besonderen Fall völlig daneben. Denn Schulte nahm den Geschmack des Weingummis gar nicht wahr.

Das Studium der Akten hatte ihn in eine Welt katapultiert, die von den Ereignissen der letzten dreißig Jahre verschüttet worden war. Doch jetzt hatte Schulte den Muff und den Dreck, der sich über viele Jahre auf all die Begebenheiten gelegt hatte, fein säuberlich zur Seite räumen können.

Mittlerweile war er mit seinen Gedanken im Jahr 1984 angekommen. In seiner Erinnerung traf Schulte wieder auf seinen alten Chef Grabowski, diesen reaktionären Patriarchen. Schulte konnte sich wieder an Mauermann erinnern, einen honorigen Unternehmer, der vielleicht einige andere Beteiligte mit seinen Visionen, seiner Kreativität und vor allem seiner Entschlusskraft und Hartnäckigkeit das Fürchten gelehrt hatte.

„Jetzt erinnere ich mich wieder, Lindemann. Der Fall begann mit dem Tag, an dem ich meine Kommissarsstelle in Detmold angetreten hatte. Mein damaliger Chef, Hauptkommissar Grabowski, war nicht zum Dienst erschienen, und in einer unserer Arrestzellen saß Mauermann, einer der bedeutendsten Unternehmer in ganz Lippe. Es gab keine Akte und kein Protokoll darüber, warum die damalige lippische Wirtschaftsgröße bei uns einsaß. Erst als ich unseren Volle, der damals schon genau so dumm war wie heute, in die Mangel nahm, erfuhr ich, dass Mauermann der Homosexualität und des Missbrauchs Minderjähriger beschuldigt wurde. Angeblich hatte er gegen den Paragrafen 175 StGB verstoßen."

Lindemann sah Schulte an, als berichtete er vom Leben auf einem anderen Stern.

„Homosexualität als Straftat, das war doch 1984 längst Schnee von gestern", brach es ungläubig aus Lindemann heraus.

„Kaum zu glauben, oder? Ich war mir auch nicht mehr so ganz sicher, ob das damals eine Spinnerei von Grabowski war und habe noch mal recherchiert. Im November 1973 führte die damalige sozialliberale Koalition eine umfassende Reform des Sexualstrafrechts durch. Der entsprechende Abschnitt im StGB wurde von *Verbrechen und Vergehen wider die Sittlichkeit* in *Straftaten gegen die sexuelle Selbstbestimmung* umbenannt. Ebenso wurde der Begriff der Unzucht durch den der sexuellen Handlungen ersetzt. Im § 175 blieb nur noch der Sex mit Minderjährigen als qualifizierendes Merkmal zurück. Das sogenannte Schutzalter wurde damals von einundzwanzig auf achtzehn Jahre abgesenkt. Erst im Mai 1994, im Rahmen der Wiedervereinigung und der dadurch notwendigen Gesetzesanpassung, erfolgte die ersatzlose Aufhebung des § 175 StGB."

„Unfassbar", kam es von Lindemann. „Ich habe immer gedacht, mit dem Ende des Nationalsozialismus wäre der Paragraf 175 Geschichte gewesen."

„Irrtum, Lindemann, Irrtum! Wie auch immer", setzte Schulte seinen Bericht fort, „dem Mauermann wurden sexuelle Handlungen mit einem Minderjährigen unterstellt, also jünger als achtzehn Jahre, und das war 1984 noch eine Straftat."

Lindemann blätterte in einer Akte. „Genau, da haben wir den Absatz. Der Jugendliche hieß Krumbach."

„Sag das noch mal, Lindemann. War das etwa unser Hans-Josef Krumbach?"

Lindemann nickte. „Und es kommt noch besser. Im Rahmen der Ermittlungen gegen Mauermann musste der junge Mann ein vom Richter angewiesenes Gutachten über sich ergehen lassen. Der Gutachter hieß, Sie werden es nicht glauben ..."

„Doktor Mangold", ergänzte Schulte den Namen.

„Und dieser Dr. Mangold brachte Krumbach im Rahmen seiner Expertise für fast ein Jahr in die Psychiatrie. Und jetzt die Krönung", versuchte Lindemann es spannend zu machen. „Der vorsitzende Richter hieß ..."

„Dr. Konzelmann“, ergänzte Schulte. „Und Hauptkommissar Grabowski hat die Drecksarbeit für die Polizei gemacht. Wenn das kein lupenreines Motiv für unsern Krumbach ist!“

Die beiden Polizisten hingen, jeder für sich, für kurze Zeit ihren Gedanken nach. Dann wurde Schulte hektisch.

„Los, Lindemann, gib die Fahndung raus. Wir müssen uns Krumbach schnappen. Bei der erdrückenden Beweislage wird ihn auch sein Rechtsanwalt nicht mehr rauspauken. Der Kerl sitzt bis zum Hals in der Scheiße.“

„Obwohl“, wandte Lindemann ein. „Ausgerechnet bei dem Mord an Mangold hat Krumbach ein einigermaßen wasserdichtes Alibi.“

„Du sagst es, Lindemann“, wandte Schulte ein. „Einigermaßen! Hol den Kerl ran. Das Alibi drehe ich dem um, so schnell kann der gar nicht gucken. Komm, wir können alle Bedenken später erörtern. Erst mal brauchen wir Krumbach.“

Während Lindemann sich daranmachte, die Fahndung einzuleiten, arbeitete sich Schulte weiter durch die Akten. Schon nach wenigen Seiten stieß er auf den nächsten Namen, der ihm bekannt vorkam. „Eschbach“ sprach ihn Schulte laut aus.

Hatte Rodehutskors den nicht gestern erwähnt? Schulte überlegte. Das war doch der Geschäftspartner von Mauermann! Nachdem dieser durch den unwürdigen Prozess gesellschaftlich geächtet, ruiniert und ein gebrochener Mann war, hatte Eschbach seinem ehemaligen Mitstreiter Mauermann dessen Anteile für einen Spottpreis abgekauft. Eschbach war der eigentliche Gewinner bei den ganzen Ereignissen damals.

Schulte hielt ein Schriftstück vom 29. Mai 1984 in der Hand, nach dem Eschbach Hauptkommissar Grabowski gegenüber die Aussage gemacht hatte, dass Mauermann sich mehrfach an einem minderjährigen Jungen namens Hans-

Josef Krumbach vergangen habe. Und genau in dieser Aussage wies dieser Eschbach darauf hin, dass Mauermann am Abend des 31. Mai 1984 einen sogenannten Herrenabend veranstalten würde, wo Grabowski die Möglichkeit habe, Mauermann zu überführen.

Je mehr Schulte sich in den Mauermann-Fall einarbeitete, umso deutlicher wurden seine Erinnerungen an seine ersten Tage in Detmold. Er hatte mit seiner Tochter Ina an diesem 31. Mai auf dem Parkplatz der Kreispolizeibehörde in seinem Bulli übernachtet, als er hörte, wie Volle und Grabowski einen Gefangenen in die Kreispolizeibehörde brachten.

Am nächsten Tag war Grabowski krank, und Schulte hatte einen Mann in der Arrestzelle, mit dem er nichts anfangen konnte. Keine Unterlagen, keine Protokolle, kein Haftbefehl. Schulte wusste es jetzt wieder genau. Aber nun hielt er, über dreißig Jahre später, eine Anzeige von Eschbach in der Hand, die vom 29. Mai 1984 stammte. Sie war von Grabowski aufgenommen worden. Also hatte der damals doch eine schwarze Akte geführt!

Schulte überlegte. Es war klar. Eschbach hatte den Ruin Mauermanns betrieben. Vielleicht hatte er sogar gemeinsame Sache mit dem Richter Dr. Konzelmann, dem Psychiater Mangold und dem Polizisten Grabowski gemacht! Die drei Männer waren tot. Eschbach lebte.

Also, wenn Mauermann – und nicht Krumbach – der Täter war, schien er sich nicht an Eschbach rächen zu wollen, denn sonst wäre der sicherlich der Erste gewesen, den er umgebracht hätte.

Eschbach aber könnte die drei Mitwisser umgebracht haben, die vielleicht auch von ihm betrogen worden waren. Dann stellte sich allerdings die Frage, warum Eschbach erst jetzt und nicht schon damals die drei erledigt hatte.

Schulte kam zu dem Schluss, dass Eschbach zwar ein Mordmotiv gehabt hätte, aber dass er die Tat wirklich begangen hatte, war höchst zweifelhaft. Eschbach war ein alter

Mann, der mit Sicherheit nicht mehr dazu in der Lage war, jemanden durch einen Schlag mit einer Eisenstange zu töten.

Nein, Krumbach blieb der Verdächtige Nummer eins, da war sich Schulte sicher. Aber er musste mit Eschbach und Mauermann sprechen und zwar schnell.

Die Bürotür wurde aufgestoßen und Lindemann kam aufgeregt herein. „Wir haben eine Streife zu Krumbach geschickt. Seine Mutter war völlig verstört. Ihr Sohn ist, seit wir ihn aus der Haft entlassen haben, nicht nach Hause gekommen."

53

Schulte pfiff anerkennend durch die Zähne, als er zusammen mit Pauline Meier zu Klüt den großen Empfangsbereich der Hiddeser Seniorenresidenz *Augustinum* betrat.

„Hammer", staunte Schulte, „das ist ja wie im Hotel. Bloß das Publikum ist im Schnitt etwas älter."

Er schickte seine Mitarbeiterin zur Rezeption, weil sie die besseren Manieren hatte und nie unangenehm auffiel, was man von ihm nicht behaupten konnte. Während Pauline Meier zu Klüt der eleganten Dame am Empfang den Grund ihres Besuches erklärte und ihren Dienstausweis vorzeigte, schaute sich Schulte in aller Ruhe um.

„Nobel", sagte er leise zu sich selbst und wusste im selben Moment, dass er sich im Ruhestand eine solche Umgebung nur unter Aufbietung aller zur Verfügung stehenden finanziellen Mittel würde leisten können. Für etwas anderes bliebe dann nichts mehr übrig. Das wäre es ihm nicht wert und es wäre wohl auch nicht die richtige Umgebung für einen wie ihn. Er beschloss, so lange wie möglich auf dem Fritzmeierschen Hof zu bleiben. Das war für einen Jupp Schulte die einzig artgerechte Haltung. Aber angesichts der zahlreichen Senioren um ihn herum, fühlte er sich immerhin auf einmal jung und schön und voller Tatendrang.

Als er wieder zur Rezeption schaute, sah er, dass die Empfangsdame telefonierte. Pauline Meier zu Klüt stand geduldig lächelnd vor dem Tresen. Als das Telefonat beendet war, sprachen die beiden Frauen kurz miteinander. Dann kam die Polizistin zu ihm.

„Wir können hoch. Sie hat Herrn Eschbach angerufen. Der weiß jetzt Bescheid und erwartet uns."

„Okay", sagte Schulte zufrieden, „dann wollen wir mal. Meier, geh du voran, du hast dir hoffentlich den Weg erklären lassen."

„Habe ich. Aber wollen Sie wirklich zu Fuß gehen? Es gibt doch einen Fahrstuhl."

„Meier", dröhnte Schulte mit männlicher Überlegenheit, „wir sind doch noch jung. Wozu brauchen wir einen Fahrstuhl? Das sollen doch die alten Herrschaften machen, wir schaffen das noch locker zu Fuß."

Die junge Frau schaute ihn zweifelnd an und meinte dann:

„Also los! Herr Eschbach wohnt im siebten Stock, da nehmen wir einmal kurz Anlauf und dann sind wir auch schon da."

Mit diesen Worten steuerte sie, ohne sich weiter um ihren Vorgesetzten zu kümmern, auf das Treppenhaus zu. Schulte wollte protestieren, dann aber wurde ihm klar, dass er einen Zug ins Rollen gebracht hatte, den er nicht mehr ohne Gesichtsverlust bremsen konnte. Mit bösen Vorahnungen ging er hinter ihr her.

Im vierten Stock war ihm der Gesichtsverlust gleichgültig. Mit hochrotem Kopf stand er auf dem Treppenabsatz und rang nach Luft.

„Was ist, Herr Polizeirat?" Schulte antwortete nicht. Pauline bemühte sich, ein Grinsen zu unterdrücken. „Es sind doch nur noch drei Etagen. Das Schlimmste haben wir hinter uns."

Schulte stieg wortlos in den Fahrstuhl und drückte erleichtert auf den Knopf mit der Nummer sieben. Nur Augenblicke später kam seine junge Kollegin, ohne nennenswert außer Atem zu sein, ebenfalls auf der siebten Etage an. Schulte zuckte nur resigniert mit den Achseln. Dann suchten sie ein Zimmer, an dessen Tür der Name Martin Eschbach stand.

Martin Eschbach war ein großer, schlaksiger alter Mann mit vollem, schlohweißem Haar. Er machte einen sehr gepflegten, aber unfreundlichen Eindruck. Nur zögernd gab er den beiden Polizisten die Hand und zog sie sofort danach zurück. Schulte hätte wetten können, dass Eschbach sich die Hände an der Hose abgewischt hatte. Das Zimmer war erstaunlich geräumig und gediegen eingerichtet. Einige teuer aussehende Gemälde hingen an der Wand, und auch die Möbel waren nicht von Ikea. Die Aussicht aus dem großen Fenster war grandios. Schulte ließ sich in einen der beiden Sessel fallen und wartete, bis Eschbach sich ebenfalls gesetzt hatte.

„Schön haben Sie es hier, Herr Eschbach“, begann Schulte das Gespräch. „Wohnen Sie schon lange hier?“

Der alte Mann zeigte wenig Lust, auf Schultes Plauderton einzugehen. Kurz angebunden fragte er: „Womit kann ich Ihnen helfen? Die Polizei kommt ja nicht hierher, um sich meine Bildersammlung anzuschauen. Aber um Ihre Frage zu beantworten: Ich wohne hier seit zwei Jahren. Also, worum geht es?“

Okay, dachte Schulte, dann machen wir es eben kurz und schmerzlos. „Sie haben sicher von den drei Gewaltverbrechen in der Umgebung von Detmold gelesen. Es scheint da einen Zusammenhang zu einer alten Geschichte aus dem Jahre 1984 zu geben.“

Schulte beobachtete den alten Mann dabei scharf und glaubte, bei Erwähnung der alten Geschichte ein nervöses Zucken im Mundwinkel Eschbachs gesehen zu haben.

„Drei Männer sind ermordet worden. Alle drei waren über siebzig Jahre alt, alle drei kannten sich von früher. Alle drei waren damals in einen Gerichtsprozess verwickelt. Der Angeklagte, ein gewisser Herr Mauermann, war ein Geschäftspartner von Ihnen, Herr Eschbach. Haben Sie jemals wieder etwas von ihm gehört?"

Eschbach rieb sich das Kinn und überlegte. „Sie meinen nach dem Gerichtsurteil? Nein, wir haben nie wieder Kontakt gehabt. Ich weiß gar nicht, ob er noch lebt und will das auch nicht wissen. Sein Vergehen damals war eine riesige Enttäuschung für mich. Menschlich, Sie verstehen? Immerhin bildeten wir gemeinsam die Geschäftsführung einer gutgehenden Investmentfirma. Ich habe mich blind auf ihn verlassen. Und dann so was. Nein, für mich ist Mauermann passé. Vergessen."

Pauline Meier zu Klüt meldete sich zu Wort: „Kannten Sie die drei Männer, die getötet worden sind, persönlich? Dr. Walter Konzelmann, Dr. Hermann Mangold und Helmuth Grabowski."

Eschbach schien erneut lange überlegen zu müssen. Dann stand er auf, ging zum Fenster und schaute hinaus. Den beiden Polizisten den Rücken zudrehend, sagte er: „Teilweise, aber nur oberflächlich. Dr. Mangold war zwar mit mir im selben Golfclub, aber auch da ist man nicht mit jedem wirklich nah bekannt. Aber er war ein sehr bekannter, wie man so sagt, Lebemann. Den Namen des Richters Konzelmann kannte damals jeder, der im Kreis Lippe wohnte. Persönlich sind wir uns nie begegnet. Diesen Grabowski kannte ich gar nicht. War wohl ein Kollege von Ihnen, wie ich in der Zeitung gelesen habe. Aber was hat das alles mit mir zu tun?"

„Das möchten wir ja gern von Ihnen wissen", warf Schulte ein. „Schließlich hatten Sie vor dem Prozess eng mit Herrn Mauermann zusammengearbeitet und müssen mehr von ihm gewusst haben, als die meisten anderen. Außerdem waren Sie damals während des Prozesses ständig im Gerichtssaal und haben großen Anteil daran genommen."

„Woher wollen Sie das denn wissen?", lachte Eschbach höhnisch. „Soweit ich mich erinnern kann, hat damals niemand Filmaufnahmen gemacht. Sparen Sie sich Ihre Bluffs, Herr Kommissar."

Schulte ignorierte den falschen Dienstgrad und schmunzelte. „Sie werden sich nicht mehr erinnern, aber damals ist neben vielen anderen auch ein blendend aussehender, blutjunger Polizist als Zeuge im Prozess aufgetreten. Ich muss leider zugeben, dass mich das gnadenlose Alter bis zur Unkenntlichkeit verändert hat."

Nachdem die beiden Polizisten gegangen waren, lief Martin Eschbach nervös in seiner Wohnung umher, unfähig, sich ruhig in einen der bequemen Sessel zu setzen. Er war nicht recht schlau geworden aus diesem Schulte. Was wusste er und was wollte er eigentlich von ihm? Wenn er wirklich vor dreißig Jahren mit dem Prozess gegen Mauermann zu tun gehabt hatte, dann war er zweifellos über vieles informiert, von dem Eschbach gehofft hatte, es sei gründlich vergessen worden.

Eigentlich war der Prozess damals vollkommen in seinem Sinne abgewickelt worden. Alles war so gelaufen, wie er es eingefädelt hatte. Niemand war aus der Reihe getanzt. Nur danach, als bereits alles erfolgreich zu sein schien, hatte es Ärger gegeben. Seit dieser Zeit hatte Eschbach Feinde. Er hatte alles zu Geld gemacht, was irgendwie zu Geld zu machen war und hatte sich für fast drei Jahrzehnte nach Südamerika, genauer nach Uruguay, abgesetzt.

Doch als der siebzigste Geburtstag im Exil bevorstand, war das Heimweh unerträglich geworden. Er wollte nicht in der Fremde sterben und knüpfte erste Fäden im Detmolder Raum. Vor zwei Jahren war er dann mit Sack und Pack in diese vornehme Seniorenresidenz gezogen. Hier sollte, wäre es nach ihm gegangen, ein interessantes, nicht immer anständiges, aber wirtschaftlich erfolgreiches Leben langsam und beschaulich seinem Ende entgegengehen.

Vor einigen Wochen dann hatte er erkennen müssen, dass man vor seiner Vergangenheit nicht davonlaufen kann. Diese

Vergangenheit hatte gedroht, seine behagliche, gut gepolsterte Existenz zu zerstören.

Eschbach war nicht der Mann, der vor solchen Herausforderungen den Kopf einzog. Es ist besser zu handeln, als behandelt zu werden, war immer schon seine Meinung gewesen. Also hatte Martin Eschbach Pläne geschmiedet.

Jetzt war ein großer Teil der Bedrohung obsolet. Aber es gab noch etwas zu tun. Wenn er den Rest seiner natürlichen Lebenszeit beschaulich und ungestört in dieser Luxusumgebung verbringen wollte, dann musste er handeln. Er musste mit dem Mann Kontakt aufnehmen, dessen bürgerliche Existenz er vor dreißig Jahren nachhaltig zerstört hatte. Den Mann, dem er nie wieder gegenüberstehen wollte. Aber es musste sein.

Noch heute Abend.

54

Es kam selten vor, dass so etwas wie Sentimentalität sein Handeln bestimmte. Aber in diesem besonderen Fall war das so. Zu Mauermann wollte Schulte alleine fahren. Er wollte in Ruhe und vertraulich mit dem alten Mann reden. Seitdem er von Rodehutskors auf die Spur gesetzt worden war, die schnurgerade in die Vergangenheit führte, dachte Schulte fast ständig an die ersten Tage, die er in Detmold verlebt hatte. Und diese Gedanken berührten ihn.

Schulte fuhr die L 937, die von allen Lippern nur Gauseköte genannt wird, nach Schlangen zu der dortigen Senioreneinrichtung des Kreises Lippe. Der warb damit, dass das Haus unter den Senioreneinrichtungen des Kreises ein ganz besonderes Schmuckstück war. Als denkmalgeschütztes ehemaliges Jagdschloss hatte man für dieses Haus eine außergewöhnliche Konzeption entwickelt.

Das Ambiente der Einrichtung war sehr idyllisch. Doch als er das Seniorenstift betrat, wurde ihm gleich der Klassenunterschied zur Residenz Eschbachs deutlich. Schulze zückte seinen Ausweis und fragte nach Herbert Mauermann. Die Frau, die seine Ansprechpartnerin war, telefonierte kurz und bat Schulte, sich einen Moment zu gedulden.

Kurze Zeit später kam ein gebückt gehender, kleiner Mann auf ihn zu. Der Greis gab Schulte die Hand mit den Worten: „Ich warte schon seit ein paar Tagen auf das Erscheinen der Detmolder Polizei. Dass aber ausgerechnet Sie, Herr Schulte, kommen, freut mich. Ich habe Sie noch in guter Erinnerung."

Der alte Mann lächelte. Wenn Schulte an Mauermann dachte, hatte er einen schlanken, durchtrainierten Mann im Gedächtnis. Nicht aber einen Greis, der Mühe hatte, aufrecht zu gehen.

„Kommen Sie, Herr Kommissar, lassen Sie uns ein paar Meter laufen. Wir suchen uns eine Bank und genießen das schöne Frühsommerwetter."

Als die beiden Männer nebeneinander saßen und in die Abendsonne blinzelten, die durch das Blattwerk einer alten, mächtigen Buche schien, fing Mauermann wieder an zu reden.

„Ich bin Ihnen immer noch sehr dankbar, Herr Schulte. Sie und ihr Kollege Lohmann haben mich damals vor dem Gefängnis bewahrt. Nicht auszudenken, was mit mir dort passiert wäre, wenn ich als schwuler Kinderschänder dort eingesessen hätte."

Mauermann schwieg, und Schulte nuschelte so etwas wie: „War doch unser Job."

„Ja, Herr Kommissar, wenigstens der Knast ist mir erspart geblieben. Aber wirtschaftlich, gesellschaftlich und privat waren die Ereignisse des Jahres 1984 mein Ruin." Schulte war sich nicht sicher, aber er glaubte eine Träne an Mauermanns Wange hinabfließen zu sehen.

„Ich meine", versuchte Schulte die emotionale Situation zu meistern, „für mich war der Fall damals der erste und vorübergehend durchaus bedeutungsvoll. Ein paar Monate habe ich immer mal wieder an die Ereignisse gedacht. Aber im Nachhinein war es einer von vielen weiteren Fällen, die im Verlauf meiner Dienstjahre dazukamen. Wären jetzt nicht die drei Morde passiert, hätte ich wahrscheinlich nicht mehr über Ihr Schicksal nachgedacht. Jetzt bin ich ja quasi gezwungen, mich wieder mit Ihrem Leben auseinanderzusetzen." Schulte machte eine Pause und dachte nach. „Aber wenn ich ehrlich bin, die Zusammenhänge von damals durchschaue ich immer noch nicht. Aber Sie, Herr Mauermann, Sie werden doch viele Stunden über das, was damals passierte, gegrübelt haben."

„Das kann ich Ihnen versichern", Herr Schulte. „Nicht nur das. Ich habe den größten Teil meines nach dem Skandal verbliebenen bescheidenen Vermögens dazu aufgewandt, um mich zu rehabilitieren."

Mauermann blinzelte in die Sonne und suchte nach den passenden Worten.

„Erst wollte ich Rache. Ich wollte alle vernichten, die an der Intrige beteiligt waren. Jahre später war die Wut verraucht, und die Rachegedanken spielten nur noch in meinen Träumen eine Rolle. Aber losgelassen haben mich die Ereignisse des Jahres 1984 nie. Später wollte ich nur noch verstehen, was damals der Plan von Eschbach und Konsorten war. Und ich glaube, da habe ich mittlerweile ein hohes Maß an Klarheit gewonnen."

„Wenn Sie mir den Plan ihrer damaligen Gegner erörtern würden, wäre das für meine Arbeit vielleicht jetzt eine große Hilfe", bat Schulte den Greis, der neben ihm auf der Bank kauerte.

„Die Ereignisse um den damaligen Lüerdisser See werden Sie nicht im Detail kennen. Jedenfalls gab es in den siebziger und achtziger Jahren eine Planung, die das Ziel hatte, in der Nähe der Ortschaft Lüerdissen einen See mit einer Kurklinik zu errichten. Mir gehörte schon, bevor die Idee Gestalt annahm, ein großer Teil der Grundstücke in dem Gebiet, in dem der See angelegt werden sollte. Als die Überlegungen dann konkreter wurden, haben die Insider, unter anderem Lemgoer und Kreispolitiker, sich dort die eine oder andere Liegenschaft zugelegt, in der Erwartung, einmal ein Seegrundstück zu besitzen. Dann kam jedoch alles anders, es wurde der Schieder-Stausee gebaut."

Schulte nickte, um Mauermann zu signalisieren, dass er aufmerksam zuhörte. Doch der alte Mann schien die Bestätigung des Polizisten nicht zu benötigen. Er wollte sich den Kummer der letzten Jahrzehnte von der Seele reden

„Danach hatten fast alle, die sich für den Lüerdisser See stark gemacht hatten, die Hoffnung aufgegeben. Ich nicht", kam es entschlossen von Mauermann. „Ich wollte das Projekt. Und so habe ich im Stillen Gespräche geführt. Ich habe den Spekulanten von einst ihre Grundstücke für wenig Geld abgekauft. Auch mein Kompagnon Eschbach wollte seine Grundstücke loswerden. Ich habe ihm davon abgeraten. Doch er wollte verkaufen, und so bin ich seinem Wunsch nachgekommen und habe seine Böden übernommen. Im Jahre 1983 hatte ich es geschafft. Alle Ländereien, die für mein Projekt nötig waren, gehörten mir. Und so unternahm ich einen neuen Anlauf, das See-Projekt zu schultern."

Schulte glaubte, einen gewissen Stolz bei Mauermann wahrzunehmen, als sein Coup von damals in seinen Gedanken wieder lebendig wurde.

„Ich gründete eine neue GmbH, in der ich alleiniger Gesellschafter war und ging mit meinem Vorhaben an die Öffentlichkeit. Viele lippische Politiker, gerade die, die noch vor Jahren glühende Verfechter des See-Projektes waren, spuckten Gift und Galle. Doch ich hatte in Düsseldorf vorgebaut. Dem Kreis Lippe winkten erhebliche Landeszuschüsse. Die Aussicht auf zusätzliches Geld von der Landesregierung zwang die handelnden Personen, sich zurückzuhalten. Eschbach, dem ich im Vorfeld ausdrücklich geraten hatte, mit mir gemeinsam den Weg zu gehen, fühlte sich auf einmal ausgebootet. Und es gab natürlich auch Leute, die versuchten, nachträglich auf den Zug zu springen. Einer davon war der gute Herr Dr. Mangold. Sie können sich gar nicht vorstellen, was der unternommen hat, um seinen Fuß in die Tür der geplanten Kurklinik zu setzen. Es war fast nicht möglich, den Offerten Mangolds zu widerstehen. Ich hatte ihm mehrfach erklärt, dass ich für die Klinik einen Investor habe. Wenn, dann müsse er mit dem verhandeln. Es war zwecklos. Mangold wollte, dass ich ihm den Weg ebne. Ich hingegen war fest entschlossen, mich aus allem, was die Kurklinik betraf, herauszuhalten. Lediglich bauen wollte ich sie."

Das Erzählen strengte Mauermann sichtlich an. Er bemühte sich, konzentriert zu bleiben.

„Ich habe natürlich bemerkt, dass sich eine Gegnerschaft formierte. Aber ich habe mich zu sicher gefühlt. Ich habe meine Widersacher nicht ernst genug genommen. Das war ein Fehler, ein großer Fehler, obwohl ich es hätte wissen können. Ich habe oft genug erlebt, wie jemand ausgebootet wurde. Ich kannte die Mechanismen."

Bitternis prägte Mauermanns Gesicht, als er weitersprach.

„Eschbach war der Stratege meiner Gegner. Er hatte den verkommenen Plan ausgeheckt, der so hervorragend aufging. Für das Einzige, das ihm nicht gelang, waren Sie verantwortlich, Herr Kommissar. Eschbach hat es nicht geschafft, mich in den Knast zu bringen."

Mauermann fasste Schulte kurz auf den Unterarm, bevor er die nächsten Worte fand. „Zunächst hat mich Eschbach ganz subtil in die homosexuelle Ecke geschoben, obwohl ich da weiß Gott nicht hingehöre. Er hat sich die reaktionäre Weltsicht von Hauptkommissar Grabowski zunutze gemacht. Als er ihn von der fixen Idee, dass ich schwul sei, überzeugt hatte, brauchte Eschbach nicht einmal einen Pfennig Bestechungsgeld in die Hand zu nehmen. Der Schwulenhass des Polizisten war so ausgeprägt, der war Motivation genug, alles zu unternehmen, mich in den Knast zu bringen.

Ja, und der gute Richter Konzelmann, das war so eine Art väterlicher Freund von Eschbach. Ein richtig guter Kumpel. Dem hatte er die Sahneschnitte am See versprochen. Und Mangold sollte, wenn ich erst abserviert war, die Kurklinik bekommen."

Schulte starrte den Alten ungläubig an. „Ja, woher wissen Sie das alles, Herr Mauermann? Und wieso haben Sie diese Fakten nicht zur Anzeige gebracht?"

Mauermann lachte heiser. „Woher ich das weiß? Nachdem Eschbach das ganze Projekt Lüerdisser See vor die Wand gefahren hatte, ist er Hals über Kopf nach Südamerika abgehauen. Das muss so 1986 gewesen sein. Sie können sich vorstellen, dass der Mann nach seinem Scheitern eine Menge Feinde hatte. Da musste er weg hier aus Lippe. Das hat er dann auch gemacht. Erst hat er die Millionen, die ihm zum Großteil nicht einmal gehörten, ins Ausland transferiert und ist dann seinem Geld hinterhergefahren. Doch bevor er die große Flatter gemacht hat, ist er noch einmal bei mir vorbeigekommen, hat mich verhöhnt und die anderen, die versucht haben, mich in den Knast zu bringen, auch. Sie können sich gar nicht vorstellen, was der Kerl damals einen Dreck über seine Kumpanen ausgeschüttet hat." Wieder lachte Mauermann bitter.

„Und nun zu Ihrer letzten Frage, Herr Kommissar. Warum habe ich das Wissen nicht zur Anzeige gebracht? Sie können mir glauben, ich habe mindestens fünf Rechtsanwälte konsultiert. Ich habe denen mein letztes Geld angeboten, nur damit sie halfen, die Schande, die auf mir lastete, wieder loszuwerden. Einige haben auch einen Teil des vorhandenen Geldes genommen. Aber alle haben Sie mir einhellig gesagt, das würde mir kein Mensch glauben. Jeder Richter, so haben sie mir zu verstehen gegeben, würde mir, bei der eher mageren Beweislage unterstellen, dass es mir lediglich um meine persönliche Rache ginge und nicht um Gerechtigkeit. Wahrscheinlich würde es nicht einmal zur Eröffnung einer

Verhandlung kommen, zumal ich auch noch einen Richter beschuldigte. Das wäre eine hohe Hürde, über die niemand aus unserer Justiz springen würde." Jetzt liefen Mauermann wirklich die Tränen. „Und aus der Ferne betrachtet", schob er nach, „sie hatten ja recht, die Herren Advokaten. Die Beweislage war wirklich dünn. Ich hätte keine Aussicht gehabt, rehabilitiert zu werden."

Mauermann lächelte Schulte schief an. „Ist das ein Mordmotiv?"

55

Am Abend waren Schulte und Anton Fritzmeier von Ina zum Abendessen eingeladen. Sie suchte eine Gelegenheit, mit den beiden Männern einmal in Ruhe über ihre Pläne zu sprechen. Während sich Fritzmeier über ein kostenloses und gemütliches Abendessen freute, kam Schulte sich vor wie bei einer Henkersmahlzeit.

Die Umzugspläne seiner Tochter behagten ihm gar nicht. Sein Enkel Linus war vollkommen seiner Meinung, auch er hatte nicht die geringste Lust, den vertrauten Wohnort, der für ihn ein Zuhause geworden war, zu verlassen. Ganz zu schweigen von seiner Fußballmannschaft, die ohne ihn sofort absteigen würde. So stand Ina ziemlich allein da, als sie ihre Pläne zu erklären suchte.

„Versteht Ihr denn nicht, dass das für mich eine Riesenchance ist?", ereiferte sie sich, als die drei männlichen Teilnehmer des Abendessens, alt wie jung, nur schweigend dasaßen und Gesichter zogen, als hätte sie etwas Unanständiges erzählt. „Ich würde mir für den Rest meines Lebens Vorwürfe machen, wenn ich diese Möglichkeit ausschlage."

„Ina", sagte Schulte zögernd, „was für dich gut und richtig ist, das kannst nur du wissen. Das muss ich letzten Endes akzeptieren. Aber dass ich euch beide gern hier behalten möchte, ist eine andere Sache. Für mich ist es ein Verlust, wenn ihr geht und das macht mich nicht gerade glücklich. Aber ich werde dir keine Steine in den Weg legen. Schon klar, dass du erst mal an dich und Linus denken musst. Da hat Münster wahrscheinlich wirklich mehr zu bieten als Heidental."

„Was denn?", rief Linus erbost dazwischen und verschränkte trotzig die Arme vor der Brust. „Ich will hierbleiben, basta."

Ina verdrehte genervt die Augen, nahm sich aber zusammen und antwortete, so ruhig, wie ihr das möglich war: „Ich finde es ja auch ganz toll hier. Unser Zusammenleben auf dem Hof und dass wir den Hofladen so prima hinbekommen haben, alles klasse. Aber, seid mir nicht böse, dafür habe ich nicht jahrelang studiert, um für den Rest meines Lebens hinter der Theke eines Hofladens zu stehen und Radieschen zu verkaufen. Ich möchte noch etwas aus meinen Möglichkeiten machen."

„Ja, ja", sagte Fritzmeier mit vollem Mund, „ich hab immer chesagt, lass die Kinder kein Abitur machen. Wenn se Abitur haben, dann kriegen se nur Flausen in Kopp und wollen wech. Mein Egon wollte auch immer Abitur machen, aber zum Chlück war er nich chut genug inne Realschule und durfte nich. Na ja, aber wech isser trotzdem, wenn auch nich weit wech. Also Jupp, ich chlaube, da kannse nix machen. So is dat eben."

Damit schien Fritzmeier alles gesagt zu haben, schaufelte gierig eine weitere Portion Kartoffeln auf seinen Teller und goss großzügig Bratensoße darüber. Schulte sah ein, dass er auf verlorenem Posten stand und versuchte, das Thema zu wechseln. Er wandte sich an Linus und fragte ihn, wie er diesen wunderschönen Nachmittag verbracht hatte.

„Freibad", antwortete der Junge einsilbig, offenbar immer noch schlecht gelaunt.

Doch Schulte bohrte nach. „Allein oder mit Freunden?"

„Mit ein paar Leuten aus der Schule.“ Langsam schien Linus aufzutauen, denn seine Sätze wurden länger.

„Und was habt ihr da den ganzen Nachmittag gemacht?“

„Alles“, strahlte Linus, nun wieder fast der Alte, „wir sind geschwommen, wir haben Fußball gespielt, wir sind vom Rand reingesprungen. Ach ja, und wir haben Arschbomben geübt.“

„Arschbomben?“, fragte Fritzmeier, „kenn ich nich. Wat is das denn?“

„Arschbomben machen Spaß“, ereiferte sich Linus, „Hansi hat uns gezeigt, wie man die am besten macht. Der kann das total gut.“

„Ist das ein Freund von dir“, fragte Schulte.

„Ja, seit heute. Ich glaube, der ist ein bisschen dumm, aber total nett. Und unheimlich stark. Mama, gibt es noch Nachtisch?“

Ina nickte, „Aber erst, wenn alle so weit sind. Ein bisschen musst du dich noch gedulden.“

Da fiel Schulte etwas ein. Er griff in die Hosentasche und zog ein kleines Päckchen, das mal mit viel Liebe eingepackt worden war, heraus. Jetzt war die kleine Schleife zerdrückt und der Karton verknickt. Schulte war etwas verlegen, weil er so unachtsam mit der aufwendigen Verpackung umgegangen war.

Als Linus das Präsent sah, widmete er sich wieder den Resten auf seinem Teller. Denn er wusste aus jahrelanger Erfahrung, dass Dinge, die so chic eingepackt waren, als Geschenk für seine Mutter gedacht waren. Doch diesmal hatte der Junge sich geirrt. Schulte schob das Minipaket zu Linus hinüber.

„Ich hab hier was für dich. Vielleicht kannst du ja was damit anfangen.“

Die Augen des Jungen strahlten.

„Darf ich es sofort auspacken?“ Er sah flehend in die Richtung seiner Mutter. Sie nickte lächelnd. Und nur eine

Sekunde später flogen Schleife, buntes Papier und Kartonfetzen durch die Küche. Dann hielt Linus ein kleines Ledertäschchen in der Hand. Darin befand sich eine Kombination aus Taschenmessern und vielen kleinen Werkzeugen.

Linus' Gesicht überzog ein Strahlen. „Guck mal, Anton, sogar 'ne Säge ist dran und eine kleine Kneifzange. Danke, Opa!"

Der Junge sprang auf und umarmte Schulte. Fritzmeier brummelte: „Wat et nich alles chibt."

56

Martin Eschbach zog sich ein frisches Hemd an. Auf eine Krawatte verzichtete er an diesem herrlichen Frühsommerabend, es war ja kein formeller Termin, sondern ein Gespräch unter vier Augen. Sorgfältig knöpfte er das Hemd zu, schloss die Schranktür und schaute kritisch in einen großen Spiegel.

Er war noch gut in Schuss, fand er. Kein Gramm Fett zu viel, der volle, dichte Haarschopf, die frühsommerlich gebräunte Haut, das hatten nicht viele in seinem Alter vorzuweisen. Zufrieden lächelte er sich an, strich das Hemd glatt und wollte eben an der Garderobe seine dünne Windjacke vom Haken nehmen, als es an der Wohnungstür klopfte. Verwundert öffnete er die Tür und sah vor sich einen Mann, der mit einem grauen Kittel bekleidet war. In der Hand hielt er einen Werkzeugkoffer.

„'n Abend", sagte der Besucher und stellte sich vor, „bin der Hausmeister. Die Vertretung. Der richtige ist im Urlaub. Soll hier die Wasseranschlüsse kontrollieren. Es gibt irgendwo im Haus 'n Leck."

Eschbach zog misstrauisch die Stirn in Falten.

„Hier gibt es kein Leck. Hier ist alles trocken und in bester Ordnung. Was wollen Sie denn hier finden? Außerdem muss ich dringend weg."

Der Hausmeister drängte sich an ihm vorbei in die Wohnung hinein.

„Geht auch ganz schnell. Irgendwo muss ja 'ne undichte Stelle sein. Wenn nicht, dann können wir hier 'nen Haken dranmachen und weitersuchen."

Eschbach stöhnte, gab sich aber geschlagen. „Aber beeilen Sie sich! Das Badezimmer ist hinten rechts."

Der Mann mit dem Kittel ging in die angegebene Richtung und verschwand aus dem Blickfeld Eschbachs.

Um sich die Zeit zu vertreiben, holte Eschbach eine Zigarette aus einem Lederetui auf dem Wohnzimmertisch, ging auf den geräumigen Balkon und zündete die Zigarette an. Aus dem Badezimmer hinter sich hörte er das typische Klappern und Klirren, das entsteht, wenn jemand in einem Werkzeugkoffer herumkramt. Ein ärgerlicher Unruhefaktor und Zeitfresser, der aber in wenigen Minuten vorbei sein würde. Umso mehr genoss er die Szenerie, die sich unter ihm bot. Der Blick vom Balkon auf den gepflegten Park der Seniorenresidenz war sein Geld wert. Die untergehende Abendsonne funkelte rot in einem Teich, ein kleiner Springbrunnen plätscherte munter. Ein Bild des Friedens und der Ruhe. Ein Seniorenparadies.

Das Klappern im Badezimmer hatte aufgehört. Offenbar war der Hausmeister mit seiner unsinnigen Inspektion durch.

„Sind Sie endlich fertig?", rief er laut über die Schulter und rauchte weiter. Eigentlich hatte er eine Antwort aus dem weit entfernten Badezimmer erwartet und erschrak heftig, als der Hausmeister, direkt hinter ihm stehend, sagte:

„Noch nicht ganz. Das Wichtigste fehlt noch."

Eschbach wirbelte herum und stand dem angeblichen Handwerker direkt gegenüber. Dessen Blick machte ihm augenblicklich klar, dass der Mann alles Mögliche war, aber nicht der Hausmeister. Aus seinen Augen sprach Hass, purer, ungebremster Hass. Eschbach stockte kurz der Atem.

„Was wollen Sie? Wer sind Sie?"

Der andere lachte trocken. „Können Sie sich das nicht denken? Mal ganz ehrlich, haben Sie nicht schon ein bisschen mit meinem Besuch gerechnet?"

Ganz nebenbei speicherte Eschbach ab, dass Stimme und Sprache des Mannes nun völlig anders waren als bei seinem Eintritt. Aber spielte das noch eine Rolle? Fieberhaft suchte er nach einem Ausweg, aber es gelang ihm nicht, seinem Verstand einen klaren Gedanken abzuringen. Es wirbelte, brummte, summte und rauschte, blinkte auf und verschwamm sofort wieder. Und er spürte, dass ihm die Zeit davonlief.

Er machte einen Schritt zurück, bis er das Balkongeländer in seinem Rücken fühlte. Der größere Abstand zu seinem Gegenüber gab ihm etwas Sicherheit. So sehr er sich auch bemühte, er konnte im Gesicht des Mannes nichts Bekanntes erkennen, hatte nicht die geringste Ahnung, um wen es sich handelte.

„Sie waren der Schlimmste von allen", sagte der falsche Hausmeister, machte aber keinen weiteren Schritt auf ihn zu. „Sie haben sich das alles ausgedacht. Sie waren der Kopf hinter allem, und sie waren es, der am meisten von der Schweinerei profitiert hat. Es kann für Sie keine Gnade geben. Jetzt ist es so weit, irgendwann muss man bezahlen."

Eschbach spürte, wie sich plötzlich trotz allem eine eisige Ruhe seiner bemächtigte. Es war wie in einem Film, er sah sich am Geländer stehen, vor ihm ein mehrfacher Mörder, aber er war an der ganzen Sache innerlich nicht beteiligt.

Mit einem ihm sonst völlig fremden Galgenhumor sagte er, wobei er sich über sich selbst wunderte: „Wo haben Sie denn die berühmt-berüchtigte Metallstange, mit der sie die drei anderen erschlagen haben? Vergessen? Oder haben Sie heute was Besseres im Werkzeugkoffer?"

Der andere lachte kurz. „Die brauche ich heute nicht."

Im selben Augenblick machte er einen schnellen Schritt nach vorn, so schnell, dass Eschbach es gar nicht mitbekam, und stieß dem alten Mann mit aller Kraft vor die Brust.

Der lang aufgeschossene Eschbach, für dessen Körperschwerpunkt das Geländer nicht hoch genug war, kippte nach hinten, lag mit dem Rücken schon weit über der Brüstung, als sein Angreifer eines seiner Beine ergriff, es mit brachialer Kraft hochriss und Eschbachs Körper über das Geländer stieß.

Ohne einen Schrei schlug Eschbach nach einem Sturz über sieben Stockwerke auf dem Rasen des Parks auf.

57

Es war ein herrlicher Frühsommerabend, als Jupp Schulte und Maren Köster durch den Detmolder Palaisgarten bummelten. Schulte war unsicher, was das Treffen bringen würde und verhielt sich sehr zurückhaltend. Waren sie eigentlich noch ein Paar, oder hatten sie sich bereits wieder auseinandergelebt? So richtig klar war ihm das nicht. Doch schon nach wenigen Minuten bemerkte er zu seiner Freude, dass Maren Köster nicht auf Krawall gebürstet war, sondern ganz im Gegenteil wieder mit ihm ins Reine kommen wollte.

Er war ihr dankbar dafür, wieder einmal die Initiative ergriffen zu haben und wollte seine Chance auf keinen Fall durch unbedachtes Verhalten gefährden. Bei der kunstvoll angelegten Grotte legte er ihr versuchsweise den Arm um die Schulter. Sie ließ es sich gefallen, kuschelte sich sogar an. Danach kehrten sie in den Biergarten des *Neuen Krugs* ein und aßen eine Kleinigkeit.

„Maren", begann Schulte zögernd, „es tut mir leid wegen letztens. Bist du noch sauer?"

„Du hattest ja gewissermaßen mildernde Umstände", antwortete sie mit leichtem Schmunzeln. „Aber so etwas brauche ich nicht jedes Wochenende. Nur gut, dass du dann tatsächlich brav auf dem Sofa geschlafen hast. Hättest du es gewagt, zu mir ins Bett zu kommen, dann hätte ich dich achtkantig rausgeworfen. Du weißt ja, dass ich mal lippische Karatemeisterin war. Und ein gewisser Jähzorn ist mir auch nicht völlig fremd."

Schulte nickte und aß weiter. Ihren Jähzorn hatte er schon oft kennengelernt. Er betrachtete sie verstohlen, während sie in ihrer Schale mit gemischtem Salat gabelte, und spürte ein heißes Begehren aufsteigen.

Diese Frau war immer noch in der Lage, ihn um den Verstand zu bringen, Der Blick aus den großen grünen Augen, der Fragen stellte, aber keine Antworten gab, löste seit vielen Jahren bei ihm Turbulenzen im Magen aus. Die prachtvollen langen roten Haare, die ihr Madonnengesicht umrahmten, leuchteten in der untergehenden Abendsonne.

Schulte spürte seinen Atem unruhiger werden, der eben noch dominierende Hunger wich einem leidenschaftlichen Verlangen. Ihn überkam plötzlich ein heftiges Gelüste nach einer Zigarette. Bis in die Fußspitzen konnte er spüren, dass seine Nebennieren kübelweise Testosteron ausschütteten.

Nachdem sie ihren Salat geschafft hatte, schaute Maren wieder auf. Als sich ihre Blicke trafen, wusste er, dass er keine Sekunde länger stillsitzen konnte. Sein Körper verlangte nach Tätigkeit.

„Lass uns noch ein bisschen bummeln", schlug er vor und zahlte.

Sie schlenderten Hand in Hand am Friedrichstaler Kanal entlang Richtung Obere Mühle, wo sie ihre Autos geparkt hatten. Als Maren Köster fragte: „Kommst du noch mit nach Lemgo?", überlegte er keine Sekunde und sagte zu. Zu Hause war ja alles in Ordnung. Fritzmeier war durch Rodehutskors versorgt und der Hund durch die zurückgekehrte Ina. Niemand brauchte ihn dort. Aber selbst dann hätte ihn keine Macht der Welt mehr davon abhalten können, mit Maren zu ihrem kleinen Haus in der Lemgoer Altstadt zu fahren.

Es war kurz nach zweiundzwanzig Uhr, als Schulte in Maren Kösters Wohnzimmer saß, während sie in der Küche eine Flasche Wein öffnete. Eigentlich fand Schulte, dass der Wein warten konnte. Ihm stand der Sinn nur nach etwas anderem. Aber Frauen waren da immer ein wenig formeller. Sie brauchten ihre Rituale. Okay, dachte er, wenn es denn dem höheren Genusse dient, dann sollte es ihm recht sein.

In diesem Augenblick hörte er sein Handy.

„Schulte, wir brauchen Sie sofort", dröhnte die unangenehme Stimme Erpentrups in sein Ohr. „Es gibt einen neuen Toten. Diesmal im *Augustinum*. Trödeln Sie nicht wieder!"

58

Schulte war am Freitagmorgen bereits schlechtgelaunt zum Dienst gekommen. Er blieb schlechtgelaunt, nachdem er Erpentrup einen mündlichen Bericht über die Ereignisse des gestrigen Abends geliefert hatte. Und seine Laune wurde auch nicht besser, als Erpentrup ihm vorwarf, mit seinen Ermittlungen nicht zu Potte zu kommen und daher in gewisser Weise mitverantwortlich zu sein für eventuelle weitere Morde eines Verrückten.

„Schulte, sind Sie sicher, dass Sie das mit ihrer kleinen Truppe schaffen?"

„Warum?", fragte Schulte mit gespielter Unschuld. „Wollen Sie endlich das Team verstärken?"

„Verstärken? Nein, wenn Sie mit diesem Fall überfordert sind, dann gebe ich ihn ab. Dann machen die das zentral aus Bielefeld. Die warten nur darauf, und eigentlich ist es ja auch ihr Job. Also, was meinen Sie?"

Schulte versicherte ihm, kurz vor der Aufklärung zu stehen. Sein kleines, aus drei Beamten bestehendes Team sei völlig Herr der Lage.

Nach diesem schamlosen Bluff nahm Schulte sich auf dem Weg in sein Büro fest vor, alles liegen und stehen zu lassen, um endlich ein Gespräch mit dem Personalratsvorsitzenden über eine mögliche Frühverrentung zu führen. Er ging stramm auf die Sechzig zu, da durfte man solche Gedanken schon mal zulassen. Solche Auseinandersetzungen konnte er einfach nicht mehr ertragen.

Am Schreibtisch folgten die Routineabfragen nach einem Todesfall, bei dem ein Gewaltverbrechen vorliegen könnte. Bei Renate Burghausen wegen der Spuren am Tatort, beim Pathologen wegen Todeszeitpunkt und Todesursache. Dann erst gönnte er sich einen Kaffee. Mit dem heißen Becher in der Hand schaute er ins Büro seiner beiden Mitarbeiter.

„Lindemann, kommen Sie gleich mal rüber zu mir und bringen Sie alle Akten mit, die Sie gestern über den Mauermann-Prozess zusammengesucht haben. Wir müssen da noch mal drüberschauen. Meier, du bitte auch."

In seinem Büro gab er den beiden eine kurze Zusammenfassung über sein Gespräch mit Erpentrup und über die beiden Telefonate mit Spurensicherung und Pathologie.

„Erpentrup steht unter großem Druck", fasste er zusammen, „denn so eine Mordserie hatten wir in Lippe schon ewig nicht mehr. Klar, dass alle beunruhigt sind. Erpentrups Frage, ob unser Mini-Team die Sache schultern kann, ist ja nicht unberechtigt. Aber ich bin sicher, wir stehen kurz vor dem Durchbruch. Ich …"

„Wie kommen Sie darauf, Chef?", wollte Pauline Meier zu Klüt wissen. „Was lässt Sie denn hoffen? Wir haben doch noch nichts Brauchbares."

Schulte schaute sie an, um herauszufinden, ob sie sich über ihn lustig machte. Aber sie schien die Frage ernstgemeint zu haben.

„Der Kaffee, Meier", verblüffte er seine beiden Mitstreiter. „Ich habe mir heute zum ersten Mal in dieser Woche einen Kaffee aus dem Automaten gezogen und mir nicht beim ersten Schluck den Mund verbrannt. Das ist ein verdammt gutes Zeichen, finde ich. Es geht aufwärts. So, und nun ran an die Arbeit. Ich will wissen, ob sich aufgrund der Aktenlage meine Hypothese verifizieren lässt. Oder ob ich schon so verkalkt bin, dass mich meine Erinnerung im Stich lässt."

Zwei Stunden später, Lindemann hatte eben für alle drei etwas zu essen aus der Kantine geholt, konnte Schulte zusammenfassen:

„Es geht um Rache. Da bin ich mir sicher. Beim Prozess im Jahre 1984 hat man versucht, Mauermann nach allen Regeln der Kunst fertigzumachen. Die treibende Kraft dabei wird Eschbach gewesen sein, denn der hat am stärksten davon profitiert. Mauermann war sein Geschäftspartner, und durch die Vernichtungsaktion hatte Eschbach freie Bahn. Ich bin sicher, an dem ganzen Dreck mit Missbrauch war nichts dran, das war schlau eingefädelt."

„Aber war das denn damals wirklich so eine vernichtende Anschuldigung?", zweifelte Lindemann.

„Lindemann", lachte Schulte trocken, „das Ganze ist dreißig Jahre her. Das waren andere Zeiten. Da haben Sie noch in den Pampers gelegen. Wegen einer ähnlichen Sache, der Kießling-Affäre, hat es zur gleichen Zeit sogar eine echte Regierungskrise gegeben. Nein, damit warst du damals fertig, ruiniert, zerstört."

„Der Richter hieß Dr. Konzelmann, der Gutachter Dr. Mangold, und der ermittelnde Polizist hieß Grabowski", zählte Pauline Meier zu Klüt auf. „Damit haben wir, wenn wir Eschbach dazurechnen, alle zusammen. Die Leute haben zusammengearbeitet und vorsätzlich eine gutsituierte Existenz zerstört. Das Motiv ist ziemlich eindeutig."

„Rache", fuhr Schulte dazwischen. „Da hast du völlig recht, Meier."

„Wenn wir davon ausgehen, dass es der Geschädigte ist, der Rache übt, kommt eigentlich nur einer in Frage", sagte die Polizistin, „und das ist Mauermann."

59

„Ich werde Ihnen jetzt etwas erzählen. Setzen Sie sich, Herr Schulte."

Als Schulte saß, begann Mauermann damit, enge Kreise rund um den kleinen Tisch zu drehen. Langsam und bedächtig, aber stetig umkreiste er Schulte, dem bei Mauermanns dritter Runde leicht schwindelig wurde.

Mauermann erweckte den Eindruck, als müsse er sich erst einen Ruck geben, bevor er weitersprechen konnte. Als hielte ihn eine unsichtbare Kraft zurück. Dann, als Schulte schon nicht mehr damit rechnete, quoll es plötzlich aus ihm heraus.

„Ich war's!"

Schulte glaubte, nicht richtig gehört zu haben, drehte sich auf seinem Stuhl um und starrte Mauermann verblüfft an. Doch der legte sofort nach.

„Ich habe die vier Männer getötet. Ich habe es getan, und ich bereue es nicht. Denn sie haben es verdient. Alle."

Dann drehte er wieder seine Runden um den Tisch herum, bis Schulte der Kragen platzte.

„Verdammt noch mal", schrie er Mauermann an, „jetzt setzen Sie sich endlich hin! Sie machen mich wahnsinnig. Und dann reden Sie nicht so einen Schwachsinn. Wer soll Ihnen das denn glauben?"

Mauermann setzte sich ihm gegenüber an den Tisch, legte die Hände wie zu einem Gebet zusammen und schaute auf die abgewetzte Tischplatte. Mit einem Ruck hob er den Kopf und sagte: „Ich hätte mir denken können, dass Sie mir nicht glauben. Ein alter, gebrochener Mann, werden Sie meinen. Wie soll der die vier Männer, von denen die meisten deutlich besser in Form waren als er selbst, getötet haben? Aber Sie wissen ja, wo ein Wille ist, … Friedrich Nietzsche hat einmal gesagt: Wer ein Warum hat, dem ist kein Wie zu schwer. Sie kennen meine Geschichte. Zweifeln Sie wirklich daran, dass ich ein Warum habe?"

Nein, dachte Schulte, daran konnte es keinen Zweifel geben. Diesem Mann war übel mitgespielt worden.

Er schaute Mauermann in die Augen. Aber der erwiderte seinen Blick ruhig und fest. Sollte seine ungewöhnliche Selbstbezichtigung wirklich die Auflösung der schrecklichen Mordserie bedeuten? Schulte war zutiefst verunsichert. Er war von Natur aus skeptisch, wenn etwas zu glatt lief, und hier präsentierte sich ein Täter gerade selbst auf einem Silbertablett. Konnte das stimmen?

„Warum sagen Sie mir das alles?“, fragte Schulte. „Sie bringen sich doch in allergrößte Schwierigkeiten.“

Wieder so ein freudloses, leeres Lachen von Mauermann.

„Weil meine Aufgabe erledigt ist“, sagte er und wirkte etwas trotzig. „Das wollte ich noch schaffen in meinem Leben. Was jetzt noch kommt, ist mir egal. Ich bin schwer krank, Herr Kommissar, was immer auch kommt, es wird nicht lange dauern. Aber ich will, dass die Verbrechen der vier Männer in aller Öffentlichkeit verhandelt werden. Und ich will, dass mein eigener Fall noch einmal öffentlich aufgerollt wird. Das erreiche ich am besten vor den Schranken des Gerichts.“

Er stand auf, hob den Koffer auf und fragte:

„Können wir? Sie haben doch sicher Platz in einer Ihrer Zellen, oder?“

60

Als Schulte den geständigen Herbert Mauermann in einer Untersuchungszelle der Kreispolizeibehörde untergebracht hatte, telefonierte er zuerst mit dem Staatsanwalt und dann mit seinem direkten Vorgesetzten, Klaus Erpentrup. Der war mit seiner Frau gerade auf dem Sprung zu einer Party. Er zeigte sich bei Schultes Nachricht restlos begeistert.

„Endlich ein Erfolg! Großartig, Schulte. Da fällt aber eine Menge Druck von uns ab. Also, wenn Sie mich fragen, ich hatte den Alten von vornherein im Verdacht. Wer hätte ein besseres Motiv haben können?"

Schulte zerbiss einen Fluch und ließ Erpentrup reden. Es war ja nichts Neues für ihn. Wenn es schlecht lief, dann suchten die Chefs einen Sündenbock, der Erfolg hingegen hatte immer viele Väter. Dennoch beschloss er, seinem Vorgesetzten etwas Wasser in den Wein zu schütten.

„Mir ist das alles viel zu glatt verlaufen", stänkerte er. „Ich bin von dem Geständnis noch lange nicht überzeugt. Irgendwas passt hier nicht."

„Schulte, jetzt machen Sie mal halblang!" Erpentrup war offenbar erregt. „Wir haben den Fall gelöst, und damit basta. Mein Gefühl sagt mir, der Alte war es. Ich werde sofort die Pressefritzen anrufen und für Montag eine Pressekonferenz anberaumen. Sie werden natürlich die Konferenz leiten, Schulte. Hach, endlich wieder mal eine gute Nachricht. Da wird mir der erste Sekt auf der langweiligen Party gleich viel besser schmecken. Und Schulte, nichts für ungut, wenn ich Sie in den letzten Tagen manchmal etwas härter angefasst habe. Aber Sie sehen ja selbst – es hat doch was gebracht. Sie sind richtig wachgerüttelt worden, und prompt klappt es mit den Ermittlungen. So was nenne ich gute Teamarbeit."

Schulte unterdrückte das Bedürfnis, auf seinen Schreibtisch zu kotzen, und legte auf. Er rieb sich die müden Augen und seufzte. Gut möglich dass er die Gefühle seines Chefs bitter enttäuschen musste. Aber war das sicher? Hatte Erpentrup vielleicht recht? War er selbst so vollgestopft mit Informationen, steckte er so tief im Sumpf dieser schrecklichen Mordserie, dass er den Wald vor lauter Bäumen nicht mehr sah? Dass er alles unnötig verkomplizierte, weil sein ganzes Leben zurzeit schwierig war?

In der Tat gab es für ihn einige Felder zu beackern. Neben seinem anstrengenden Beruf gab es die Dauergroßbaustelle Maren, dann war die Sorge um Anton Fritzmeier, und das vielleicht Bedrückendste war der geplante Wegzug seiner

Tochter Ina mit ihrem Sohn Linus. Schulte, der sein Erwachsenenleben als Single verbracht hatte und auf dem Weg gewesen war, ein schrulliger Einzelgänger zu werden, hatte durch das Zusammenleben mit Tochter und Enkel zum ersten Male seit seiner Kindheit wieder so etwas wie eine Familie erleben dürfen. Und er hatte es in vollen Zügen genossen. Er war ein schlechter Vater gewesen, das war ihm bewusst, und so wollte er wenigstens ein guter Opa sein. Wollte an dem Jungen vieles von dem gutmachen, was er an seinen beiden Töchtern versäumt hatte. Und diese Lebensaufgabe sollte ihm jetzt genommen werden?

Eine beklemmende Vorstellung für ihn.

61

Klaus Erpentrups Stresspegel nahm, wenn seine Gesichtsfarbe als Indikator nicht trog, bedrohliche Formen an. In einer halben Stunde sollte die Pressekonferenz beginnen, wie angekündigt am Montagmittag um 14:00 Uhr.

Jupp Schulte war zu seiner eigenen Verblüffung am Morgen pünktlich in der Dienststelle eingetroffen, war gut vorbereitet, stand nun mit seinem Chef und einigen Kollegen im Besprechungsraum, eigentlich konnte nichts mehr schiefgehen.

Aber die Mordserie hatte offenbar großes Interesse in der Öffentlichkeit gefunden, denn für die Pressekonferenz hatten sich nicht nur die Heimatzeitung sowie die üblichen Anzeigenblätter aus der Region angekündigt, nein, auch der WDR hatte aus seinem Bielefelder Studio ein Kamerateam geschickt.

Die Vorstellung, noch am heutigen Abend im Fernsehen zu erscheinen, schien bei Erpentrup den Blutdruck in die Höhe zu pressen. Immer wieder fuhr er sich durchs Haar und rückte seine Krawatte zurecht. Schulte hatte solche Auftritte im regionalen Fernsehen schon häufiger hinter sich gebracht und blieb völlig ruhig.

Bis Manuel Lindemann auf ihn zukam und ihm mitteilte:

„Herr Schulte, der Untersuchungshäftling Mauermann will Sie sprechen. Er hat gesagt, es sei sehr dringend."

„Der muss leider warten", antwortete Schulte, „ich muss gleich zur Pressekonferenz. Was meinen Sie, was unser Chef mir erzählt, wenn ich so kurz vorher noch verschwinde. Er sitzt zwar auch am Tisch und berichtet über die positiven Neuigkeiten, aber ich bin derjenige, der auf unangenehme Fragen antworten muss. Sagen Sie Herrn Mauermann, dass ich in anderthalb Stunden bei ihm sein kann, eher nicht."

„Aber er hat gesagt, es dulde keinen Aufschub. Es gehe um Leben und Tod, und er will nur Sie sprechen."

Schulte schaute seinen Mitarbeiter prüfend an und sah, dass Lindemann, den so schnell nichts aus der Fassung bringen konnte, ganz offensichtlich von der Dringlichkeit des Mauermannschen Appells überzeugt war.

„Okay, aber nur für ein paar Minuten", sagte er hastig und verließ mit Lindemann so unauffällig wie möglich den Besprechungsraum.

Ein uniformierter Kollege hatte Mauermann bereits in den Verhörraum gebracht und sich hinter dessen Rücken aufgebaut. Schulte machte ihm mit einem Handzeichen klar, dass er seiner Hilfe nicht bedürfe und er gehen könne. Dann war er mit Mauermann allein.

„Was gibt es denn so Dringendes? Machen Sie es kurz, ich muss in wenigen Minuten vor eine Fernsehkamera."

„Um denen zu berichten, dass Sie den Schuldigen für die Mordserie gefunden haben?", fragte Mauermann süffisant. „Leider muss ich Sie und alle anderen enttäuschen. Aber ich glaube, damit haben Sie schon ein bisschen gerechnet, oder?"

Schulte stöhnte. So etwas in der Art hatte er befürchtet. Wie sollte er den Presseleuten beibringen, dass sie umsonst gekommen waren? Erpentrup würde sofort am Blutsturz sterben, und ihn selbst würde die Presse öffentlich zerreißen. Aber er forderte Mauermann auf, weiterzusprechen.

„Ich bin ein Idiot. Dies vorweg als Erklärung für mein Verhalten. Schieben Sie es auf mein Alter oder mein verkorkstes Leben, wie Sie wollen. Ich habe das Geständnis abgelegt, weil ich einen Menschen schützen wollte, in dessen Schuld ich für immer und ewig stehe. Ich war, als Sie mich im Seniorenheim besuchten, mit den Nerven runter und konnte nicht mehr klar denken. Jetzt, wo ich in der Einsamkeit meiner Zelle zur Ruhe gekommen bin, muss ich erkennen, dass das eine Riesendummheit war. Mein Geständnis wird den Menschen auf Dauer nicht schützen. Aber es gibt ein noch wesentlich größeres Problem."

Mauermann bedeckte das Gesicht mit beiden Händen. Dann schaute er Schulte wieder an. Mit einem Blick, der so viel Verzweiflung ausdrückte, dass Schulte keine Sekunde daran dachte, die Worte des Geständigen auf die leichte Schulter zu nehmen. Pressekonferenz, Fernsehkameras und ein ausrastender Vorgesetzter spielten nun keine Rolle mehr. Schulte war hier und jetzt an der richtigen Stelle.

„Kurz bevor Sie mich besucht haben", fuhr Mauermann fort, „war mein Sohn bei mir. Ja, ich habe einen Sohn, oder besser, ich hatte einen Sohn. Er war neun Jahre, als der angebliche Skandal seines Vaters seine Kindheit abrupt beendete. Seitdem hatte ich ihn nicht mehr gesehen. Er wollte mit mir nie mehr was zu tun haben, weil er, wie auch meine Frau und alle anderen, an meine Schuld geglaubt hatte. Ich sage hatte, weil er offenbar zwischenzeitlich herausbekam, dass ich kein Täter, sondern Opfer war. Fragen Sie mich nicht, wie er das herausgefunden hat. Das alles zusammen, seine zerstörte Kindheit, seine Scham über den Verbrechervater und dann der Schock, dass hinter seiner zerstörten Familie das zynische Kalkül einer kleinen, aber entschlossenen Interessengruppe steckte, hat ihn offenbar völlig aus der Bahn geworfen. Er ..."

Wieder schlug er die Hände vor das Gesicht. Dann sprach er langsam und mit tonloser Stimme weiter.

„Er war es. Er hat die vier Männer getötet. Es war Rache. Rache für seinen Vater, für seine Mutter und für sich selbst. Und er hat es so konsequent und eiskalt durchgezogen, dass mir schon beim Gedanken daran das Blut gefriert. Mein Sohn – ein Serienkiller. Und der Grund dafür bin ich. Der Gedanke ist unerträglich."

Schulte war wie benommen von dem Vortrag. Er musste sich einen Ruck geben, um das Gespräch weiterzutreiben.

„Sie sprachen von einem noch größeren Problem. Was meinen Sie damit?"

Mauermann schaute ihn aus rotgeäderten Augen an.

„Er hat von fünf Männern gesprochen, an denen er sich rächen will. Vier davon sind tot. Einer fehlt noch. Ich kann Ihnen nicht sagen, um wen es sich handelt. Aber ich habe eine Ahnung."

Schulte spürte seinen Herzschlag, wartete aber geduldig, bis Mauermann weitersprach. „Er hat über diesen fünften Mann etwas gesagt, das ich erst nicht verstanden habe. Ich war zu schockiert, um alles gleich zu erfassen, verstehen Sie? Regelrecht gefaselt hat er, wie in Trance. Aber ich weiß, dass der fünfte Mann Polizist ist. Wohl diesmal kein Rentner, sondern noch aktiv im Dienst. Es ist jemand, der seinerzeit als ganz junger Polizist mit meinem Fall zu tun hatte. Sie wissen, auf wen das zutrifft. Mein Sohn hat es eilig. Er will seinen Feldzug hinter sich bringen. Und ich hoffe, dass ich mit der Warnung nicht zu spät komme und wiedergutmachen kann, was Sie für mich getan haben, als Sie mich vor dem Knast bewahrten."

Schulte musste mehrfach schlucken. Ihm war schwindlig, als er aufstand, um Mauermann zu verlassen.

62

Noch zehn Minuten bis zur Pressekonferenz. Erpentrup musste aufs Klo. Das war immer so, wenn er vor einem öffentlichen Auftritt stand. Vor mehreren Leuten zu reden, war einfach nicht sein Ding. Also ging er jetzt zum fünften Mal innerhalb der letzten Stunde zur Toilette. Irgendwann musste die Blase ja leer sein, und dann konnte es losgehen.

Als er zurück in den Besprechungsraum ging, machte Erpentrup sich noch einmal klar, dass er eigentlich gar nichts Großartiges zu tun hatte. Er konnte ganz entspannt sein. Die wesentlichen Aufgaben hatte er Schulte aufs Auge gedrückt. Der musste den inhaltlichen Teil bestreiten, und er würde die ganze Angelegenheit lediglich ein bisschen moderieren. Das war kein großes Ding. Die Aufregung war völlig unnötig, versuchte er sich zu beruhigen.

Erpentrup sah sich um. Verdammt, wo trieb sich Schulte eigentlich rum? Der Kerl war schon seit fast einer halben Stunde wie vom Erdboden verschluckt.

In dem Moment, als ihm das auffiel, wurde die Zwischentür auf dem Flur aufgestoßen. Das geschah mit einer solchen Heftigkeit, dass es krachte. Ein solches lautstarkes Öffnen der Tür, das kannte Erpentrup nur von dem ungehobelten Schulte. Der Mann hatte einfach keine Manieren und kein Feingefühl. Das mussten nicht nur die Menschen im Umfeld dieses derben, erziehungsresistenten Kerles ertragen, sondern auch die Möbel, Türen und Fenster.

Oft nervte der Lärm, den Schulte verursachte, über die Maßen. Doch jetzt beruhigte der Krach. War er doch der Vorbote für den gleich ins Zimmer stürmenden Polizeirat, der in zehn Minuten die Ergebnisse der Mordserie der Öffentlichkeit präsentieren würde.

Die Tür flog denn auch augenblicklich auf, und herein trat ein ziemlich blasser Kommissar Lindemann. Erpentrup hob gekonnt die rechte Augenbraue und sah den jungen Mann fragend an.

„Herr Mauermann hat gerade sein Geständnis widerrufen!", presste der Polizist aufgeregt zwischen den Zähnen hervor.

Erpentrup winkte scheinbar gelassen ab. „Ja klar, jetzt sitzt der Kerl in der Arrestzelle. Das gefällt ihm natürlich nicht. Außerdem hatte er jetzt auch noch ein bisschen Zeit zum Nachdenken. Da sind dem Delinquenten wahrscheinlich noch ein paar gute Ausreden eingefallen, und schon geht es zurück marsch, marsch. Das kenne ich, Lindemann. Aber unsere Marschrichtung steht, sagen Sie das Schulte. Mauermann ist der Täter, Ende, aus, Feierabend. Auch wenn der jetzt noch mal einen Rückzieher macht. Wenn wir den so richtig in die Mangel nehmen, dann wird er schon singen."

Lindemann war verzweifelt. „Ja, aber …"

„Nix, ja aber!", schnitt Erpentrup ihm das Wort ab. „Die Marschrichtung steht, und damit basta!"

Verzweifelt verzog der junge Kommissar das Gesicht.

„Ich wollte nur sagen", nahm er einen erneuten Anlauf, „Schulte glaubt dem Mauermann und ist schon unterwegs, um neuen Hinweisen nachzugehen."

Erpentrup wich alle Farbe aus dem Gesicht. Ganz leise, mit einem nicht differenzierbaren Unterton, fragte er: „Soll das heißen, Schulte befindet sich nicht mehr in der Kreispolizeibehörde? Und soll das weiter heißen, der Polizeirat kommt nicht zur PK?"

Lindemann nickte zaghaft, und Erpentrup fing augenblicklich an zu schwitzen. Dann schrie der Polizeichef Lindemann an: „Das wird ein Nachspiel haben! Sagen Sie Schulte das. Und richten Sie ihm auch noch aus, er soll sich schon mal darauf einstellen, dass er den Rest des Lebens Knöllchen hinter Scheibenwischer klemmen wird. Wenn er dazu überhaupt noch in der Lage sein wird, nachdem ich den Mistsack durch den Wolf gedreht habe."

Erpentrup rang hörbar nach Luft. Dann fuhr er völlig ruhig fort: „Na gut, Lindemann, dann übernehmen Sie eben gemeinsam mit Frau Meier zu Klüt den Part von Schulte auf der PK. Sie waren ja in der Vorbereitung dabei und sind bestens im Bilde. Es wird Zeit, dass Sie in einer solchen Situation auch mal Verantwortung übernehmen. Ich muss jetzt jedenfalls kurz zur Toilette."

Er gab seinem erneuten Harndrang nach und machte Anstalten, den Besprechungsraum zu verlassen. An der Tür drehte sich Erpentrup noch einmal um. „Sie können Frau Meier zu Klüt ja schon einmal informieren, dass da eine neue Aufgabe auf Sie beide zukommt. Wir sehen uns in zehn Minuten."

63

Jupp Schulte brauchte eine Weile, bis das Schwindelgefühl nachließ. Zu groß war der Schock, den Mauermanns Worte ihm versetzt hatten. Man musste kein Profiler sein, um seine Schlüsse daraus zu ziehen. Nur zwei und zwei zusammenzählen und schon kam *Schulte* dabei heraus. Er war während des Mauermann-Prozesses der einzige junge Polizist gewesen, der auch mit dem Fall zu tun hatte. Er war als Zeuge aufgetreten, er hatte Frau Mauermann aufgesucht und dabei auch ihren kleinen Sohn kennengelernt. Es konnte niemand anderer gemeint sein als er selbst.

Schulte sah auf die Uhr. Er war zu spät. Die Pressekonferenz war für 14:00 Uhr angesetzt worden, jetzt war es 13:45 Uhr. Schulte rief Lindemann an und bat ihn, die Hiobsbotschaft, dass er nicht zur PK käme, dem Polizeichef zu übermitteln.

Entweder würde Erpentrup eine Lösung finden, oder die ganze Sache war geplatzt. Es lief auf jeden Fall auf eine Menge Ärger für ihn hinaus. Dennoch bereute er keine Sekunde, Mauermann angehört zu haben.

Er brauchte Luft, musste kurz mal raus auf die Straße. Als langjähriger Ermittler in Mordangelegenheiten war er schon öfter bedroht worden, hatte seine Haut häufig teuer verkaufen müssen, aber so eine heimtückische Situation war doch etwas anderes. Da es jemand auf ihn abgesehen hatte, den er nicht einmal kannte, der deshalb jederzeit und überall aus dem Nichts heraus zuschlagen konnte, das war eine Qualität, die auch für Schulte völlig neu war.

Mauermann hatte einen Sohn. Das Verrückte war, dass in dieser Welt, in der fast alles im Internet zu finden war, ein Mensch einfach so in der Masse verschwinden konnte. Jedenfalls vorübergehend. Der Schlüssel der Verteidigung, die Schulte für sich entwickeln musste, lag darin, ein Bild des Mannes zu bekommen, ein Bild des Sohnes von Mauermann. Über diese noch namenlose Person musste so schnell und so viel wie möglich in Erfahrung gebracht werden. Er würde Lindemann darauf ansetzen, der war gut in diesen trockenen Recherchearbeiten.

Am besten wäre es, die Kreispolizeibehörde gar nicht mehr zu verlassen, denn hier war er zweifellos am sichersten. Aber das kam natürlich aus vielen Gründen nicht in Frage. Seine Dienstwaffe würde er jedoch schon aus dem Waffenschrank in seinem Büro holen. So viel Schutz musste sein. Er fragte sich, was er darüber hinaus noch tun könne, um sich abzusichern. Nicht viel, beschloss er. Er würde sich schon zu verteidigen wissen, wenn es so weit kommen sollte.

Etwas klarer im Kopf machte er sich wieder auf den Weg zurück in die Behörde, als ihm ein furchtbarer Gedanke kam. Was, wenn der Mörder sich über einen Umweg an ihn heranmachen würde?

Schulte mochte sich mit Waffen und Nahkampferfahrung sicher fühlen, aber was war mit seiner Familie? Mit Fritzmeier? Da lag alles offen, ohne jede Chance einer reellen Verteidigung. Ihm wurde schlecht, während sein überstrapaziertes Hirn immer neue Schreckensszenarien generierte.

Schulte machte sich noch einmal auf den Weg in die Kreispolizeibehörde. Peinlich bemüht, Erpentrup nicht zu begegnen. In seinem Büro traf er auf Lindemann und erteilte ihm sofort den Rechercheauftrag, ohne ihm aber zu sagen, was dahintersteckte. Er erfuhr, dass Erpentrup getobt habe, dass er Schultes sofortige Degradierung und Verbannung angekündigt und letzten Endes Lindemann und Pauline Meier zu Klüt mit der Pressekonferenz beauftragt habe. Die seien schließlich voll im Thema. Und so war Lindemanns Reaktion recht nachvollziehbar.

„Alles der Reihe nach, Herr Polizeirat. Jetzt ziehe ich erst mal die Pressekonferenz durch. Danach kümmere ich mich um die Identität von Mauermanns Filius."

Im nächsten Moment war Lindemann zur Tür hinaus.

Der Junge wächst mit seinen Aufgaben, dachte Schulte. Jetzt musste der Kerl zum ersten Mal eine Pressekonferenz maßgeblich bestreiten, und er machte das mit einer Coolness, die Bewunderung verdient hatte.

Schulte saß in dem nun leeren Büro an seinem Schreibtisch und versuchte, sich zu konzentrieren. Er wollte sein Gedächtnis zwingen, ein Bild des damals kleinen Jungen auszuspucken. Langsam und schemenhaft, dann immer deutlicher kamen die Bilder. Er erinnerte sich an ein großes, elegantes Haus mit Swimmingpool. Eine gutaussehende Frau und ein kleiner Junge, ziemlich schüchtern und ungefähr so alt wie Linus heute. Und der kleine Bengel von damals sollte der Serienmörder von heute sein? Unglaublich.

Das Gesicht des Jungen wurde trotz aller Anstrengung nicht klarer erkennbar, aber Wortfetzen drangen in seine Erinnerung, erst einzeln und ohne Zusammenhang, dann verbanden sie sich und ergaben einen Sinn. Sie hatten sich über den Tag unterhalten, an dem Mauermann verhaftet worden war. Schulte war nicht dabei gewesen und hatte sich die Szene von dem Jungen erzählen lassen. War damals nicht auch von einem anderen, etwas älteren Jungen die Rede gewesen? Von einem, der etwas zurückgeblieben war, der aber so ein bisschen zur Familie gehörte? Weitere Erinnerungen ploppten hoch, wie Luftblasen an der Wasseroberfläche und verknüpften sich mit aktuellem Wissen. Der zurückgebliebene Junge konnte, das würde er auch überprüfen müssen, kein anderer sein als Hans-Josef Krumbach, der zeitweise ihr Hauptverdächtiger gewesen und der nun spurlos verschwunden war. Wieder platzte eine dieser Erinnerungsblasen.

Belangloses kam ihm in den Sinn. Der Chlorgeruch des Swimmingpools, das Klavier der Familie Mauermann, all das tauchte wieder auf. Auch ein unbedeutender Gesprächsfetzen, bei dem der Junge irgendwas im Zusammenhang mit Krumbach über Arschbomben gesagt hatte. Schulte wollte all das als irrelevant beiseiteschieben, als er bei einem Wort hängenblieb. Arschbombe. Was war mit diesem Kinderausdruck? Warum elektrisierte es ihn förmlich? Schulte zermarterte sein Hirn, aber er fand keine Erklärung.

Gleich würde die Pressekonferenz zu Ende sein. Dann gab es für ihn keine Möglichkeit mehr, in Ruhe nachzudenken. Er musste raus, bevor die Meute zurückkam. Seine Nachforschungen waren bei Lindemann in besten Händen, da musste er sich keine Sorgen machen, da war seine Anwesenheit nicht erforderlich. Als er vor seinem Auto stand und es aufschließen wollte, fiel der Groschen.

Es war Linus gewesen, der vor einigen Tagen von seinen Erlebnissen im Freibad erzählt hatte. Von seinen Freunden und davon, dass sie Arschbomben geübt hätten. Auch von einem anderen Jungen namens Hansi hatte er gesprochen. War es wirklich ein Junge gewesen? Linus hatte sich da nicht klar ausgedrückt.

Auf einmal schoss Schulte ein Gedanke wie eine Pistolenkugel durchs Hirn. Was, wenn dieser Hansi kein Junge war, sondern ein erwachsener Mann? Und hatte Frau Krumbach ihren Sohn Hans-Josef nicht auch Hansi genannt?

64

So viele Journalisten hatte die Detmolder Kreispolizeibehörde lange nicht mehr gesehen. Erpentrup überlegte, ob es überhaupt jemals zuvor einen solchen Auftrieb gegeben habe. Selbst ein paar Privatfernsehsender waren vertreten, einige Radiosender und jede Menge Menschen von der schreibenden Zunft. Allein die Masse der Anwesenden, es waren mehr als zwanzig Personen, erzeugten bei dem Polizeichef erneuten Harndrang. Doch er kämpfte mit aller Macht dagegen an.

„Einfach an was anderes denken“, hatte ihm sein Analytiker mal gesagt. Das versuchte Erpentrup jetzt auch. Augenblicklich kam ihm daher Schulte in den Sinn. Sein Polizeirat, der ihn mal wieder kläglich im Stich gelassen hatte. Der sich einfach aus dem Staub gemacht hatte und ihn hier dieser Pressemeute zum Fraß vorwarf. Der Kerl war nicht mehr haltbar, entschied Erpentrup. Er musste Schulte loswerden. Der Gedanke setzte sich in seinem Hirn fest.

Pauline Meier zu Klüt und Lindemann nahmen neben ihm Platz. Lindemann machte den Eindruck, als säße er im Frühstücksraum. Er schien so gelassen, so cool, als wäre das, was hier gerade anstand, das Normalste von der Welt. Entweder hatte der Junge den Ernst der Lage nicht erkannt, oder der Kerl war so unterkühlt, dass das Mineralwasser in seinem Glas jeden Augenblick gefrieren würde. Erpentrup beneidete ihn.

Im Gegensatz dazu war die Kommissarin, Pauline Meier zu Klüt, in keiner Weise locker. Sie warf Erpentrup einen verärgerten Blick zu, der Bände sprach. So nach dem Motto: Sie sind der Chef, aber wenn es um Verantwortung geht, dann ducken Sie sich weg, und wir müssen die Kohlen für Sie aus dem Feuer holen.

Nein, dass stimmte nicht, befand Erpentrup. Er übernahm Verantwortung. Aber wenn es darum ging, sich auf einer

Pressekonferenz zu präsentieren, dann verabschiedete sich anscheinend regelmäßig ein Hirnteil von ihm. Im Plenum wurde es unruhig. Gemurmel brauste auf. Erpentrup sah auf die Armbanduhr. Sie waren schon zehn Minuten über der angekündigten Zeit. Der Polizeichef ergriff das Mikrofon und räusperte sich.

„Äh, meine Damen und Herren. Ich, äh, begrüße Sie zu der heutigen Pressekonferenz. Die, äh, Mordserie ist aufgeklärt. Der Mörder, ein gewisser, äh, Mauermann hat die Taten gestanden. Weitere Fragen richten Sie bitte an die ermittelnden Kollegen, Kommissarin Pauline Meier zu Klüt und Kommissar Lindemann. Polizeirat Schulte ist leider verhindert. Bitte, Sie haben das Wort."

Erpentrup setzte sich und wischte sich den Schweiß von der Stirn. Seine Hände zitterten.

Noch bevor einer der Journalisten auch nur die Hand heben konnte, ergriff Lindemann das Wort.

„Es hat sich gerade eben eine neue Situation ergeben. Ich habe vor zwei Minuten noch einmal mit meinem direkten Vorgesetzten, Polizeirat Schulte, dem Ermittlungsleiter, gesprochen. Herr Mauermann hat sein Geständnis vor wenigen Minuten zurückgezogen und einen uns noch unbekannten Dritten schwer belastet."

Im Plenum redeten die Journalisten jetzt laut durcheinander. So etwas erlebten auch sie nicht jeden Tag. In Erpentrups Gehörgängen piepte und fiepte es schrill. Dann hatte er das Gefühl, auf dem rechten Ohr nichts mehr hören zu können. Gleichzeitig lief ihm der kalte Scheiß den Rücken hinab, und ein Schwindelgefühl zerrte an ihm, das anscheinend die Absicht hatte, ihn vom Stuhl zu reißen.

Lindemann bat erneut um Ruhe und redete souverän weiter. „Die Nachricht ist so brandaktuell, dass ich nicht einmal mehr in der Lage war, unseren Polizeichef, Herrn Polizeidirektor Erpentrup über den Stand der Dinge zu informieren."

Na, wenigstens das zu meiner Ehrenrettung, dachte der. Zwischen zwei Schweißausbrüchen.

Das wieder aufkommende Gemurmel wurde augenblicklich etwas lauter. Doch Lindemann verschaffte sich mit seiner souveränen, überlegenen Art erneut Aufmerksamkeit.

„Sie können sich denken, meine Damen und Herren, dass auch wir von der Polizei uns jetzt neu aufstellen müssen, sodass wir an dieser Stelle nichts mehr zu den gerade passierenden Ereignissen sagen werden, um einen Ermittlungserfolg, wie eventuell das Leben von handelnden Personen nicht zu gefährden. Selbstverständlich werden wir Sie über den aktuellen Sachstand unterrichten. Bitte meine Damen und Herren. Sie haben das Wort."

Die Journaille schoss ihre Fragen ab. Und Meier zu Klüt und Lindemann arbeiteten eine nach der anderen mit größter Selbstverständlichkeit ab, während Erpentrup versuchte, die Fassung wiederzuerlangen.

65

Zwei Hühner mussten ernsthaft um ihr Leben fürchten, als Schulte mit stark überhöhter Geschwindigkeit durch die Einfahrt zum Fritzmeierschen Hof fuhr. In einer mächtigen Staubwolke kam der Passat zum Stehen. Schulte sprang aus dem Auto, ignorierte die empört gackernden Hühner und wollte zur Wohnung von Ina und Linus laufen, die direkt neben seinem Haus lag, als sein Hund Lümmel jaulend an ihm hochsprang. Wieso lief der Hund frei herum? Den hatte er doch am Morgen zu Ina gebracht. Wahrscheinlich hatte Linus, als er von der Schule heimkam, ihn rausgelassen. Da Schulte einen Schlüssel für die hatte, hielt er sich nicht lange mit der Türklingel auf, sondern öffnete selbst. Es war niemand zu Hause. Auf dem Küchentisch lag ein Zettel, dessen Nachricht offenbar für Linus bestimmt war. Ina hatte darauf vermerkt, dass sie wieder in Münster sei und erst am späten Nachmittag zurückkäme. Sein Essen stände im Kühlschrank. Schulte schaute auf die Uhr. Es war jetzt 14:45 Uhr.

Am Kühlschrank hing Linus Stundenplan. Montags hatte er immer schon nach der fünften Stunde frei. Er hätte längst zu Hause sein können. Wo steckte der Bengel? Schulte lief die Treppe hinauf und schaute ins Kinderzimmer.

Linus hielt sein Zimmer so ordentlich wie Schulte sein Wohnzimmer. Es sah aus wie nach einem Bombenangriff. Was bei Schulte unter anderen Umständen ein mildes, verständnisvolles Lächeln bewirkt hätte, erschien ihm nun irgendwie bedrohlich. Auf dem Bett lag, halb ausgeräumt, die Schultasche seines Enkels. Also war er offenbar zu Hause, zumindest war er es gewesen, bevor Schulte kam.

Schulte ging zurück ins Erdgeschoss und rief nach Linus. Keine Reaktion. Dann kam ihm der Gedanke, dass Linus vielleicht bei Anton Fritzmeier sein könnte. Schließlich verstanden sich die beiden gut, und Linus verbrachte viel Zeit mit dem alten Bauern. Schulte lief quer über den Hof zu Fritzmeier, während Lümmel um ihn herumtobte, und klingelte Sturm.

Es dauerte einige Zeit, bis ein verschlafener Anton Fritzmeier die Haustür öffnete und mürrisch fragte: „Jupp, wat wills du denn chetz schon hier? Ich hab mich cherade 'n bisschen hinchelegt fürn Mittagsschlaf. Iss was?"

„Ist Linus bei dir?" Fritzmeier verneinte.

Schulte, der zunehmend unruhiger wurde, fragte. „Hast du ihn heute schon gesehen? Weißt du, wo er steckt?"

Fritzmeier kratzte sich am Hinterkopf. „Nee, ich war aber auch die chanze Zeit im Haus und hab 'nen Brief anne Chemeinde cheschrieben. Wegen der …"

Schulte wollte schon umdrehen und gehen, als Fritzmeier ihm nachrief: „Aber so vor 'ner halben Stunde iss 'n Auto auffen Hof chefahren. Hab ich nich weiter beachtet, kommt ja öfter vor, wenn Linus Besuch von seine Kumpels kricht.

Dachte, da wird mal wieder einer von seine Mutter chebracht. Laufen wollen die Bengels ja alle nich mehr. Jupp, wegen den Brief musse mir aber nochmal helfen. Ich verstehe nich, wat …"

Schulte hörte sich Fritzmeiers Wunsch nicht mehr an und lief zurück zur Wohnung. Jetzt erst fiel ihm etwas auf, das er vorher nicht wahrgenommen hatte. An der Wand des kleinen Fachwerkgebäudes, das mitten auf dem weiträumigen Hof stand und in den letzten Jahren als Hofladen genutzt worden war, lehnte ein weißer Motorroller. Schulte bremste seinen Lauf abrupt ab und schaute sich den Roller näher an. Linus hatte Besuch bekommen – von seinem neuen Freund Hansi!

66

Diese Art von Aufregung brauchte er auch nicht jeden Tag. Und dann auch noch die Extratour von diesem Grünschnabel Lindemann. Wollte der Kerl jetzt etwa in die Fußstapfen von Schulte treten? Nicht auszudenken.

Erpentrup wusch sich das Gesicht und schnaufte zwei Mal tief durch. Dann verließ er entschlossen und mit neuer Tatkraft den Waschraum. Ein zweiter Schulte – das fehlte gerade noch. Aber da hatten die Kollegen die Rechnung ohne ihn gemacht.

Kaum, dass er zurück in seinem Büro war, zitierte er die gesamte Abteilung Schulte in den Besprechungsraum. Auch Maren Köster bestellte er ein, die steckte eh immer unter einer Decke mit dieser Schulte-Bande. Denen würde er erst einmal ordentlich den Kopf waschen.

„Wir wollen doch mal sehen, wer hier Chef an Bord ist", donnerte Erpentrup laut und entschlossen in den Raum. Dann straffte er sich, schloss den Knopf seines Jacketts und ging zur Truppe, wie er das nannte.

Die Tatsache, dass Erpentrup den Raum betrat, in dem schon alle anderen anwesend waren, ließ niemanden aufhorchen. Keiner kümmerte sich um ihn, alle führten die Gespräche, die sie angefangen hatten, einfach weiter.

Das respektlose Verhalten ärgerte den Polizeichef immer wieder aufs Neue. Den Grund dafür suchte er nicht bei sich, sondern er machte natürlich Schulte dafür verantwortlich. Als Chef der Abteilung war Schulte ein denkbar schlechtes Vorbild, auch seine Untergebenen hatten Schultes aufmüpfige Art zum Teil schon übernommen.

„Leute!“, Erpentrup klatschte in die Hände. „Wenn ich einmal um Aufmerksamkeit bitten dürfte.“

Die Gespräche wurden beendet, und alle sahen auf den Polizeidirektor.

„Ich würde gerne noch einige Punkte mit Ihnen besprechen. Zunächst die PK. Lindemann, was haben Sie sich eigentlich dabei gedacht, als Sie mal eben so mir nichts, dir nichts das Konzept über den Haufen geworfen haben, um so einen Alleingang hinzulegen?“

Allein die Erinnerung an die letzte Stunde ließ Erpentrup die Zornesröte ins Gesicht steigen.

Lindemann sah seinen Chef verwundert, aber doch mit einem großen Maß an Offenheit an.

„Welches Konzept meinen Sie bitte, Herr Polizeidirektor?“, kam die emotionslose Frage.

„Na, das von Polizeirat Schulte“, entgegnete Erpentrup verunsichert.

„Das habe ich eins zu eins umgesetzt“, erwiderte Lindemann. „Ich habe Kommissar Schulte vor der PK noch gesprochen. Habe mit ihm die neue Situation erörtert und mich in meinem Vorgehen genau an das Besprochene gehalten.“

„Und warum wusste ich nichts davon?“, schnauzte Erpentrup.

Lindemann war irritiert. „Sie haben gesagt, dass Frau Meier zu Klüt und ich die Pressekonferenz umsetzen sollten auf der Grundlage der Schulte'schen Vorgaben. Genau das habe ich gemacht."

Jetzt meldete sich Frau Meier zu Klüt. „Ich verstehe Sie jetzt wirklich nicht, Herr Polizeidirektor. Sie sind doch der Chef. Normalerweise hätten Sie nach Schultes Ausfall die Verantwortung übernehmen müssen. Die haben Sie, ich will es einmal freundlich formulieren, an Kommissar Lindemann und mich abgetreten. Wir haben im Rahmen unserer Möglichkeiten das Beste daraus gemacht und wie ich finde, haben wir das gut hinbekommen. Und jetzt kommen Sie und unterstellen uns Alleingänge und mangelnde Konzepttreue."

Die ganze Bande war durch und durch von Schulte verseucht, dachte Erpentrup verbittert. Er wedelte mit beiden Händen in der Luft herum, als wolle er einen ganzen Schwarm Fliegen verscheuchen und stotterte: „Äh, so war das doch nicht gemeint." Der Polizeirat schnaufte. „Das ist alles nur ein großes Missverständnis. Ich meine, ich wollte nur …"

Maren Köster meldete sich jetzt. „Können wir den Kram nicht auf später verschieben? Wir haben im Moment wirklich andere Probleme."

Erpentrups Verwirrung nahm zu. „Wie jetzt, andere Probleme? Welche? Warum weiß ich davon nichts?"

Lindemann wirkte weiterhin cool und absolut neutral. In diesem Tonfall berichtete er: „Mauermann hat Schulte gestanden, dass sein Sohn die vier Morde begangen hat."

„Sohn? Welcher Sohn?"

„Das versuche ich doch gerade zu erklären", sprach Lindemann weiter. „Also, Mauermann hat einen Sohn, der die Ereignisse im Jahre 1984 haarklein miterlebt hat."

Erpentrup war völlig fertig. Was hatte der Sohn damals haarklein mitbekommen? Und was hatte das Ganze mit 1984 zu tun? Er entschloss sich, nichts zu sagen, um nicht nochmal mit Unkenntnis zu glänzen. Daher fragte er nur: „Ja, und was ist nun?"

Langsam schien auch Lindemann der Geduldsfaden zu reißen.

„Das will ich ja gerade berichten“, setzte er fort.

„Bitte, Lindemann, bitte, fahren Sie fort, Lindemann, fahren Sie fort“, faselte der völlig aus der Spur geratene Erpentrup.

„Also, Mauermann hat Schulte berichtet, dass sein Sohn einen weiteren Mord plane, einen fünften. Und das Opfer sei ein noch im Amt befindlicher Polizist aus Detmold, der damals in den Fall involviert war.“

Erpentrup wusste immer noch nicht, von welchem Fall die Rede war, sagte aber nichts. Lindemann berichtete weiter. „Die einzigen Polizisten, die da in Frage kommen, sind Schulte und Volle. Letzterer ist seit zwei Wochen in Kur. Nicht mal wir wissen, wo Volle sich aufhält. Also bleibt nur noch Schulte als mögliches Mordopfer übrig.“

Lindemann bewegte sich, als fühle er sich nicht wohl in seiner Haut.

„Und den erreichen wir seit Ende der PK nicht mehr.“

Erpentrup wedelte wieder mit der Hand. „Ach, der Schulte, der wird sich schon wieder einfinden. Das war bisher leider immer so. Unkraut vergeht nicht.“

Als er nach dieser Aussage in Maren Kösters grüne Augen sah, schoss ihm unmittelbar die sprichwörtliche Assoziation durch den Kopf: Wenn Blicke töten könnten ...

67

Schulte stand ratlos, mit Blutleere im Hirn, mitten auf dem Hof. Sein Puls raste, alles in ihm drängte zum Handeln. Aber was konnte er tun?

Es gab keinen Hinweis, wo sich Linus aufhielt und wie es ihm ging. Das taube Gefühl von Hilflosigkeit dehnte sich immer stärker aus, nahm seinen ganzen Körper in Besitz, forderte ihn heraus und lähmte ihn gleichzeitig.

Schließlich riss er sich zusammen, lief zu seinem Auto, holte sein Handy vom Beifahrersitz und rief Lindemann an. „Haben Sie schon was rausgefunden?"

Lindemann musste sich wie so oft erst umständlich räuspern, bevor er etwas sagte. „Das ist ganz merkwürdig. Der Sohn heißt Sebastian Mauermann. Aber ich finde in unseren Unterlagen nichts über ihn. Wahrscheinlich muss ich meine Suche auf Datenbanken anderer Behörden ausweiten, aber dafür hatte ich noch keine Zeit. Ich …"

„Wie?", rief Schulte empört, „Sie haben noch nichts in Erfahrung gebracht?"

„Na, ja", stammelte Lindemann verunsichert, „eben war Herr Erpentrup hier und hat nach Ihnen gefragt. Sie können sich gar nicht vorstellen, wie sauer der ist, weil Sie ohne Ankündigung der Pressekonferenz ferngeblieben sind. Der hat hier die ganze Bude zusammengebrüllt. Nach der Pressekonferenz, die Pauline Meier zu Klüt und ich wie abgesprochen durchgezogen haben, hat Erpentrup uns alle noch mal zusammengeholt und eine Standpauke gehalten. Da konnte ich natürlich nicht gleichzeitig seelenruhig am Computer sitzen und recherchieren, sondern musste ihm einigermaßen höflich zuhören. Und so hatte ich gerade mal zehn Minuten für die Suche nach Sebastian Mauermann. Das ist nicht viel."

Schulte versuchte, seine Enttäuschung herunterzuschlucken. Er hatte sich so viel von diesem Anruf versprochen, und nun dieses Ergebnis. Wenigstens eine kleine Spur, irgendein versteckter Hinweis, alles wäre besser gewesen als das. Was sollte er jetzt tun? Die Zeit lief ihm davon.

„Herr Schulte, sind Sie noch dran?", hörte er Lindemanns Stimme nach einer gefühlten Ewigkeit. „Das Wohnhaus der Familie Mauermann steht übrigens leer. So viel kann ich sicher sagen. Keine Ahnung, was in den ganzen Jahren mit dem Haus gewesen ist, das muss ich alles noch rausfinden. Aber jetzt steht es leer. Schon seit einigen Jahren. Tut mir leid, wenn ich …"

Schulte knipste das Gespräch aus und stieg ins Auto. Gedanken jagten wie Blitze hin und her, prallten zusammen und verursachten neue Gedankenblitze. Schulte stand unter Hochspannung, und er hatte das Gefühl, dass gleich die ersten Sicherungen durchbrennen würden.

Offenbar war Krumbach nicht allein gekommen. Der zurückgelassene Roller, das Auto, von dem Fritzmeier gesprochen hatte, das alles sprach dafür, dass Linus und Krumbach zusammen mit dem Auto abgeholt worden waren. Vom Sohn Mauermanns? Der Gedanke erschien Schulte einleuchtend und verknüpfte sich mit dem Hinweis Lindemanns auf das leerstehende Haus der Mauermanns. Was, wenn ...?

Schulte startete das Auto und fuhr mit Vollgas vom Hof. Sein Hund lief eine Weile bitter enttäuscht hinter ihm her, gab dann aber auf und trottete mit hängenden Ohren zurück. Auf der Dorfstraße rief Schulte erneut Lindemann an, fragte nach der Adresse. Lindemann nannte ihm eine Straße in Kalletal. Schulte drückte das Gaspedal bis zum Bodenblech durch.

68

Irgendetwas lag da in der Luft. Erst hatte es Linus ja ganz chic gefunden, in dem tollen Auto mit Hansi, seinem neuen Freund, einen Ausflug zu machen. Jetzt fühlte sich der Junge aber überhaupt nicht mehr wohl.

Wenn er mit seiner Mutter oder seinem Opa eine Spritztour, wie Schulte es nannte, unternahm, dann waren alle aufgekratzt und guter Stimmung. Manchmal hatte sein Opa sogar gesungen. Das hörte sich immer fürchterlich schief an und war deshalb besonders lustig. Aber hier in dem tollen Auto waren alle so ernst. Besonders Hansis Freund, der war geradezu mürrisch. Und Hansi, der saß mit eingezogenem Kopf auf dem Beifahrersitz. So, als hätte er etwas ausgefressen und warte jetzt auf seine Strafe.

Aber Linus traute sich auch nicht zu fragen, warum der Mann so eine schlechte Laune hatte. Konnte er etwas tun, um die Stimmung aufzubessern? Vielleicht singen, wie es sein Opa manchmal tat. Linus überlegte. Ihm fiel kein Lied ein. Verdammt! Doch dann hellten sich seine Gesichtszüge auf, und er sang aus Leibeskräften:

„Das ganze Stadion singt: ‚Der BVB gewinnt'.

Über das Spielfeld hinaus unser Schlachtruf erklingt: Olé, Olé, BVB."

Hansi entspannte sich auf dem Beifahrersitz und lachte. Er fand den Gesang lustig.

Doch der Mann am Steuer schnauzte: „Halt den Mund, Junge!"

Erschrocken brach Schultes Enkel den Gesang ab. Er wollte fragen warum, aber er brachte keinen Ton mehr heraus. Linus bekam es mit der Angst zu tun.

Doch an seiner Stelle protestierte Hansi. „Bitte, lass ihn, Basti, das hört sich doch so lustig an, wie Linus singt." Und um seine Sichtweise zu untermauern, wiederholte er die letzte Liedzeile. So krumm und so falsch, als hätte Schulte gesungen: „Olé, Olé, BVB!", grölte Hansi. Linus kicherte jetzt wieder. Vielleicht war doch alles nicht so schlimm, wie er gerade gedacht hatte.

Seine Zuversicht dauerte jedoch nur eine Sekunde. Denn dann wurde auch der Sänger auf dem Beifahrersitz gemaßregelt. „Halt die Schnauze, Hansi! Das Gejaule kann sich ja kein Mensch anhören." Um die Worte zu verstärken, bekam Hansi vom griesgrämigen Fahrer des Wagens auch noch einen heftigen Stoß in die Seite.

„Aua", maulte Hansi verärgert und zog einen Schmollmund. „Warum haust du mich, Basti? Ich hab doch nur gesungen."

Linus empfand die Atmosphäre immer gruseliger. Die Angst, die ihn schon seit geraumer Zeit beschlich, nahm zu. Krampfhaft überlegte er, was er machen sollte. Am Besten wäre es wohl, wenn der mürrische Mann ihn wieder nach Hause fahren würde.

Er nahm allen Mut zusammen. „So“, sagte er, „der Ausflug gefällt mir nicht mehr. Ich will jetzt wieder zurück.“

„Halt den Mund, Kleiner“, schnauzte Basti. „Ich bringe dich nach Hause, wann es mir passt. Hier kann nicht jeder machen, was er will. Wir fahren weiter.“

Für einen Moment war Linus eingeschüchtert. Er musste aus diesem Auto raus. Aber wie? Er musste sich etwas einfallen lassen. Doch sein Kopf war auf einmal so leer. Linus fiel einfach nichts ein, was er unternehmen konnte. Da berührte seine Hand eine kleine Ledertasche, die er an seinem Gürtel befestigt hatte. Das Geschenk von seinem Opa.

Sollte er das Tool herausholen und vielleicht die Rücksitze mit dem Messer aufschlitzen? Dann würde der Blödmann da vorne auf dem Fahrersitz mit Sicherheit anhalten. Weil der doofe Basti dann bestimmt Angst um sein schönes Auto bekäme. Aber was würde dann passieren? Linus wusste, dass es so etwas wie Kindersicherung gab. Wenn die aktiviert war, saß er hier auf dem Rücksitz in der Falle. Außerdem wusste Basti dann, dass Linus eine Geheimwaffe hatte. Das wäre nicht gut. Also ließ er die Polster der Rücksitzbank heil.

Linus verstieg sich aufs Quengeln und Bockigsein.

„Wenn du zu faul bist, mich zurückzubringen“, maulte er, dann kannst du mich auch hier rauslassen. Ich finde schon nach Hause“, forderte Linus den Fahrer entschlossen auf.

„Ich habe dir das doch schon mal gesagt, Kleiner. Ich bestimme, wann und wie du zurück nach Hause kommst. Und jetzt halt endlich die Klappe, sonst setzt es eine Tracht Prügel“, schimpfte der Griesgram auf dem Fahrersitz.

„Basti, das finde ich aber nicht richtig. Man schlägt keine Kinder“, schaltete sich jetzt wieder Hansi ein. „Und wenn Linus keine Lust mehr an dem Ausflug hat, dann solltest du ihn wieder zurückbringen.“

„Du hältst auch die Klappe, Dicker!“, schimpfte Basti weiter.

„Dicker? Du sagst Dicker zu mir? Basti, ich dachte immer, du wärst mein Freund. Und jetzt sagst du Dicker zu mir. Das finde ich nicht in Ordnung. Jetzt habe ich auch keine Lust mehr auf Ausflug. Ich will auch zurück zu meinem Roller.“

69

Zwanzig Minuten später stoppte Schulte seinen Passat in einer schmalen Straße, in der nur wenige Häuser standen. Es waren große und gepflegte Grundstücke, die Schokoladenseite der Gemeinde Kalletal.

Das Auto stand vor der Hausnummer sechs. Schulte zählte die Häuser ab und sah, dass sein Zielobjekt das letzte Haus auf dieser Straßenseite sein musste.

Er stieg aus, schloss den Passat ab und ging die letzten hundert Meter zu Fuß, um das Haus unauffälliger zu erreichen. Jetzt erst fiel ihm ein, dass er die Dienstwaffe im Büro gelassen hatte. Es war zu spät, das noch zu ändern.

Schließlich stand er vor einer hohen, lange nicht mehr beschnittenen Hecke, die nun eher eine Buschreihe als eine Hecke war. Dahinter sah Schulte eine große Villa, die ihre besten Zeiten lange hinter sich hatte. Der Garten war völlig verwahrlost, wilder Wein hatte das einst weiße Haus fast restlos überwuchert und ließ es komplett grün erscheinen.

Das schmiedeeiserne Gartentor hing schief in den Angeln und quietschte, als Schulte es aufstieß. Es gab noch ein anderes, viel breiteres Tor in der Hecke. Das führte zu der Garage, die separat neben der Villa stand. Da das Tor mit Sicherheit auch quietschen würde, konnte er auch durch das Fußwegtor gehen.

Vorsichtig betrat er den Garten, vermied es, geradeaus zur mächtigen Treppe zu gehen, sondern schlich durch das kniehohe Gras rechts um das Haus herum.

Er versuchte, die Erinnerung an seinen Besuch vor rund dreißig Jahren zu aktivieren, aber er erkannte nichts wieder. Aus der imposanten Villa eines Neureichen war eine beklagenswerte Ruine geworden. Schulte schätzte, dass das Haus bestimmt seit fünf Jahren nicht mehr bewohnt wurde. Warum das so war, interessierte ihn wenig. Er wollte möglichst in dieses Haus eindringen, ohne dabei gesehen oder gehört zu werden. Dafür musste er sich den geeignetsten Eingang suchen. Das konnte sowohl eine Tür als auch ein Fenster sein.

Er blieb stehen und lauschte. Aber außer dem Rauschen des leichten Sommerwindes in den vielen tausend Blättern des verwilderten Grundstückes war nichts zu hören. Langsam ging er weiter. Immer wieder blieb er lauschend stehen.

Als er das Gebäude etwa halb umrundet hatte, konnte er die Rückseite des Grundstückes einsehen. Jedenfalls die Teile, die nicht von Büschen oder Bäumen verborgen waren.

Direkt an die Rückseite des Hauses angebaut, lag eine große, geflieste Terrasse, die bis zu einem Swimmingpool führte. Zu einem ehemaligen Swimmingpool, denn die braune Brühe, die im Becken vor sich hin moderte, war offensichtlich schon jahrelang nicht mehr ausgetauscht worden. Die Verbindung der Terrasse zum Haus war eine breite Fensterfront, die bis zum Boden reichte und in der eine Glastür offen stand. Schulte stutzte und zog sich dann ein paar Meter zurück in die Deckung eines Busches. Das sah ganz nach einer Falle aus, in die er auf keinen Fall tappen wollte.

Davon überzeugt, nicht gesehen zu werden, beschloss er, von seiner Deckung aus die Tür zu beobachten. Er musste nicht einmal eine halbe Minute warten, bis ein bulliger Mann mittleren Alters durch die Tür trat und auf der Terrasse stehen blieb. In der rechten Hand hielt er ein Metallrohr. Krumbach!

Krumbach schaute in Schultes Richtung und rief ihm zu: „Weiß, dass Sie dahinter sind. Rauskommen!"

Schulte verkniff sich einen Fluch und richtete sich aus der Hocke heraus auf. Krumbach zeigte mit der Metallstange auf ihn und rief wieder in seiner polterigen Art: „Hände hinter Kopf! Sonst …"

Drohend hob er die Stange. Das war deutlich genug. Schulte hielt es für angemessen, die Anweisung zu befolgen. Den Gegner in Sicherheit wiegen, ihn einlullen, um dann selbst den besten Zeitpunkt für einen Angriff bestimmen zu können, so hatte er es gelernt.

Krumbach winkte ihn heran.

Als Schulte auf den Terrassenfliesen direkt vor Krumbach stand, befahl der: „Reinkommen!"

Krumbach trat einen Schritt zur Seite und ließ Schulte durch die Glastür gehen. Im Haus empfing ihn dämmriges Licht, denn die vergilbten Gardinen ließen kaum etwas vom Sonnenlicht durch. Während Schulte noch versuchte, die Augen an die geänderten Lichtverhältnisse zu gewöhnen, um sich zu orientieren, hörte er aus einem anderen Raum ein Poltern, als sei ein Stuhl umgefallen.

„Weiter!", sagte Krumbach und stieß Schulte das Metallrohr in den Rücken. Schulte musste durch eine weitere Tür gehen, hinter der es völlig dunkel war. Er blieb stehen, um nicht vor eine Wand zu laufen.

Krumbach trat direkt hinter ihm in den Raum und schlug mit der flachen Hand ein paarmal an die Wand, offenbar, um einen Lichtschalter zu erwischen. Plötzlich flackerte das Licht auf, Schulte kniff kurz die Augen zu. Dann ein lauter Aufschrei:

„Opa!"

Linus stürzte auf ihn zu, aber Krumbach bewegte sich blitzschnell und fing ihn ab. Der Junge zappelte und schimpfte in Krumbachs Armen, konnte aber nichts machen. Schulte traute sich nicht, seinem Enkel zu Hilfe zu kommen, um ihn nicht zu gefährden. Es würde sich schon eine Gelegenheit ergeben, Krumbach auszuschalten. Geduld, sagte er sich und zwang sich zum Abwarten. Krumbach brachte etwas mehr Distanz zwischen sich und Schulte, hielt den Jungen noch immer fest umklammert und rief hektisch:

„Stehen bleiben! Keinen Schritt."

Schulte nickte und behielt die Hände weiter hinter dem Kopf. Mit einem Typen wie Krumbach würde er schon fertig werden. Stark, aber dumm. Es war nur eine Frage der Zeit. Plötzlich hörte Schulte hinter sich Schritte und eine wohlbekannte, sehr kultiviert klingende Stimme sagte:

„Aber Hansi, nun mach nicht so einen Krach. Was soll denn der Herr Polizeirat von uns denken?"

70

Je mehr Zeit verging, umso aufgeregter wurde Lindemann. Das Suchen nach dem Namen von Mauermanns Sohn gestaltete sich schwieriger, als er gedacht hatte. Er kam einfach nicht weiter. Die Melderegister vieler kleiner Gemeinden in Ostwestfalen waren noch längst nicht alle digitalisiert, und viele Karteien anderer Regionen Deutschlands sicher auch nicht.

Da flog die Tür auf. Eine wütende Maren Köster kam wie eine Furie in sein Büro geschossen. „So ein verstockter alter Esel", schimpfte sie los. „Meinst du denn, der verdammte Mauermann rückt den jetzigen Familiennamen seines Sohnes heraus!", fluchte sie. „Nein, er habe seinem Jungen so oft in seinem Leben nicht zur Seite gestanden. Und Schulte, dem habe er schon mehr gesagt, als er eigentlich vorgehabt hatte. Da habe er bereits in einer verdammten Zwickmühle gesessen und sei über selbstgesteckte Grenzen hinweggegangen. Aber den Namen seines Sohnes, nein, und nochmals nein."

Darauf habe der störrische Greis Mauermann beharrt. So lautete Maren Kösters kurzer Überblick ihres verzweifelten Gesprächs mit Mauermann.

„Und dann hat der alte Tattergreis sich an den Tisch gesetzt, hat die Arme untergeschlagen und geschwiegen", tobte Maren Köster weiter. „Ich habe auf ihn eingeredet. Habe ihm gesagt, sein Sohn habe schon genug angerichtet. Ich habe ihm vor Augen gehalten, dass Schulte derjenige war, der Mauermann damals geholfen habe wo er nur konnte und nun vielleicht in Lebensgefahr schwebt, nur, weil Mauermann einen Mörder schützt. Sohn hin oder her, Schulte war es, der ihn vor dem Knast bewahrt habe, und was die Leute im Gefängnis mit Mauermann veranstaltet hätten, wenn sie rausbekommen hätten, dass er ein schwuler Kinderschänder sei. Es hat alles nichts genutzt. Mauermann hat darauf beharrt, er wollte bei allem Unrecht nicht der Verräter seines Sohnes werden. Die vier Männer, die sein Sohn ermordet habe, hätten den Tod verdient, sagte er. Und er schäme sich jetzt, dass er nicht der Täter sei, sondern dass sein Sohn durch sein Nichthandeln zum Mörder geworden wäre"

Maren Köster blies sich eine rote Haarsträhne aus dem Gesicht. „Ich hätte dem alten Sack eine reinhauen können."

Während Maren Köster sich so echauffierte, war Pauline Meier zu Klüt, angelockt durch den Lärm ihrer Kollegin, ins Büro gekommen und fragte, was los sei.

Lindemann schlug verzweifelt mit beiden Händen auf die Tischplatte.

„Ja, Mauermann ist ein sturer Bock! Das weiß ich jetzt, Maren. Aber das bringt mich nicht weiter. Schulte will den Namen des Sohnes wissen. Wenn ich den nicht bald liefere, ist Schulte entweder umgebracht worden oder, wenn er überlebt, dann reißt der mir den Kopf ab, weil ich nicht geliefert habe."

Lindemann schlug noch einmal auf den Tisch. „Verdammt, verdammt, verdammt! Ich habe alles ausprobiert. Ich finde keinen Hinweis auf den jetzigen Familiennamen von Mauermanns Sohn." Der Polizist raufte sich verzweifelt die Haare. „Und meine Rübe ist mittlerweile so hohl wie ein leeres Bierfass. Verdammt!"

„Versuch's doch mal mit dem Geburtsnamen der Mutter", brachte Pauline Meier zu Klüt ihren Vorschlag vor, ohne jede Emotion und mit einer Gelassenheit, als würde sie Lindemann erzählen, dass sie heute noch Bananen einkaufen müsse. Dann verließ sie in aller Ruhe das Büro.

Lindemann hämmerte auf der Tastatur herum, als müsse sie stellvertretend für alles, was in der Detmolder Polizeibehörde schieflief, bestraft werden. Und nach einer Minute brachte er ganz leise das Wort „Bingo" über die Lippen, und dann hauchte er: „Unglaublich!"

Maren Köster sah ihn fragend an.

„Du glaubst nicht, wer der Sohn von Mauermann ist", sagte Lindemann geheimnisvoll.

„Hans-Josef Krumbach?", brachte seine Kollegin fragend den einen Namen hervor, der ihr einfiel.

„Falsch, es ist der Rechtsanwalt Sebastian Brückner. „Nach der Scheidung der Mauermanns hat die Ehefrau wieder ihren Mädchennamen angenommen, und ihr damals zehnjähriger Sohn hat die Namensänderung ebenfalls durchlaufen."

„Los, ruf Schulte an!", rief Maren Köster. „Ich gehe zu Erpentrup, wir müssen eine Großfahndung starten."

Zwei Minuten später stürmte Lindemann in das Büro des Polizeichefs.

„Mist, ich erreiche Schulte nicht!"

„Wer weiß, wo der sich wieder herumtreibt", kam es völlig desinteressiert über Erpentrups Lippen. Er hatte die Alleingänge von dem Kerl so satt. Lindemann blieb auch hier wieder erstaunlich ruhig und informierte den Polizeidirektor über die neusten Erkenntnisse.

„Wir konzentrieren uns auf Brückner. Der wohnt und arbeitet in Bielefeld. Da liegt unser Fahndungsschwerpunkt, und sonst nirgendwo. Los, Lindemann, rufen Sie die Kollegen dort an. Die sollen sich schon mal kümmern. Sagen Sie denen, wir sind in fünfundvierzig Minuten in Bielefeld. Die sollen uns dann über Funk mitteilen, wo wir hinmüssen."

„Aber Herr Polizeidirektor, Schulte ist ins Kalletal gefahren zu dem ehemaligen Anwesen von Mauermann. Da sollten wir auch einen Fahndungsschwerpunkt setzen."

Erpentrups Augen verengten sich zu schmalen Sehschlitzen. Lindemann hatte den Gesichtsausdruck schon oft bei dem Polizeidirektor gesehen, wenn er kurz davor stand, Schulte zu erwürgen. Jetzt schien er selbst an der Reihe zu sein.

„Ja, spinne ich denn? Lindemann, wie lange sind Sie schon Kommissar? Ein Jahr, zwei Jahre ? Wie auch immer. Glaubt in diesem Hause eigentlich jeder, und sei es noch so ein Grünschnabel, meine Entscheidungen anzweifeln zu müssen? Ich bin hier der Polizeidirektor und ich sage, wo es langgeht. Basta!" Erpentrup schlug mit der flachen Hand auf den Tisch. „Unser Fahndungsschwerpunkt ist Bielefeld. Ausführen!"

Maren Köster sah Erpentrup böse an. „Sagen Sie, Herr Erpentrup", kam dann ein eisiger, schneidender Ton über ihre Lippen, „warum hassen Sie Schulte eigentlich so? Liegt es daran, dass er hin und wieder anderer Meinung ist als Sie, oder haben Sie schlicht und ergreifend Minderwertigkeitskomplexe?"

Erpentrup bekam einen hochroten Kopf. Öffnete den Mund und schloss ihn wieder. Weiter kam er nicht, da fragte ihn Lindemann:

„Was halten Sie von einer Handyortung, Herr Polizeirat?"

Der blaffte nur: „Fahndungsschwerpunkt Bielefeld! Ansonsten machen Sie doch, was Sie wollen. So, und nun alle raus hier."

71

Durch die weit geöffnete Zimmertür trat Rechtsanwalt Sebastian Brückner ins Licht. Schulte fiel ein Stein vom Herzen. Er war nicht mehr allein mit dem kaum zurechnungsfähigen Kindesentführer. Vielleicht würde Krumbach wenigstens auf seinen Anwalt hören und aufgeben.

„Gut, dass Sie kommen", rief Schulte ihm zu, „Sie sehen ja …"

Jedes weitere Wort blieb ihm im Hals stecken, als er näher hinschaute und in die Mündung einer Pistole blickte. Brückner hielt die kleine Waffe direkt auf Schulte gerichtet.

Er grinste arrogant, als er sagte: „Damit hätten Sie nicht gerechnet, denke ich. Ich kann Ihnen die Überraschung ansehen und freue mich darüber. Es ist der Beweis dafür, wie gut ich meine Rolle gespielt habe. Danke für das Kompliment, Herr Polizeirat. Nett von Ihnen, dass Sie so schnell gekommen sind. Aber ich glaube, Ihr kleiner Enkel will gar nicht mit seinem Opa mitgehen. Der fühlt sich hier ganz wohl, wie ich sehe. Ich glaube, er bleibt fürs Erste bei uns. Vor allem, weil sein Opa gar nicht mehr in der Lage sein wird, mit ihm nach Hause zu fahren."

Schulte musste gegen eine plötzlich einsetzende Schwäche ankämpfen, die ihm die Knie weich werden ließ und für Blutleere im Kopf sorgte. Er stand nicht zum ersten Mal einer auf ihn gerichteten Waffe gegenüber. Aber seinen Enkel gefährdet zu wissen und nichts dagegen unternehmen zu können, war mehr, als er vertragen konnte.

„Was soll das werden?", fragte er den Rechtsanwalt und bemühte sich, seiner Stimme einen festen Klang zu geben. „Wollen Sie sich Ihr Leben versauen? Lassen Sie den Schwachsinn!"

Brückner lachte. „Mein Leben ist bereits versaut. Schon seit Langem. Und zwar von Männern wie Ihnen. Was glauben Sie eigentlich, wen Sie vor sich haben?"

Schulte schwieg und wartete, was nun kommen würde.

Brückner hielt die Waffe weiter auf Schulte gerichtet, sprach aber zu Krumbach, der den immer renitenter werdenden Linus bändigen musste. „Hansi, halt bloß den Jungen gut fest. Nicht, dass er mir aus Versehen genau in die Pistolenkugel läuft, die für seinen Opa gedacht ist."

Dann wandte er sich wieder Schulte zu. „Na, sind die kleinen grauen Zellen schon abgestorben? Keine Ahnung, wer ich bin? Überlegen Sie doch mal, Sie Superbulle. Denken Sie mal dreißig Jahre zurück. Gehen Sie auf eine Zeitreise in das Jahr1984. Da waren Sie schon einmal in diesem Haus. Zugegeben, da sah es hier noch ein bisschen wohnlicher aus. Sie wissen doch, wessen Haus das damals war, oder?"

Schulte nickte, sagte aber weiterhin nichts. Es erschien ihm das Beste, Brückner reden zu lassen. Offenbar hatte der einiges auf dem Herzen.

„Richtig, es gehörte der Familie Mauermann. Damals war es noch eine Familie. Bis Leute wie Sie alles kaputt gemacht haben. Aus Geldgier, aus widerlicher, erbärmlicher Geldgier."

Brückner blickte versonnen in den Himmel. Als mache er sich Gedanken über das Wetter.

„Mein Vater wollte Sie schützen, Schulte", brach es verächtlich aus ihm heraus. „Bei dem haben Sie den Ruf, ein Guter zu sein. Sie hätten ihn vor dem Knast bewahrt. So sieht es mein Vater. Aber das ist Schwachsinn. Sie waren einer der Ermittler. Sie haben auch dafür gesorgt, dass mein Vater nicht freikam. Sie sind für all das, was meiner Familie widerfahren ist mitverantwortlich. Ich werde es nie vergessen, wie Sie damals in unserem Wohnzimmer gestanden haben, bösartig und unnahbar. Ich spüre heute noch die Schmerzen, die Sie mir zugefügt haben, als Sie mich so unsanft bei den Armen fassten. Ich hatte Angst, unsagbare Angst vor Ihnen. Jahrelang habe ich von Ihnen geträumt, und schon allein dafür, dass Sie mir unsägliche Furcht eingeimpft haben wie ein langsam wirkendes Gift, schon allein dafür müssen Sie sterben."

Brückner schien sich selbst in Rage zu reden. Sein sonst so freundlich wirkendes Gesicht wurde immer mehr zu einer Fratze, die Hass und Verachtung ausdrückte.

Schultes Gedanken rasten, er versuchte, alle Fakten zu verknüpfen, doch wie er es auch drehte und wendete, es blieb nur eine Erklärung: „Sie sind der kleine, unglaublich schüchterne Bengel, der damals hier herumlief. Stimmt's?"

„Stimmt genau", antwortete Brückner mit gespielter Anerkennung in der Stimme, „das haben Sie aber gut kombiniert, Sherlock. Dann wissen Sie ja, warum ich …", er schien nach den richtigen Worten zu suchen, „ein bisschen böse auf Sie bin. Oder muss ich Ihrem Gedächtnis nachhelfen?"

„Dann ist Krumbach also der arme Kerl, der damals angeblich missbraucht worden war. Ob der wohl jemals begriffen hat, was seinerzeit gespielt wurde? Übrigens: Wieso heißen Sie eigentlich jetzt Brückner und nicht Mauermann?", fragte Schulte, der das Gespräch in Fluss halten wollte.

Von Brückner kam ein meckerndes, kaltes Lachen.

„Das hat Sie ganz schön verwirrt, oder? Dabei ist die Erklärung denkbar einfach. Als mein Vater damals der Homosexualität bezichtigt wurde, hat meine Mutter alle Brücken zu ihm abgebrochen. Sie hat eine kleine Wohnung in Bielefeld gekauft und ist mit mir zusammen von hier verschwunden. Sie wollte mit meinem Vater, der sich in ihren Augen als widerwärtiger Kinderschänder gezeigt hatte, nichts mehr zu tun haben. Und sie wollte auch jede Verbindung von mir zu meinem Vater kappen. Deshalb hat sie ihren Mädchennamen wieder angenommen. Sie hieß nun Brückner, und ich bin auch umbenannt worden. Meine Mutter war eine stolze Frau, aber der Fall meines Vaters hat sie zerbrochen. Sie war nie wieder sie selbst. Sie ist vorzeitig gestorben, als ich mein Abitur gemacht habe. Damals habe ich geschworen, mich und meine Familie zu rächen. Das ist jetzt so gut wie erledigt. Es fehlt nur noch einer, und der steht direkt vor mir."

Wieder hörte Schulte, der dabei Blickkontakt mit Brückner hielt, dass Linus einen neuen vergeblichen Versuch gestartet hatte, aus der Umklammerung Krumbachs auszubrechen. Brückner sprach weiter, wie in Trance, mehr zu sich selbst als zu Schulte:

„Ich bin Jurist geworden. So standen mir viele Quellen offen, um herauszufinden, wer damals welche Rolle gespielt hat. Ich habe die ganze miese Verschwörung aufgedeckt. Und dann habe ich mir einen nach dem anderen vorgenommen. Zuerst den Richter, der Beweise manipuliert hat, dann den Psychiater, der ein falsches Gutachten erstellt hat, dann den Bullen, der die Schmutzarbeit übernommen hat, dann den Kopf hinter dem Ganzen, den Mann, der am meisten profitiert hat. Und nun noch der kleine Bulle, der von der ganzen Schweinerei gewusst haben muss und nichts dagegen unternommen hat. Übrigens, Sie haben mich mal gefragt, warum ich den Fall dieses Trottels Krumbach übernommen habe, wollen Sie es noch wissen? Dadurch war ich immer nah am Geschehen und über die Polizeiarbeit ständig auf dem Laufenden."

„Den armen Krumbach haben Sie als Täter vorgeschoben", fasste Schulte seine Vermutungen zusammen. „Sie haben gezielt Spuren gelegt, die auf ihn verwiesen. Ich hatte gleich das Gefühl, dass die Spuren etwas zu plump waren, um echt zu sein. Sie haben ihn ebenso missbraucht wie die Männer, die nun alle tot sind. Sie sind keinen Deut besser als diese Leute."

„Das müssen Sie gerade sagen", empörte sich Brückner.

„Ich hatte damals keine Ahnung, was gespielt wurde", warf Schulte energisch ein. „Als die Geschichte passierte, hatte ich gerade mit meinem Job angefangen. Niemand hat es für klug gehalten, so einen Frischling wie mich in irgendwelche Geheimnisse einzuweihen."

„Klar, dass Sie das sagen. Damit habe ich gerechnet. Ich habe jetzt aber keine Lust mehr, mir Ausflüchte anzuhören. Es reicht. Wollen Sie vor oder nach dem Jungen erschossen werden?"

Schulte erschrak.

„Lassen Sie den Jungen laufen! So tief können Sie ja nicht gesunken sein, ein Kind zu töten."

Wieder lachte Brückner kalt.

„Ich kann keinen lästigen Zeugen gebrauchen. Egal, wie alt er ist."

Schulte wandte sich an Krumbach.

„Haben Sie das gehört, Herr Krumbach? Er kann keinen Zeugen gebrauchen. Damit sind auch Sie gemeint. Wie finden Sie denn das?"

Wenn er gehofft hatte, einen Keil zwischen die beiden Männer zu treiben, dann hatte er sich verspekuliert. Krumbach grunzte nur, außerstande, solche komplexen Zusammenhänge zu durchschauen.

„Hansi, bring mir den Bengel her", forderte Brückner seinen Gehilfen auf.

Krumbach glotzte ihn an. Etwas schien ihm Angst zu machen. Während er Linus langsam vor sich her zu Brückner schob, stammelte er: „Aber nix tun!"

„Halt's Maul, Hansi!"

72

Sie hätte Erpentrup umbringen können. Eigentlich, wenn es sich Maren Köster recht überlegte, hätte sie beide Männer in die ewigen Jagdgründe befördern können, Erpentrup und Schulte.

Den einen, weil ihm die Mischung aus Eitelkeit und Unsicherheit als Polizeichef ständig das Blickfeld vernagelte, und der, so zum kleinkarierten Denken verdammt, eine Fehlentscheidung nach der anderen traf.

Und Schulte hätte sie gleich aus mehreren Gründen einen Kopf kürzer machen können. Der wusste genau um die Schwachstellen Erpentrups und legte immer wieder die Finger in die Wunden. Warum Schulte Erpentrup immer wieder ganz bewusst und absichtlich demütigte und dessen Rolle nicht akzeptierte, obwohl er im Allgemeinen durchaus über eine Menge Sozialkompetenz verfügte, konnte sich Maren Köster nicht erklären. Wahrscheinlich war das irgend so ein steinzeitliches Gehacke, das nötig war, um herauszufinden, wer der wahre Chef war. Männer hatten wirklich eine seltsame Art, die Verhältnisse zu klären.

Doch Schultes dämliches Macho-Verhalten war nicht der einzige Grund, warum sie ihn hätte köpfen können. Sie hasste die ständigen Alleingänge, die er sich andauernd erlaubte. Eigentlich müsste Schulte längst begriffen haben, dass diese *Lonesome-Cowboy-Typen* die größten Idioten waren. „Dieses verdammte archaische Männergehabe", fluchte die Polizistin.

Sie war es leid. Sie würde ihrem Bauch nachgeben und handeln, sofort. Hatte Erpentrup nicht gesagt, Ermittlungsschwerpunkt sei Bielefeld, ansonsten sollen sie machen, was sie wollen?

Genau, dachte Maren Köster, sollten die Kollegen sich in Bielefeld den Wolf nach Brückner suchen. Sie jedenfalls würde, weil ihr Erpentrup die *wild card* gegeben hatte, ins Kalletal fahren, um dort nach Schulte zu suchen.

Entschlossen packte Maren Köster ihre Tasche. Da riss Lindemann, ganz entgegen seiner sonstigen Gewohnheit, die Bürotür auf und brachte, kaum dass er einen Schritt ins Zimmer getan hatte, hektisch hervor: „Ich habe Schultes und Brückners Handy orten lassen. Die beiden Geräte befinden sich in der gleichen Funkzelle."

73

Brückner klemmte sich Linus unter den freien linken Arm und ging langsam rückwärts aus dem Raum. Die Pistole hielt er weiterhin auf Schulte gerichtet. Ebenso langsam folgte ihm Schulte, bestrebt, den Abstand zu Brückner immer gleich zu halten.

Krumbach wusste offenbar nicht so recht, wohin er sollte, denn er blieb dort stehen, wo er war. Sein ratloser Blick verriet seine Verwirrung.

Doch Brückner behielt die Kontrolle über ihn, als er ihn aufforderte: „Hansi, komm langsam hinter uns her! Wenn der Bulle Dummheiten macht, dann haust du ihm den Schädel ein. Verstanden?“

Schulte sah, dass Krumbach nickte und hütete sich, auch nur eine falsche Bewegung zu machen. Schritt für Schritt bewegte sich der Konvoi quer durch den großen Raum, durch den sie zuerst gekommen waren, über die Terrasse, bis sie schließlich alle am Rande des schmuddeligen Swimmingpools standen.

Mit einer Mischung aus Stolz und Bangen beobachtete Schulte, wie Linus immer wieder Brückner vor die Knie trat und ihm keine Sekunde Ruhe gönnte.

Der schien die Nerven zu verlieren und fluchte: „Du kleiner Scheißer! Komm her!“ Er riss den Jungen mit einer ruppigen Bewegung noch näher an sich heran.

Linus jammerte nur ganz kurz, aber es reichte, um Krumbach aus seiner Dumpfheit erwachen zu lassen.

„Das darfst du nicht, Basti!“, rief er entsetzt. „Man darf Kindern nichts tun.“

Brückner gönnte ihm keinen Blick und befahl: „Halt’s Maul! Los, hol die Kabelbinder und fessele den Bullen. Aber mach das ordentlich.“

Gehorsam trottete Krumbach zurück ins Haus und kam mit einigen Kabelbindern zurück. Mit der Kraft eines Büffels drängte er Schulte näher an den Pool heran, dorthin, wo eine rostige Treppe in das Wasser führte. Er zwang Schulte, sich auf die Fliesen am Poolrand zu setzen und fesselte ihn mit den Kabelbindern an einen der Handläufe der Treppe.

„Ich brauche Sie noch ein bisschen, Herr Schulte", erklärte Brückner diese Aktion. „Sie sind als Informant zu wertvoll, um Sie sofort umzulegen. Ich will von Ihnen wissen, wieweit Sie mit den Ermittlungen sind. Welche Spuren verfolgen Sie gerade?"

Schulte war einfach nicht mehr in der Lage, den Mund zu halten. „Ich werde einem Mörder gar nichts erzählen. Vergiss es, Mann!"

Brückner lachte. Immer noch hielt er Linus mit seinem linken Arm im Schwitzkasten.

„Sie halten sich für ziemlich schlau, stimmt's? Der Kerl erschießt mich am Ende doch, denken Sie, ob ich rede oder nicht. Da kann ich besser gleich die Klappe halten. Das stimmt im Prinzip auch. Aber es geht nicht nur um Sie. Vielleicht denke ich ja noch mal über Ihren Enkel nach. Vielleicht lasse ich ihn ja sogar laufen. Sie haben die Wahl, ob Ihr Enkel womöglich sogar mit heiler Haut aus der Geschichte rauskommt oder nicht. Wenn Sie kooperieren, hat er vielleicht noch eine Chance. Wer weiß das schon? Falls nicht, treffen sie sich auf jeden Fall im Jenseits wieder. Es liegt in Ihrer Hand, Herr Schulte."

Schulte suchte fieberhaft nach einem Rettungsanker.

„Ihr Vater wird sich für Sie schämen", rief er. „Sie tun so, als wäre das alles in seinem Sinne. Aber in Wirklichkeit geben Sie ihm gerade den Rest. Wissen Sie eigentlich, dass er mich gewarnt hat? Er wollte, dass ich Sie schnappe, bevor Sie weitere Katastrophen anrichten. Er hält seinen Sohn für einen hundsgemeinen Killer. Wussten Sie das?"

Brückner schien einen kurzen Augenblick irritiert zu sein, dann riss er sich zusammen. „Mein Vater ist ein erbärmlicher

Versager. Er hat sich wie ein Schaf zur Schlachtbank führen lassen. Seine Meinung ist mir völlig egal."

Als Schulte erneut sprechen wollte, schnitt ihm Brückner das Wort ab. „Es reicht! Ich werde den verdammten Bengel jetzt ins Wasser werfen. Dann gebe ich Ihnen zehn Sekunden, so lange kann er ja wohl schwimmen. Wenn Sie bis dahin angefangen haben, mir vom Fortschritt der Ermittlungen zu berichten, fische ich ihn wieder raus, und er kann unbehelligt gehen. Wenn Sie nicht reden, wird er noch im Wasser erschossen – wie eine räudige Bisamratte. Ich hoffe, Sie haben verstanden."

Brückner steckte die Pistole in die Gesäßtasche. Da ein Schulte in Fesseln keine Gefahr für ihn darstellte, war die Waffe im Augenblick nicht wichtig. Dann packte er mit beiden Händen den Jungen und hob ihn hoch.

Schulte wurde übel, als er hilflos zusehen musste, wie Linus heftig zappelnd versuchte, der Umklammerung zu entkommen, aber natürlich keine Chance hatte.

In diesem Moment hörte Schulte einen Schrei. Es klang wie das Brüllen eines angeschossenen Löwen, und er sah aus dem Augenwinkel, wie Hans-Josef Krumbach auf Brückner zustürzte, die mächtigen Arme um dessen Brustkorb klemmte und Brückner die Luft abdrehte.

Der ließ vor Schreck und Atemnot Linus fallen, ging aber reaktionsschnell zum Gegenangriff über. Die beiden Männer rangen am Rande des Swimmingpools um Leben und Tod miteinander. Der eine sportlich, drahtig und überlegt, der andere von uriger Kraft, aber blind vor Wut. Beide stürzten auf die Fliesen, rappelten sich hoch und prallten erneut zusammen.

Plötzlich hatte Krumbach beide Arme um Brückner gepresst wie eine Schraubzwinge. Es schien, als wolle er ihm das Rückenmark herausquetschen. Dann hob er Brückner mit einem Ruck hoch. Doch im selben Augenblick bekam der eine Hand frei und schaffte es, seine Pistole aus der Gesäßtasche zu zerren.

Ein Schuss löste sich und traf Krumbach in die Schulter. Der brach zusammen und riss Brückner mit sich zu Boden.

Während Krumbach vor Schmerz ohnmächtig wurde, und aus der Schusswunde ein dicker Strahl Blut sprudelte, rappelte sich Brückner langsam wieder hoch.

74

„Mensch, Lindemann", rief Maren Köster ungeduldig, „das geht doch auch schneller."

Die beiden Polizisten hatten sich nach dem Gespräch mit Erpentrup einen Dienstwagen geschnappt und waren Richtung Kalletal gefahren. Während Lindemann zwar in die korrekte Richtung fuhr, passte Maren Köster sein Tempo nicht.

„Warum überholst du den blöden LKW nicht endlich?", nervte sie weiter. „Wozu haben wir denn Blaulicht und Alarmsirene eingeschaltet?"

„Die nützen mir auch nichts, wenn ich aus der Kurve fliege", murmelte Lindemann trotzig. Trotzdem zog er nach der nächsten Kurve den blauweißen Passat auf die linke Spur, beschleunigte und überholte endlich.

„Geht doch", kommentierte seine Kollegin. „So, und jetzt drück mal richtig auf die Tube. Die Straße ist doch frei."

Nervös trommelte sie mit den Fingern auf dem Deckel des Handschuhfaches. Sie kramte ihr Handy hervor und steckte es wieder weg, ohne es benutzt zu haben. Schließlich zog sie ihre Dienstwaffe aus einem Schulterholster und überprüfte sie.

Lindemann dachte sich seinen Teil, hielt aber den Mund. Sie macht sich Sorgen um Schulte, begriff er und versuchte, Verständnis für sie aufzubringen. Auch wenn sie ihm auf die Nerven ging.

Dann steckte sie die Waffe wieder weg und nahm sich erneut das Handy vor. Lindemann sah aus dem Augenwinkel, dass sie eine Nummer wählte. Vermutlich die von Schulte, sagte er sich und schaute wieder nach vorn. Offenbar erreichte sie niemanden, denn sie nahm das Gerät vom Ohr und starrte wortlos und verbissen vor sich hin.

75

Als Linus zu Boden fiel, reagierte er blitzschnell. Er krabbelte, von den beiden kämpfenden Männern völlig unbeachtet, etwas zur Seite und sprang dann auf. Sofort war ihm klar, dass er sich von den Kämpfenden entfernen musste, um nicht zwischen die Fronten zu geraten. Er machte ein paar schnelle Schritte hin zu Schulte und schaute sich dessen Fesseln an.

„Dein Werkzeugtool, Linus", rief Schulte leise, „schnell, schneid die Kabelbinder durch!"

Linus kramte in der Hosentasche nach dem brandneuen Tool. Aber es stellte sich als schwierig heraus, die harten Plastikbänder durchzuschneiden.

„Ich schaffe es nicht, Opa", rief Linus mit wachsender Verzweiflung, sägte aber weiter.

„Doch, mach einfach weiter. Du schaffst das."

Linus schwitzte und sägte, und endlich hatte er den ersten Kabelbinder durchtrennt.

„Super!", rief Schulte aufmunternd. „Jetzt den nächsten."

Besorgt blickte er auf die beiden kämpfenden Männer. Aber die hatten genug mit sich zu tun und beachteten die kleine Befreiungsaktion gar nicht. Wieder fiel eine Fessel. Und noch eine.

Als der Knall des Schusses durch den Garten und über die Terrasse peitschte, war Schulte frei.

„Los", rief Schulte, „versteck dich im Haus! Mach schnell!"

Linus flitzte los. Schulte blieb so sitzen, wie er vorher auch gefesselt gesessen hatte. Fast im gleichen Moment kam Brückner wieder hoch, schaute sich um und kam mit der noch rauchenden Pistole auf Schulte zu. Der versuchte, so ruhig wie möglich sitzen zu bleiben, Brückner nicht zu zeigen, dass er frei war. Dann stand Brückner direkt vor Schultes Füßen, am Rande des Pools.

„So, Bulle", Brückner zischte dies mehr, als dass er sprach, „das war es dann wohl."

Langsam hob er die Pistole und zielte sorgfältig.

Plötzlich drehte er den Kopf, denn Krumbach, der noch immer auf dem Boden lag, war offenbar erwacht, stöhnte und schrie vor Schmerz laut auf. Für wenige Sekunden war Brückner abgelenkt. Diese Sekunden nutzte Schulte, um beide Beine anzuziehen und sie unter Aufbietung all seiner Energie wie einen Rammbock gegen Brückner zu stoßen.

Der ließ die Pistole fallen, kam aus dem Gleichgewicht, wankte und stürzte rückwärts in das brackige Wasser, das sofort über ihm zusammenschlug.

Schulte sprang hoch, hob die Pistole auf, sicherte sie und steckte sie in seine Hosentasche. Während er noch überlegte, ob er sich zuerst um Brückner oder um Krumbach kümmern sollte, hörte er trotz der Hilfeschreie von Brückner hinter der Hausecke Schrittgeräusche.

Zu seiner großen Verblüffung erschien Maren Köster auf der Bildfläche, direkt dahinter der lange Lindemann. Beide hielten die Dienstwaffe im Anschlag.

Maren Köster atmete sichtbar auf, als sie die Situation erfasste. Im Nu war Brückner aus dem Wasser gefischt und bekam Handschellen verpasst. Für Krumbach wurde der Notarzt gerufen. Später würde auch er festgenommen werden.

„Mensch, Jupp", klagte Maren Köster in gespielter Entrüstung, „wie oft soll ich dir eigentlich noch aus der Patsche helfen?"

„Was willst du denn?", protestierte Schulte, „ich habe doch alles im Griff. Allerdings ..., warte einen Moment!"

Er lief ins Haus und rief Linus beim Namen. Als der Junge unsicher zu ihm kam, nahm er ihn in den Arm, drückte ihn sanft und sagte: „Alles ist gut. Du warst einfach großartig."

76

Zufrieden blickte Anton Fritzmeier über das weite Rund seines Hofes. Es lief alles nach Plan. Der Hof war blitzsauber gefegt worden, eine feine Einzelleistung seines Sohnes Egon, der offenbar sein schlechtes Gewissen beruhigen wollte. Die Getränke standen gut gekühlt bereit, und im Gebäude des Hofladens hatte ein Partyservice ein wahrhaftig beeindruckendes Büfett aufgebaut. In einer langen Reihe trudelten die Gäste ein. Gutbetuchte Kunden des Hofladens mischten sich mit durstigen Dorfbewohnern und geladenen Gästen aus seinem Freundes- und Bekanntenkreis.

Fritzmeiers Hoffest konnte beginnen.

Lange und für ihn ungewöhnlich selbstkritisch hatte Anton Fritzmeier darüber nachgedacht, wie es nach seiner Erkrankung weitergehen sollte. Er war alt genug, um ohne schlechtes Gewissen in aller Seelenruhe seine letzten Jahre genießen zu dürfen, ohne irgendeinen Leistungsnachweis erbringen zu müssen.

Der Körper hatte ihm in den letzten Wochen eindeutige Signale in diese Richtung gegeben. Aber er wäre nicht er selbst gewesen, wenn er sich mit dieser Perspektive zufriedengeben könnte. Fritzmeier hatte von Kindesbeinen an körperlich hart gearbeitet und sich trotz aller Quälerei dabei wohlgefühlt. Er konnte und wollte nicht einfach still dasitzen und auf das Ende warten.

Fritzmeiers Traum war es, im wahrsten Sinne des Wortes, in den Stiefeln zu sterben. In seinen alten Gummistiefeln, während er irgendetwas auf dem Hof reparierte. So hatte er sich entschieden, den Hofladen, der wochenlang geschlossen gewesen war, wieder zu eröffnen. Er würde einen Ersatz für Ina finden müssen, denn die wollte ja wegziehen. Aber da war er guter Dinge. Das Hoffest an diesem milden Frühsommerabend sollte ein deutliches Signal sein: Ich lebe noch, ich bin wieder da, es geht weiter!

Fritzmeier ging quer durch die Schar der feiernden Gäste, die mit Gläsern und Tellern den Hof zwischen Wohnhaus und Hofladen bevölkerte. Die meisten kannte er, grüßte und plauderte mit vielen von ihnen. Endlich traf er auf die kleine Gruppe, die er gesucht hatte. In einem Pulk standen Jupp Schulte, Ina und Linus, Maren Köster und Hermann Rodehutskors zusammen.

Schulte führte das Wort: „Es war unglaublich. Wo hat der Junge nur die Nerven her? Total cool, wie er das alles gemacht hat."

Linus, der so Hochgelobte, stand mit roten Ohren dabei und grinste etwas verlegen, konnte aber seinen berechtigten Stolz kaum verbergen.

„Wirklich", fuhr Schulte fort, „er hat keine Sekunde aufgegeben. Hat diesen Brückner getreten und gekratzt, bis der fast verrückt geworden ist und außerstande war, seinen Plan in Ruhe durchzuziehen. Wäre Linus nicht so mutig gewesen, wer weiß, was dann passiert wäre. Ich mag gar nicht daran denken. Ein echter Kämpfer."

„Dat hatter von mir", mischte sich Anton Fritzmeier ein und erntete ratlose Blicke.

„Was hast du denn damit zu tun?", fragte Schulte. „Du bist weder Vater noch Opa noch Uropa dieses Jungen. Wenn er den Mumm geerbt hat, dann doch wohl von mir."

„Nu nimm dich mal nich so wichtig", wiegelte Fritzmeier ab, „was kanner von dir schon chutes haben? Ich aber hab ihn schon als chanz kleinen Bengel mit innen Stall und auffe Felder chenommen und ihm die Welt chezeigt. Von dir hatter vielleicht 'n bisschen Mut cheerbt, aber von mir hatter sich den Verstand abchekuckt. So, und chetz Prost!"

Alle hoben ihr Glas und tranken dem alten Bauern zu.

„Ich habe auch noch etwas mitzuteilen", meldete sich Ina und schaute dabei sehr ernst ihren Sohn an.

„Gestern habe ich unerwartete Post bekommen. Von der Uni Bielefeld. Ich hatte mich vor einiger Zeit dort beworben, mir aber keine großen Hoffnungen gemacht. Deshalb die Stelle in Münster, von der ihr ja wisst. Nun stellt sich alles ganz anders dar, denn die Bielefelder haben mir ein ähnliches Angebot gemacht. Nicht ganz so gut, aber nach Bielefeld kann ich jeden Tag fahren. Das heißt für Linus und mich: Wir können hier wohnen bleiben."

„Ja!", rief Linus laut dazwischen und ballte die Siegerfaust. Er drehte sich zu Jupp Schulte um und strahlte ihn an. Der alte und der junge Schulte klatschten sich begeistert ab. Fritzmeier sah, dass Schulte sich verstohlen durchs Auge wischte. Offenbar war der Stein, der Schulte vom Herzen fiel, größer und schwerer als gedacht.

Maren Köster hatte die Szene mit einem leichten Lächeln aus der Distanz beobachtet. Inas Umzugspläne waren so oft Thema zwischen ihr und Schulte gewesen, dass sie über alle Aspekte informiert war. Sie empfand viel Verständnis für Inas Wunsch, etwas aus sich zu machen und war in den Gesprächen zu einer Art Anwältin von Inas Interessen geworden, was Schulte meist mit Unverständnis und Ärger quittiert hatte. Auch sie hatte Schultes Gemütswallung bemerkt und war davon gerührt. Kurz darauf fand sie eine Gelegenheit, Schulte aus dem Gesprächskreis herauszulösen und mit ihm über den festlich beleuchteten Hof zu bummeln.

„Jupp, hast du gewusst, dass ich eigentlich Schluss machen wollte?", fragte sie ihn ganz unvermittelt. Offenbar fiel Schulte aus allen Wolken, denn er starrte sie verständnislos an.

„Ja", fuhr sie fort, „ich war fest entschlossen. Bis vor einer Stunde. Das, was du in den letzten Wochen zu unserer Beziehung beigetragen hast, war deutlich zu wenig. Als Teilzeitfreundin sehe ich mich nicht. Wenn es dem Herrn gerade mal passt, dann ist alles prima. Aber wenn er etwas anderes vorhat, dann darf ich ab ins zweite Glied. Nein, Jupp, so geht das nicht. Du musst dich schon entscheiden. Mich kannst du nur ganz haben oder gar nicht."

Schulte schwieg und schien nach den richtigen Worten zu suchen. Sie war sich nicht sicher, wie er über ihre Beziehung dachte und was er eigentlich erwartete. In Gesprächen hatte Schulte immer wieder abgewiegelt, hatte die Probleme kleingeredet, war nicht wirklich auf sie eingegangen. So ein Verhalten hatte sie auch schon bei anderen Männern erlebt, es schien geschlechtstypisch zu sein.

Bevor Schulte antworten konnte, erklärte sie: „Als wir vorhin alle zusammenstanden, ist mir klargeworden, dass du tatsächlich in der letzten Zeit eine Menge um die Ohren hattest. Und ich habe mich entschlossen, dir fürs Erste mildernde Umstände zu gewähren. Aber das ändert nichts am eigentlichen Problem. Darüber müssen wir reden und uns entscheiden. Aber in Ruhe. Nicht heute Abend. Einverstanden?"

Statt einer Antwort nahm er sie wortlos in den Arm. Sie hätten noch lange so gestanden, in dem irritierenden Gefühl, zusammenzugehören, aber eigentlich nicht zusammenzupassen, als sie von einer hellen Kinderstimme unterbrochen wurden.

„Opa", sagte Linus mit ernsthafter Miene, „ich habe mir das überlegt. Eigentlich wollte ich ja immer Polizist werden, aber ich glaube, das ist mir zu anstrengend. Ich werde doch lieber Fußballprofi. Das macht mehr Spaß und man verdient viel mehr Geld."